BAUM
HAUS

Weitere Titel der Autorin:

Die Rebellion der Maddie Freeman
Maddie – Der Widerstand geht weiter

Titel in der Regel auch als Hörbuch und E-Book erhältlich

KATIE KACVINSKY

Dylan & Gray

Aus dem amerikanischen
Englisch von Ulrike Nolte

BAUM
HAUS

BAUMHAUS TASCHENBUCH
Band 1079

1. Auflage: August 2014

MIX
Papier aus verantwortungsvollen Quellen
FSC® C006701

Dieser Titel ist auch als Hörbuch und E-Book erschienen

Vollständige Taschenbuchausgabe
der im Boje Verlag erschienenen Hardcoverausgabe

Titel der amerikanischen Originalausgabe: »First Comes Love«
Published by special arrangement with
Houghton Mifflin Harcourt Publishing Company

Umschlaggestaltung: Christina Seitz, Berkheim,
unter Verwendung von Bildern von © shutterstock/Morgan Lane Photography;
shutterstock/donatas1205; shutterstock/Gordan; shutterstock/Aaron Amat
Satz: Greiner & Reichel, Köln
Gesetzt aus der Weiss BT
Druck und Verarbeitung: CPI books Ebner & Spiegel, Ulm
Printed in Germany
ISBN 978-3-8432-1079-9

Sie finden uns im Internet unter
www.baumhaus-verlag.de
Bitte beachten Sie auch www.luebbe.de

Für Becky

Danke für alles, was du mit mir geteilt hast.
Es wäre mir eine Ehre gewesen, Dan kennenzulernen.

Erste Begegnung

Gray

Aus dem Augenwinkel beobachte ich ein Mädchen auf der anderen Seite des Campus. Die Sonne brennt auf ihre bloßen Schultern. Sie hat sich auf den Boden gekauert und das Gesicht an eine Fotokamera gepresst. Das Gerät muss uralt sein, denn sie dreht an dem Objektiv, um die Schärfe einzustellen, und nach jedem Foto zieht sie einen Hebel, um den Film weiterzuspulen.

Der Campus zwischen uns ist nichts als eine üppige Betonlandschaft. Asphaltwege führen auf einen runden Zementplatz in der Mitte zu. Anscheinend waren die Architekten des Mesa Community College der Meinung, das billigste Baumaterial sei gerade gut genug für Studenten unserer Preisklasse. Wir haben uns kein Luxusgelände verdient. An Privatuniversitäten bekommt man korinthische Säulen, Kopfsteinpflaster und von Gärten umrahmte Hörsäle, sodass die Studenten ihren Ernest Hemingway beim Plätschern von Springbrunnen lesen und im Schatten von Weinlaubterrassen aus Robert Frosts Gedichten zitieren können. Staatliche Unis haben Betonbänke zu bieten und eine einzige Mensa, deren Spezialität fettige Donuts und Pommes sind. Da weiß man doch gleich, wo man in der Hackordnung hingehört.

Mein Blick wandert zurück zu dem merkwürdigen Mädchen. Sie lässt sich kaum übersehen, denn sie treibt sich immer irgendwo auf dem Campus herum wie ein streunender Coyote. Manchmal sitzt sie an einen Baum gelehnt und schreibt in ein Notizbuch, das nicht größer ist als ihre Handfläche. Manchmal pfeift sie vor sich hin. Sie ist immer allein und trägt jeden Tag dieselben ausgelatschten schwarzen Adidasschuhe. Ich glaube, genau das gleiche Modell hatte ich, als ich zwölf war.

Ihr anderes Lieblingskleidungsstück ist eine schlabberige Jeans, was vor allem deshalb bemerkenswert ist, weil die Sommertemperatur in Phoenix durchschnittlich vierzig Grad beträgt. Die Jeans rutscht ihr fast von den dünnen Hüften und ist so weit geschnitten, dass die Hosenbeine wie Vogelflügel flattern, wenn eine Windböe den Staub aufwirbelt. Heute trägt sie dazu ein Top in Zitronengelb, das sich eng an ihre schmale Taille schmiegt. Das Mädchen hat ähnlich viele Kurven wie eine Bohnenstange. Einmal hat sie bemerkt, dass ich sie beobachte, und gegrinst. Also habe ich weggeschaut. Ich will keinen Kontakt mit ihr. Ich bin nicht auf der Suche nach Freundschaft. Sie ist nur ein bewegliches Objekt, an das meine Augen sich heften können, während ich meine Gedanken abschalte und warte, dass die Zeit vergeht.

Ich sitze an der Wand des naturwissenschaftlichen Traktes, die ein wenig Schatten bietet, und habe meine Baseballkappe tief in die Stirn gezogen, denn der Betonboden wirft gleißend das Licht zurück. Auch beim Unterricht nehme ich die Kappe nie ab. Sie gibt mir das Gefühl, als könne ich mich unsichtbar machen, nur indem ich den Schirm nach unten ziehe. Damit kann ich die Welt ausschließen und so tun, als würde mich niemand sehen. Außerdem kann ich unbemerkt Leute beobachten. Vor allem starre ich natürlich den Mädchen nach, die mit ihren superkurzen Röcken auf Pfennigabsätzen vorüberstöckeln und ihre gebräunten Beine zeigen. Ihre hautengen Tops überlassen wenig der Fantasie. Tja, soll mir nur recht sein.

Ich hole meinen iPod aus der Tasche und scrolle durch die Alben, bis ich beim Hiphop ankomme. Musik ist jahreszeitlich, finde ich. Im Sommer ändert sich mein Geschmack, und ich höre fast nur noch schnelle Rhythmen, wild und funky. Wenn der Winter kommt, mag ich es langsamer. Akustische Gitarre. Oldies. Jetzt trommele ich mit den Fingern den Rhythmus auf den Boden und drücke mich möglichst lange davor, zum Unterricht zu gehen. Nichts ist schlimmer als im Sommerkurs abwechselnd Mathe und Kreatives Schreiben zu haben. So viel rechte und linke Gehirnhälfte kann man von keinem Menschen verlangen, besonders wenn noch nicht einmal Mittagszeit ist. Wenigstens ist die Quälerei auf eine kurze Vierwochendosis beschränkt und dauert nicht ein ganzes Unisemester.

Als mein Blick wieder bei dem Mädchen landet, sehe ich sie flach auf dem Bauch liegen, und zwar mitten auf dem Gehweg. Ich starre frustriert zu ihr hinüber. Was tut sie da? Fotografiert sie wirklich den bescheuerten Asphalt? Ratlos mustere ich ihren schlaksigen Körper. Sie ist nicht dünn wie die ausgehungerten Models in Zeitschriften, die mich immer an Strichmännchen mit Haarmähne und Schminke erinnern. Eher wirkt sie hyperaktiv-schlank, als könne sie nie lange genug still sitzen, um eine vollständige Mahlzeit zu essen. Als würde ihre Geheimdiät darin bestehen, das Leben in möglichst rasanter Geschwindigkeit zu genießen.

Ich schaue auf meinem Handy nach der Uhrzeit und runzele die Stirn. Natürlich muss das Mädchen genau den Weg blockieren, der zwischen mir und der Abteilung für Sprach- und Literaturwissenschaft liegt. Ich könnte um sie herumgehen, andererseits habe ich noch nie jemanden gesehen, der mit solcher Hingabe einen Gehweg fotografiert. Ich will wissen, was an dem Campusboden so spannend ist, dass sie fast die Nase daraufpresst. Also stehe ich auf und nähere mich ihr vorsichtig wie einem wilden Tier, das unerwartet beißen oder kratzen könnte. Noch immer liegt sie bäuchlings ausgestreckt, hat sich auf den knochigen Ellbogen abgestützt und hält die Kamera mit beiden Händen absolut still. Ich bin sicher, dass sie meine Schritte gehört haben muss.

»Komm nicht näher«, warnt sie mich plötzlich. Ich bleibe einige Meter entfernt stehen und der Wind wirbelt den Sand um uns auf. Aus ihrem geflochtenen Zopf haben sich einige braune Haarsträhnen gelöst und wehen ihr ins Gesicht. Ich schaue missmutig auf sie herab, weil sie einen öffentlichen Gehweg blockiert.

»Du liegst mir im Weg«, sage ich. Meine Kehle ist trocken, sodass meine Stimme kratzig und rau klingt. Sie wendet ganz langsam den Kopf und schaut mich mit einem ernsten, durchdringenden Blick an, als sei sie auf einer heiligen Mission.

»Still, sonst verscheuchst du sie noch«, flüstert sie. Ihre Augen huschen in eine bestimmte Richtung und ich folge ihrem Blick. Der Weg ist leer. Weit und breit rührt sich nichts. Ich betrachte das Mädchen besorgt. Vielleicht ist sie schizophren. Vielleicht hat die Wüstenhitze ihr Gehirn verbrutzelt (zumindest die rechte Logikhälfte) und jetzt leidet sie unter Wahnvorstellungen. Ich hebe einen Fuß, um vorsichtig zurückzuweichen, aber da entdecke ich plötzlich nur Zentimeter vor dem Gesicht des Mädchens zwei blassgrüne Geckos. Sie haben einander die Köpfe zugewandt, als würden sie sich unterhalten.

Ich stehe ganz still und sehe zu, wie das Mädchen mit sorgfältiger Präzision an der Kamera dreht und die Schärfe einstellt. Sie drückt den Auslöser und ich höre ein leises Klicken.

»Hab sie!«, sagt das Mädchen, steht auf und klopft sich den Sand von der Jeans. Sie ist größer als ich dachte und reicht fast an meine 185 cm heran.

»Gar nicht einfach, die Kerlchen zu überzeugen, dass sie stillhalten sollen«, sagt sie und lächelt mich mit ihren hellbraunen Augen an. »Die sind furchtbar kamerascheu.«

Ich mustere sie von Kopf bis Fuß. Sie stammt definitiv nicht aus Phoenix. Ich tippe auf den Mittleren Westen oder die Ostküste.

»Du bist ganz schön weit weg von zu Hause, oder?« Ihre Haut ist voller Sommersprossen, aber nicht so dunkel wie bei uns Einheimischen. Wenn man täglich von der Arizona-Sonne gegrillt wird, hört das Melanin nicht mal im Winter auf, Bräune zu produzieren.

»Wieso?«, fragt sie und schaut mit schmalen Augen zu mir hoch.

Weil du dich benimmst, als hättest du nicht alle Tassen im Schrank.

»Weil man hier nicht viele Leute sieht, die sich auf kochend heißem Beton ausstrecken, um eine Nahaufnahme von zwei Geckos zu machen«, lasse ich sie wissen. »Die Viecher sind überall.«

Sie schaut sich um, ob vielleicht noch mehr Lurche in der Nähe lauern. »Ja schon, aber sie sind so zutraulich. Ständig wuseln sie um meine Füße und wollen Fangen spielen.« Sie stülpt einen Deckel auf das Kameraobjektiv. »Ich bin für die Sommerferien hier«, beantwortet sie meine frühere Frage. Ich hebe die Augenbrauen. Normalerweise würde ich schon gar nicht mehr hier stehen, denn Small Talk ist nicht meine Sache. Aber dieses Mädchen wird mit jeder Minute bizarrer.

»Sommerferien in Phoenix?«, frage ich und sie grinst über meine geschockte Stimme. Die meisten Leute fliehen um diese Jahreszeit aus unserer Wüstenregion, außer sie mögen das Gefühl knusprig gebratener Haut oder schließen sich gerne den ganzen Tag in einem Riesenkühlschrank ein, den man gemeinhin als Klimaanlage bezeichnet.

»Ich wollte schon immer die Wüste sehen«, sagt sie und hebt das Kinn. »Hast du nach dem Unterricht was vor?« Die Frage kommt so selbstbewusst heraus, dass mir der Mund offen stehen bleibt. Bildet sie sich ein, dass ich hier stehe, weil ich mit ihr sprechen will? Ist ihr nicht klar, dass sie einfach nur meinen Weg blockiert hat?

»Äh«, stammele ich.

Meine Tage sehen immer gleich aus: Mittagessen, Computerspiele, Gitarre üben, Hanteln stemmen, übers Leben nachgrübeln, meinen Eltern aus dem Weg gehen, Teilzeit im Videoladen jobben.

»Ich könnte jemanden brauchen, der mich mit dem Auto nach Hause bringt.«

Ich tue so, als würde ich eine Nachricht auf meinem Handy checken, um Zeit zu gewinnen und mir eine Ausrede einfallen zu lassen.

»Weil ich nämlich mit dem Bus von Scottsdale gekommen bin und das hat zwei Stunden gedauert«, fügt sie hinzu.

Schon wieder klappt mir die Kinnlade herunter. Jeder weiß, dass man in Phoenix ein Auto braucht. Ich kenne nur eine Ausnahme, nämlich ein gewisses Mädchen, das hier in Jeans herumläuft und sich per Anhalter kutschieren lässt.

»Du wohnst in Phoenix und hast kein Auto?«

»Doch, ich habe eins«, sagt sie. »Mir gefällt es nur besser, mit dem Bus zu fahren. Da sehe ich mehr von der Gegend. Aber heute kannst du ja mein Stadtführer sein.«

Glaubt sie wirklich, dass ich nachmittags nichts anderes zu tun habe als Chauffeur zu spielen? Nun ja, stimmt natürlich. Aber trotzdem ist es unhöflich, so etwas anzunehmen. Außerdem würde keine normale Person einen Wildfremden mit einem derartigen Wunsch überfallen. Und wer fährt schon freiwillig mit dem Bus? Der ist wie ein Ghetto auf Rädern.

»Du kennst mich doch gar nicht«, warne ich sie. »Vielleicht züchte ich in meiner Freizeit Skorpione.«

Sie mustert mich einen langen Moment, dann lächelt sie. »Ich habe dich schon öfter auf dem Campus gesehen. Du tust nicht viel, sitzt im Schatten herum, trommelst mit den Fingern auf den Boden und hörst Musik. Manchmal spielst du auch Luftgitarre«, fügt sie hinzu. »Die meiste Zeit siehst du gelangweilt und schläfrig aus. Aber insgesamt wirkst du harmlos. Außerdem bist du irgendwie süß.«

Ich starre sie an. Also hat sie mich beobachtet, während ich sie beobachtet habe. Und ihr Urteil über mich lautet: langweilig und harmlos. Ich frage mich, ob ich bei allen Mädchen so ankomme. Na ja, wenigstens hat sie noch das »irgendwie süß« hinterhergeschoben.

»Ich kann dich in einer Stunde hier abholen«, höre ich mich selbst sagen. Am liebsten würde ich mir die Worte zurück in den Hals stopfen und sie für immer in der Schublade »Halt-bloß-den-

Mund-du-Idiot« verschwinden lassen. Was soll ich mit ihr anstellen? Aber bevor ich mein Angebot zurücknehmen kann, nickt sie schon.

»Perfekt. Ich knipse in der Zwischenzeit die restlichen Fotos für meine Campus-Serie.« Mein Blick wandert über das vertrocknete Gras, die Betonbänke, die dürren Bäume und den staubigen Boden. Sie will eine ganze Stunde damit verbringen, etwas abzulichten, von dessen Hässlichkeit einem die Augen brennen? Mit einem Seufzer mache ich mich auf den Weg zu meinem Schreibkurs und denke bereits über einen Fluchtplan nach.

Dylan

Ich sitze auf dem trockenen, kratzigen Gras und schaue dem Jungen interessiert nach, während er sich so hastig durch die Tür des Unigebäudes duckt, als müsse er vor einem Kugelhagel in Deckung gehen.

Bei meinem Sommerkurs in Fotografie habe ich zwei entscheidende Dinge gelernt. Erstens, wie man Leute beobachtet. Kaum zu glauben, was Menschen über sich verraten, wenn sie davon ausgehen, dass niemand hinschaut. Zweitens, Schönheit gerade dort zu suchen, wo sie schwer zu entdecken ist. Ich gebe mir Mühe, das Leben wie durch eine Kameralinse zu betrachten. Gar nicht einfach, aber ich mag Herausforderungen. Normale Schönheit kann jeder sehen, doch inzwischen bleibt mein Blick an den Kleinigkeiten hängen, die man nur mit Geduld entdeckt. Man muss sich die Zeit nehmen, sie wie einen archäologischen Fund auszugraben und zu entstauben. Was Risse, Schwachstellen und fühlbare Kanten hat, ist so viel interessanter als glatt polierte Perfektion. Das gilt auch für Menschen.

Ich halte mich an den Tipp meines Lehrers, jeden Tag nach dem Unterricht eine Stunde lang Leute zu beobachten und Eindrücke zu sammeln. Eine Kamera hat gewisse Ähnlichkeit mit einem Tagebuch: Sie bewahrt Gefühle, Erinnerungen und Geschichten, wenn man sich die Zeit dafür nimmt. Dadurch bin ich auf diesen Typen aufmerksam geworden. Er ist leicht zu übersehen. Sein Rücken ist immer an irgendein Gebäude geheftet, und ich war kurz davor, ihn für eine moderne Statue zu halten, bis sich eines Tages unsere Blicke trafen. Selbst auf die Entfernung überraschte mich das Blau seiner Augen. Es erinnerte an einen Himmel kurz vor der Abenddämmerung und von Nahem betrachtet ist es noch eindruckvoller. Ziemlich schwer, sich wieder loszureißen. Aber vor allem faszinierte mich, dass seine Augen die Welt nicht zu sehen, sondern abzublocken schienen. Wie verspiegelte Brillengläser. Als ich ihn versuchsweise anlächelte, kam nichts zurück. Er nickte nicht einmal. Stattdessen wandte er sich ab, weil ich die Aufdringlichkeit besessen hatte, in sein Blickfeld zu geraten.

Gerade weil er sich so anstrengt, unsichtbar zu wirken, hebt er sich in meinen Augen vom Rest der Menge ab. In den letzten zwei Wochen habe ich eine ganze Reihe von Beobachtungen gemacht:

1. Er lächelt nie. Ohne Ausnahme. Manchmal nickt er Leuten zu, die an ihm vorbeikommen. Manchmal benutzt er das Handy und schreibt SMS. Ich habe ihn auch noch nicht wütend gesehen. Er zeigt überhaupt keine Gefühle, sondern wirkt wie betäubt. Als würde ein Teil von ihm fehlen. Wieso lächelt dieser Junge nie? Hat er eine fiese Zahnklammer? Eine Gesichtsmuskellähmung? Oder peinlich vorstehende Hasenzähne? Meine neue Mission ist, ihn zum Lächeln zu bringen. Auch wenn dieser Vorsatz den Schwierigkeitsgrad einer Polarexpedition hat. Man kann erst feststellen, ob unter den Eisschichten Leben verborgen ist, wenn man sich geduldig hindurchgehackt hat.

2. Er geht anderen Menschen aus dem Weg. Für dieses Verhalten fallen mir verschiedene Erklärungen ein: Er spielt gerne cool und unnahbar. Er ist ein asozialer Griesgram. Er hat eine ansteckende Hautkrankheit, die er nicht verbreiten will. Wie lautet wohl die richtige Theorie? Warum entscheidet sich jemand, ganz für sich zu bleiben? Ich bin entschlossen, die Lösung des Rätsels zu finden. Denn das Leben ist für mich eine endlose Entdeckungsreise auf der Suche nach dem »Warum«.

3. Er ist sexy, aber nicht auf die typische Art. Die Straßen von Phoenix sind gepflastert mit gestylten Jungs, als hätte jemand sie wie Glitterdeko über die Stadt verteilt. Überall sieht man Tattoos, stachelige Gelfrisuren, Muskelshirts und aufgeknöpfte Hemden, die bronzefarbene Haut und sonnengebleichtes Brusthaar zur Schau stellen. Er dagegen trägt kurze Sporthosen, Baseball-Shirts und Flipflops. Da haben wir etwas gemeinsam. Er ist nicht darauf aus, Leute zu beeindrucken. Kann ja sein, dass er nicht der kontaktfreudigste Typ der Welt ist, aber wenigstens ist er echt.

4. Er ist verrückt nach Musik und hat immer irgendwelche Songs über seinen iPod laufen. Manchmal gerät er davon richtig in Trance. Und ich habe ihn noch nie ohne seine Baseballkappe gesehen, hinter der er sich verbirgt, als könne sie ihn von der Welt abschirmen und zum Verschwinden bringen.

Ich ziehe den Reißverschluss meines Rucksacks auf und hole meinen Brainstormer heraus (ein Notizbuch in handlicher Größe, das ich immer mit mir herumschleppe). Darin blättere ich, bis ich bei meiner Liste mit guten Vorsätzen fürs Jahr angekommen bin. Ich habe mir für jede Woche ein anderes Ziel gesetzt und bisher ist es mir gelungen, alle einzuhalten. Die Aufgabe für diese Woche lautet: Freund(in) finden. Ich blinzele gegen das gleißende Sonnenlicht, das den Betonplatz erhellt. Zwei Mädchen gehen vorbei und ihre Stöckelschuhe klackern laut auf dem Asphalt. Sie werfen einen Blick in meine Richtung, mustern meine Jeans und Adidas-Schuhe, und ich kann regelrecht hören, wie bei dieser Modesünde die Alarmsirenen in ihrem Kopf losjaulen.

Sich in Phoenix mit jemandem anzufreunden ist keine leichte Wochenaufgabe. Aber ich habe schon länger heimliche Bewerberrunden abgehalten – den Leuten bei ihren Gesprächen zugehört, ihre Körpersprache beobachtet und darauf gewartet, dass jemand auftaucht, der mein Interesse weckt.

Ich schaue in Richtung des Gebäudes für Sprach- und Literaturwissenschaft und grinse, denn die persönliche Begegnung mit meinem Kandidaten hat mich überzeugt.

Dieser Typ ist perfekt.

Oberflächlich betrachtet hat er eine Persönlichkeit wie Schmirgelpapier, aber wenn ich ihn durch die Kameralinse in meinem Kopf betrachte, sehe ich Schichten und Kanten. Er erinnert mich an eine Sonnenliege … zusammengeklappt in der Abstellkammer. Ich werde dafür sorgen, dass er sich wieder entfaltet.

Erster Versuch

Gray

Lyrik ist fast so schlimm wie Mathe – eine unbekannte Sprache, die nur ein paar Auserwählte begreifen können. Ich habe den Kurs in Kreativem Schreiben belegt, weil ich ihn vielleicht brauchen kann, um mich später fürs College zu bewerben. Außerdem hatte ich gehört, dass die Dozentin ein zugedröhnter Hippie ist, bei der sogar ein Zweitklässler durchkommen würde, solange er irgendwas Geschriebenes einreicht. Also hatte ich geplant, ein Ferientagebuch zu führen, Teile davon als autobiografische Essays zu tarnen und mich so um echte Aufgaben zu drücken. Stattdessen bin ich gezwungen, Gedichte zu schreiben. Schon seit vier Wochen soll ich denken wie ein Mädchen. Sensibel … bildhaft … blumig …

Ich bin vier Minuten zu spät gekommen, was niemanden stört, und sitze ganz hinten im Klassenraum. Jede Stunde müssen wir uns zu Vierergruppen zusammenfinden und unsere peinlichen Schreibversuche miteinander durchsprechen. Nur um ein paar mickrige Punkte für »aktive Teilnahme« zu bekommen. Wir lesen nacheinander vor, welchen Müll wir zustande gebracht haben. Ich wette, die meisten haben ihre so genannte Lyrik schnell in der Pause oder beim Frühstück hingekritzelt. Ein Typ in meiner Gruppe hat tatsächlich ein Liebesgedicht an einen Bacon Burger geschrieben. Mrs Stiller, unsere übermäßig gefühlvolle Dozentin, ermuntert uns dazu, beim Schreiben unsere innersten Regungen und Geheimnisse zu enthüllen. Literatur ist das Fenster zur Seele, predigt sie. Ich bleibe lieber auf der sicheren Seite. Also habe ich ein Gedicht darüber geschrieben, wie ich für meine Highschool den Baseball-Pokal geholt habe. Und eines über Kanufahren. Beide waren vollgestopft mit Klischees und abgedroschenen Redewendungen. Ich habe sogar versucht zu reimen. Das Erlebnis war demütigend.

Nach einer halben Stunde, in der wir uns zu zweit eine Liste von Metaphern ausdenken sollen (meine Partnerin ist die ganze Zeit damit beschäftigt, ihren Freund anzusimsen, also muss ich alles alleine machen), und ein weiteres Gedicht als Hausaufgabe bekommen (langsam glaube ich, dieser Kurs ist eine Strafe für schlechtes Karma aus einem vorigen Leben), nähert sich die Stunde allmählich dem Ende.

Erleichtert klappe ich mein Heft zu, aber da fällt mir ein, wer draußen auf mich wartet. Nämlich das frustrierendste Mädchen der Welt. Zwar muss ich zugeben, dass sie aus der Nähe hübscher war als erwartet, aber gegen ihr Maß an Durchgeknalltheit kommt auch gutes Aussehen nicht an. Ich schlurfe den Korridor entlang und denke darüber nach, ob ich den Nordausgang nehmen und von dort zum Parkplatz schleichen soll, damit mich Coyote Kid nicht sieht. Schließlich hatte ich einen ruhigen Nachmittag geplant. Ich wollte mich zu Hause verbarrikadieren und Nintendo-Football spielen. Ein neuer Gedanke hilft mir, mich wieder zu entspannen. Vielleicht hat sie lange genug im Schatten gesessen, um ihren Sonnenstich loszuwerden. Sie könnte zu dem logischen Schluss gekommen sein, dass es nicht nur unhöflich, sondern auch gefährlich ist, sich total fremden Typen als Anhalter aufzudrängen.

Immerhin kann sie kaum ernsthaft glauben, dass ich mich mit ihr anfreunden will. Ein ›Betreten verboten‹-Schild sendet mehr einladende Signale aus als ich.

Aber als ich aus der Tür komme, hockt sie dort im Gras und grinst zu mir hoch, als sollte ich mich freuen, sie zu sehen. Ich nicke kurz und gehe an ihr vorbei zum Parkplatz. Sie wirft sich ihren knallroten Rucksack über die Schulter und eilt mir halb joggend, halb hopsend über den Campus nach.

Als sie mich eingeholt hat, wird sie langsamer und spaziert so dicht neben mir her, als wären wir allerbeste Kumpel. Ich weiche auf die Grasfläche aus und ziehe mir meine Kappe tiefer in die Stirn.

»Okay, erzähl mir die Geschichte deines Lebens«, sagt sie.

»So etwas habe ich nicht«, knurre ich.

»Quatsch, jeder hat eine Story. Im Rückblick hat man immer was Interessantes getan«, sagt sie.

Ich öffne die Beifahrertür meines Kombis, um die eingeschlossene Luft herauszulassen. Dann gehe ich um das Auto herum und öffne auch die Fahrertür, wobei ich aufpasse, kein Metall zu berühren, weil ich mir daran die Finger verbrennen würde. Eine Minute schauen wir uns über den Wagen hinweg an und warten, bis die Temperatur im Innenraum nicht länger dem Fegefeuer gleicht. Ich greife zu der etwas feigen Strategie, den Spieß umzudrehen und zu fragen, was denn ihre Story ist.

»Das ändert sich ständig«, sagt sie. »Im Moment bin ich eine Fotografin auf dem ersten Schritt zur großen Karriere.« Sie streicht sich eine lose Haarsträhne hinters Ohr.

In gespielter Überraschung reiße ich die Augen auf. »Oh, du bist noch nicht weltbekannt? Niemand hat dich dafür bezahlt, unseren Betoncampus in all seiner Pracht abzulichten?« Ich lasse mich auf den Autositz fallen und sie steigt ebenfalls ein. Schweigend hocken wir einen Moment nebeneinander und versuchen uns an die Hitze zu gewöhnen.

»Sarkastisch. Gut zu wissen«, sagt sie gedankenvoll, als würde sie meine Charaktereigenschaften auf einer inneren Strichliste abhaken.

Ich greife nach meiner Wasserflasche und trinke einen Schluck. Als ich fertig bin, nimmt sie mir einfach die Flasche aus der Hand und setzt sie an die Lippen. Also bin ich nicht nur ihr Chauffeur und Stadtführer, sondern auch noch ihre persönliche Minibar? Kopfschüttelnd lasse ich den Wagen an und die Klimaanlage erwacht mit einem Brüllen zum Leben. Es fühlt sich an, als würde man Kaminglut direkt ins Gesicht geblasen bekommen. Aber wenigstens gibt es überhaupt einen Luftzug. Meine Beifahrerin macht es sich gemütlich, indem sie ihre dünnen Beine ausstreckt und einen schmutzigen Turnschuh auf dem Armaturenbrett absetzt. Ich hebe die Augenbrauen und frage, ob sie es bequem genug hat. Vielleicht möchte sie auch noch ein Kissen und einen Erdbeercocktail?

Sie bedankt sich höflich und versichert, dass es ihr bestens geht. Mit zusammengepressten Lippen kämpfe ich ein Lächeln nieder. Sie soll sich bloß nicht einbilden, dass ich sie unterhaltsam finde. Wir verlassen den Parkplatz und fahren erst einmal auf den Highway in Richtung Tempe, einer Vorstadt in der Nähe von Mesa und Scottsdale. Phoenix ist ein ausgedehnter Moloch, umgeben von Wohngebieten, in denen sich Pendler niedergelassen haben.

Das Mädchen redet ungebremst weiter. Sie lässt mich wissen, dass sie noch keine Geschichte hat, die sich zu erzählen lohnt, und genau deshalb für den Sommer hierhergekommen ist. Auf der Suche nach einer Story für ihr Leben. Angeblich liegt es nämlich in unserer Hand, wie unsere Geschichte am Ende aussieht. Vielleicht wird unser Leben eine Kitschromanze, vielleicht ein Krimi oder ein Entwicklungsroman. Vielleicht passt es auf ein einziges Blatt Papier, wie ein Pamphlet, oder wächst zu einer mehrbändigen Serie.

»Hauptsache, meine Geschichte wird außergewöhnlich«, sagt sie. Ich hebe eine Augenbraue und wünsche ihr viel Glück.

»Wie lange spielst du schon Gitarre?«, fragt sie plötzlich und ich bekomme das ungute Gefühl, dass dieses Mädchen tatsächlich gestört ist. Kutschiere ich gerade eine Stalkerin durch die Stadt?

»Woher weißt du das?«

Meine scharfe Frage lässt sie nur mit den Schultern zucken, als sei die Antwort offensichtlich. »Deine Hände«, sagt sie. »Du hast Hornhaut an den Fingerkuppen der linken Hand.«

Ich starre auf meine Finger und bin beeindruckt von ihrer Beobachtungsgabe. Tatsächlich hat das stundenlange Üben die Haut verschorfen lassen. An einer Stelle schält sie sich, und wenn ich allein wäre, würde ich mit den Zähnen daran herumzupfen.

Das Mädchen mustert meine Hände noch genauer und stellt fest: »Sieht aus, als würdest du ziemlich oft spielen.« Dazu sage ich nichts, denn sie hat recht. Ich beschäftige mich mehr mit meiner Gitarre, als ich zugeben möchte – vier bis sechs Stunden pro Tag. Der Gedanke, dass ich die engste Beziehung in meinem Leben mit einem Saiteninstrument führe, ist ein bisschen deprimierend. Aber wenn ich mich in die Musik flüchte, kann ich meinen Eltern aus dem Weg gehen.

Ich schaue das Mädchen an und stelle mir vor, wie sie mich gerade mit ihren Gedanken durchleuchtet (eine typisch weibliche PSI-Kraft) und zu folgendem Ergebnis kommt: Er hat keinen Ehrgeiz und hängt den ganzen Tag nur rum. Freunde hat er anscheinend auch nicht …

Heute auf dem Campus dachte ich, ihre Augen seien schlicht braun, aber jetzt stelle ich fest, dass es nicht so einfach ist – außen sind sie dunkelbraun, innen goldbraun und um die Iris herum gibt es einen unverkennbaren Ring aus Blaugrün. Ihre braunen Haare bekommen einen rötlichen Schimmer, wenn die Sonne darauffällt. Sie hat Dutzende von Sommersprossen um die Nase und ein Grübchen in der linken Wange. Die unteren Vorderzähne stehen ein bisschen schief. Sie ist ungeschminkt, soweit ich erkennen kann, und benutzt nur den Labello, mit dem sie sich gerade die Lippen einfettet. Aus der Ferne fand ich sie immer nichtssagend und höchstens etwas seltsam. Doch nun muss ich feststellen, dass etwas an ihr den Blick einfängt und nicht wieder loslässt.

»Wie heißt du?«, frage ich, weil es mich zum ersten Mal interessiert. Sie grinst mich an und das Grübchen wird noch deutlicher.

»Dylan«, sagt sie.

»Dylan«, probiere ich den Klang aus. »Ich heiße Gray.«

Halb erwarte ich, dass sie auch das schon weiß, aber sie zieht verwirrt die Augenbrauen zusammen.

»Und dein Vorname?«

Ich verdrehe die Augen. »Das ist mein Vorname. Es gibt ja wohl niemanden, der zuerst den Nachnamen nennt, wenn er sich vorstellt.«

James Bond schon, widerspricht sie, und die meisten Ärzte. Und ziemlich sicher gibt es in Nordengland abgelegene Flecken, wo man noch immer karierte Anzüge mit Ellenbogenflicken und Bowlerhüte trägt und niemals den Vornamen benutzt.

Wovon quasselt sie eigentlich? Ich runzele die Stirn und argumentiere, dass keines dieser Beispiele auch nur im Entferntesten mit mir zu tun hat.

Dylan will wissen, welche Geschichte hinter meinem Namen steckt. Sie lässt nicht locker, also gebe ich seufzend nach und erzähle zum hundertsten Mal, dass meine Mom an der Nordküste von Oregon geboren wurde, wo es jeden Tag regnet. Der Himmel ist grau, das Meer, die Landschaft – sogar die Luft ist ständig mit dickem grauen Nebel gefüllt. Meine Mom hat mich nach dieser Farbe benannt, weil es sie an ihr Zuhause erinnerte. Ich hatte gehofft, dass ich mich irgendwann an den Namen gewöhnen würde. Leider bin ich zu oft gezwungen, wildfremden Leuten zu erklären, dass meine Mom bei der Taufe nicht unter Drogen stand. Dylan behauptet, sie finde den Namen toll. Weil er einzigartig sei. Okay, das bekomme ich von Mädchen öfter zu hören, was immerhin ein Plus ist.

»Gray«, summt sie und lässt es klingen wie einen Songtitel. »Blue-eyed Gray.«

»Also, was willst du von Phoenix sehen?«, frage ich, um das Thema zu wechseln.

»Alles«, sagt sie. »Fahr mich einfach überall hin.«

Ich sage vielen Dank für diese hilfreiche Antwort und entscheide, sie zu der Shoppingmeile zu führen, von der anscheinend alle

Mädchen magisch angezogen werden. Mill Avenue bietet endlose Boutiquen, in denen eine Jeans mehr kostet als eine durchschnittliche Monatsmiete. Die Restaurants haben Stoffservietten und Balustraden zu bieten, von denen man auf die Welt herabschauen kann, während man seinen Dreißig-Dollar-Salat genießt. In den Cafés gibt es garantiert biologischen, fair gehandelten, frisch gerösteten, perfekt aufgebrühten, mit Goldstaub berieselten Gourmetkaffee. (Okay, den Goldstaub habe ich erfunden, aber überraschen würde es mich kein bisschen.) Eine Tasse für fünf Dollar. Erleben Sie das sanfte Aroma einer Heißgetränk-Abzocke.

Ich parke den Wagen am Straßenrand vor einem Sushi-Restaurant. Durch die Autofenster starren wir auf die Außenterrasse, die von einer Sprinkleranlage besprüht wird, um der kochenden Wüstenluft eine mediterrane Atmosphäre zu geben. Viele Mittagsgäste sitzen dort, die Frauen tragen Sonnenbrillen, die wie riesige Fliegenaugen aussehen, und die Männer hätscheln ihre BlackBerry Smartphones.

Dylan wendet sich zu mir um und wartet. Ich nicke in Richtung der Einkaufsmeile und wünsche ihr viel Spaß. »Wir treffen uns dann in einer Stunde wieder«, sage ich. Während sie haufenweise Geld verpulvert, kann ich mich irgendwo im Schatten verkriechen. Ihr Lächeln verflüchtigt sich und sie sieht mich so enttäuscht an, dass ich mich breitschlagen lasse, ein paar Blocks mitzugehen.

Wir schlendern den Bürgersteig entlang. Ihre Kamera wippt an einer schwarzen Kordel gegen ihren Bauch. Ich frage mich, ob ich erwähnen soll, dass sie wie eine typische Touristin aussieht. Doch obwohl ich sie noch nicht allzu lange beobachten konnte, weiß ich eines mit Sicherheit: Ihr ist es vollkommen egal, was die Leute von ihr denken. Kaum jemand hat einen angeborenen Anti-Kritik-Schirm, der empörte Blicke einfach abgleiten lässt. Aber Dylans Schutzschild ist dick wie Panzerglas.

Wir betrachten Schaufenster, die uns mit Angeboten und vollgehängten Kleiderstangen zum Kauf locken wollen. Ich erwarte, dass Dylan sich auf die Läden stürzt, aber stattdessen schaut sie sich die Leute an. Die Straße ist gesäumt von schmuddeligen Gestalten. Abgekämpft betteln sie um Geld und Essen. Manche spielen auf ramschigen Instrumenten, andere haben magere Hunde um die Füße liegen. Ich bin immer wieder erstaunt, wenn ich obdachlose Hundebesitzer sehe. Sie können kaum sich selbst ernähren, was für Abfälle verfüttern sie wohl an ihre Tiere? Vielleicht will ich es gar nicht wissen.

Während wir die Straße entlanggehen, löchert mich Dylan mit Fragen. Nicht der übliche Smalltalk: Welchen Job hast du, wo bist du geboren, was machst du als Hobby? Was Dylan an Fragen aus dem Hut zaubert, ist kaum zu glauben. Wer hat Sprühbutter erfunden und warum? Brauchen wir eine Armee, die auch den Kampf gegen Außerirdische trainiert? Gibt es tatsächlich Leute, die Schafwollkleidung nicht kratzig finden? Als wir gerade über das Pro und Contra von Laubbläsern diskutieren, werfe ich einen Blick auf mein Handy und stelle fest, dass wir schon fast eine Stunde durch die Gegend laufen.

Auf der Straße paradieren blitzblanke Cabrios vorbei und uns umgibt eine Wolke aus Parfum und Aftershave von all den Shopping-Besessenen, die den Boulevard entlanghetzen und schützend die Hände um ihre Portemonnaies und Handtaschen gekrampft haben.

Wir kommen an einem Obdachlosen vorbei, der ein Schild mit der Aufschrift *Hast du mal 'nen Joint?* hochhält. Ich lehne mich in Dylans Richtung und flüstere: »Wenigstens ist er ehrlich.«

Dylan bleibt stehen und fragt ihn, ob sie ein Foto machen darf. Er nickt und sie knipst ein paar Bilder, während ich aus dem Hintergrund zuschaue. Dann fragt sie den Mann, wo er herkomme, und zu meiner Überraschung klingt er sachlich und gebildet. Seine blauen Augen blitzen und seine silbernen Haare hat er zu einem Pferdeschwanz zurückgebunden, der ihm fast bis zur Taille fällt. Er erzählt uns, dass er per Anhalter aus Colorado gekommen ist, wo er auf einem Ökobauernhof gearbeitet hat. Er hat einen Uniabschluss, hasst aber die Grauen Männer und das System, weil sie den Kapitalismus erfunden haben, der den Konsumterror erfunden hat, der unsere Mutter Erde zerstört. Er hat noch nie Steuern gezahlt, aber auch noch nie etwas gestohlen. Er lebt nur für den Moment, einen Tag nach dem anderen, und damit geht es ihm besser als den meisten. Sein breites Grinsen enthüllt einen Mund voller Zahnlücken.

Dylan drückt mir die Kamera in die Hand und sagt, ich soll einen Moment warten. Dann sprintet sie in einen Laden mit Badebekleidung. Ich bleibe draußen neben dem Landstreicher stehen und starre auf den Boden. Ausgerechnet jetzt wird sie von dem plötzlichen Verlangen überwältigt, shoppen zu gehen? Zwei Minuten später kommt Dylan zurückgerannt und schwenkt ein Paar blaue Flipflops. Sie überreicht sie dem barfüßigen Mann und fragt, wie er heißt. Zuerst schaut er überrascht, dann grinst er und sagt, sein Name sei Sam.

»Prima«, sagt sie. »Ich glaube, die sollten passen, Sam.« Der Mann nimmt die Plastiksandalen und steckt die Riemen zwischen seine braunen Zehen. Er nickt Dylan zu, bedankt sich und nennt sie einen Engel. Bei dem Kompliment hebe ich die Augenbrauen. Ich halte ›durchgeknallt‹ immer noch für eine bessere Beschreibung.

Wir gehen weiter die Straße entlang und Dylan bleibt nur stehen, wenn sie Leute knipsen will, die zu abgelenkt sind, um sie zu bemerken. Sie macht ein Foto von einer Mutter mit drei Töchtern, die in ein Schaufenster vertieft sind. Alle tragen die gleichen pinkfarbenen Caprihosen und knallweißen Tennisschuhe. »Team Capri«, flüstert sie mir zu.

Fast hätte sie mich zum Lächeln gebracht. Ich stelle fest, dass ich tatsächlich Spaß habe, und genau in dem Moment entdecke ich eine bekannte Gestalt am Ende des Häuserblocks. Im Schatten einer Markise steht mein früherer bester Freund neben einer langbeinigen Blondine. Er winkt und ich presse die Lippen zusammen. Eigentlich sollte ich nicht überrascht sein. Schließlich weiß ich, dass Brandon Stack immer noch in Phoenix wohnt. Er hat ein Stipendium der Uni Arizona bekommen, um dort Baseball zu spielen. Ich atme scharf aus und gehe auf ihn zu. Brandon stößt zur Begrüßung seine Faust gegen meine.

»Hey, Mann, cool dich zu sehen«, sagt er. Ich nicke, auch wenn ich seine Begeisterung nicht teile. Das Timing könnte kaum mieser sein. Natürlich kann Brandon nichts dafür, dass seine bloße Anwesenheit mich daran erinnert, woraus mein Leben gerade besteht und vor allem, was darin fehlt. Ich habe eine Menge Zeit damit verbracht, meine Vergangenheit sorgfältig zu verpacken, zu verschnüren und luftdicht zu versiegeln. Das fertige Paket habe ich im hintersten Winkel meines Bewusstseins verstaut, doch Brandons Anblick lässt es wieder aufplatzen, sodass die Erinnerungen herausquellen und mir vor die Füße fliegen.

Dylan lehnt im Schatten der Häuserwand neben der blonden Sexbombe. Sie sieht aus wie ein zerrupftes Straßenkind, das sich in die glitzernde Promiwelt verirrt hat.

»Oh«, sagt Brandon, »das hier ist Kim, meine Freundin.« Ich halte ihr die Hand entgegen. Kim schüttelt sie schlaff und blickt immerhin für eine Sekunde von ihrem Handy hoch. Ihr Lächeln entblößt strahlend weiße Zähne zwischen rosig schimmernden Lippen, und ihre blauen Augen schauen mich unter einer dicken Schicht von schwarzem Mascara an. Ich kann nur glotzen. Diese Reaktion ist ganz natürlich, schließlich habe ich männliche Hormone, und Kim steckt in so wenig Kleidung, als wolle sie unbedingt von Victoria's Secret entdeckt werden. Sie sieht aus wie das globalisierte Schönheitsideal höchstpersönlich. Platinblond. Brüste wie Medizinbälle, die ihr fast aus dem knallblauen Top fallen. In ihrem gebräunten Nabel steckt ein Piercing-Ring. Sie wäre das perfekte Motiv für ein Playboyplakat und das weiß sie auch. Was bedeutet, dass ein Normalsterblicher sich gar nicht erst zu bemühen braucht. Früher war Brandon mit Mädchen zusammen, die wie Jungs herumliefen und vor allem einen schrägen Sinn für Humor hatten. Er hat immer behauptet, auf das Aussehen käme es nicht an. Kim ist der Beweis dafür, dass er zum Massengeschmack übergelaufen ist.

Wir haben seit Monaten nicht mehr miteinander gesprochen. Aber ich muss ihn nur anschauen und weiß, dass sein Leben völlig unverändert weitergegangen ist (abgesehen von dem Supermodel an seiner Seite). Ihm ist immer alles zugeflogen und deshalb fehlt ihm der nötige Antrieb, um Neues zu wagen. An unserer Highschool war er der Star der Baseballmannschaft und der König des Abschlussballs. Charisma, blendendes Aussehen, gute Noten … Alle lagen ihm zu Füßen. Wenn die Gerüchte stimmen, soll er schon ab dem ersten Semester für seine Uni als Baseball-Shortstop antreten.

Ich mache ihn mit Dylan bekannt und sie nickt mit einem schrägen Grinsen, gibt ihm aber nicht die Hand. Stattdessen vergräbt sie die Finger in den Hosentaschen und schaut mit aufmerksamen, schmalen Augen zwischen Brandon und mir hin und her.

Brandon lässt seinen Blick an ihr herunterwandern. Als er sich wieder mir zuwendet, hebt er eine skeptische Augenbraue. Ich kann es ihm nicht verdenken. Dylans Klamotten sehen aus, als käme sie gerade von der Gartenarbeit und in Phoenix definieren sich nun einmal alle über ihr Outfit. Dann wird Brandons Miene ernst und mein Magen zieht sich zusammen. Oh, nein. Hoffentlich fängt er nicht damit an. Nicht gerade jetzt.

Dylan

Ich lehne an der Hauswand und schaue zu, wie die Spannung zwischen Brandon und Gray wächst, bis man sie fast mit Händen greifen kann. Zwischen den beiden herrscht so dicke Luft, dass sie sich auswringen ließe. Ich bin kurz davor, einen praktischen Versuch zu starten.

Der Beachbabe-Klon neben mir zupft an seinem trägerlosen Top und seufzt. Ich habe gesehen, wie Gray fast anfing zu sabbern, als er ihr die Hand schüttelte. Total verständlich. Kim hat ein Gesicht wie ein Reklamefoto und ihre Kurven erinnern an eine Eieruhr. Trotzdem schüchtert sie mich nicht ein und der Grund ist folgender: Ich habe mir angewöhnt, bei Menschen als Erstes auf die Augen zu achten. Man kann daran fast alles ablesen. Ist die Person lebendig? Echt? Erlaubt sie sich tiefe Gefühle? Kann sie noch staunen? Kims Augen sind stumpf und glasig. Ihr Blick ist leer, als würde sie die Menschen um sich herum gar nicht wahrnehmen. Kim sieht nur sich selbst.

»Wie kommt deine Familie zurecht?«, fragt Brandon und bei dieser Frage hat er sofort meine volle Aufmerksamkeit. Ich sehe, wie Grays Miene versteinert.

»Gut«, sagt er, aber er klingt, als würde das Wort ihm die Kehle zuschnüren. »Uns geht es gut.«

»Ist deine Mom okay?«, fragt Brandon.

Gray nickt kurz. »Ja, klar. Ich meine, natürlich war es hart, aber sie kommt zurecht.«

»Hast du vor, wieder mit Baseball anzufangen?«, fragt Brandon.

Gray starrt konzentriert auf den Boden und kickt einen unsichtbaren Stein aus dem Weg. »Na ja, ich weiß nicht«, sagt er.

»Ich bin die Sommerferien über in der Stadt. Wenn du trainieren willst, musst du nur anrufen. Wäre doch cool, mal wieder abzuhängen.«

»Klingt gut«, murmelt Gray. Er ist ein furchtbar schlechter Lügner.

»Und bei dir ist alles okay?«, fragt Brandon. Ich sehe, wie Grays Hände sich zu Fäusten ballen. Mein Rücken versteift sich.

»Ja, schon. Wer weiß, vielleicht fange ich auch an der Uni Arizona an. Ich kann ja mal bei einem Spiel zuschauen.«

Die Eifersucht steht ihm ins Gesicht geschrieben. Er sieht aus, als habe man ihm seinen größten Traum gestohlen. Vielleicht gilt der Neidanfall auch einfach Brandons ganzem Leben: Studium, Baseball, Freundin mit Karrierechancen in der Pornobranche ...

»Prima«, sagt Brandon. »Ich kann dir Plätze in der ersten Reihe besorgen.«

Gray knirscht mit den Zähnen und nickt. »Klingt super«, murmelt er.

Klar, denke ich und betrachte seine verbitterte Miene. Das klingt sensationell.

Dann stehen wir ein paar Sekunden schweigend herum. Kim pustet eine Kaugummiblase auf und lässt sie zwischen den Zähnen zerplatzen – ihr bisher einziger Gesprächsbeitrag. Gray wippt auf den Zehen vor und zurück, als würde er am liebsten weglaufen. Spontan trete ich vor und greife nach seiner Hand. Er schaut überrascht erst auf mich und dann auf unsere zärtlich verwobenen Finger. Wie so oft sage ich das erste, was mir in den Sinn kommt.

»Willst du ihm nicht die tollen Neuigkeiten erzählen?«

»Welche Neuigkeiten?«, fragt er mit einer gewissen Panik im Blick.

Ich werfe Brandon ein entschuldigendes Lächeln zu. »Gray wird wohl kaum an deiner Uni anfangen«, sage ich und wende mich dann wieder zu Gray um. »Immerhin bist du gerade von der Duke University angenommen worden.«

Brandons Augenbrauen schießen nach oben. »Echt? An der Ostküste? Das ist voll beeindruckend.«

Gray reagiert nur mit einem verwirrten Blinzeln.

»Und was ist mit Stanford?«, füge ich hinzu. »Da könntest du ein Stipendium der Philosophischen Fakultät bekommen. Es gibt Wichtigeres im Leben als Baseball, stimmt's?« Ich lächele Brandon triumphierend an.

»Mmh«, sagt Gray, »mal sehen.«

»Also, tschüss dann, hat mich gefreut, euch kennen zu lernen«, sage ich und ziehe Gray hinter mir her. Brandon steht da und winkt uns nach. Er sieht immer noch ganz verblüfft aus. Kim schaut nicht einmal hoch, so beschäftigt ist sie damit, den makellosen Zustand ihres Nagellacks zu überprüfen. Erst als wir einen Häuserblock weit weg sind, lasse ich Grays Hand los, die warm in meiner liegt. Seine Gewittermiene hat sich keineswegs verzogen, aber in seinen Augen entdecke ich einen Funken von Erleichterung und vielleicht sogar Humor.

»Weißt du was?«, sagt er. »Man sollte dich mit einem Warnblinklicht versehen. Wenn du einen deiner Geistesblitze hast, können die Leute vor dem Einschlag in Deckung gehen.«

»Danke«, sage ich und lächele. Ein besseres Kompliment konnte er mir kaum machen. Noch dazu war es das erste, das ich von ihm bekommen habe.

Stirnrunzelnd betrachtet er mein glückliches Grinsen und schiebt hinterher, dass seine Bemerkung nicht schmeichelhaft gemeint war. »Wieso hast du ihm diese Story erzählt?«

Ich schaue zur Seite und versuche die richtige Antwort zu finden. Auf keinen Fall darf ich sagen, dass ich ihm aus der Klemme helfen wollte. Ein Typ wie Gray reagiert empfindlich auf alles, was wie Almosen wirkt. Besonders, wenn es dabei um Gefühle geht.

»Na gut, am besten gestehe ich dir gleich die Wahrheit«, sage ich. »Leider habe ich eine seltene psychische Krankheit.«

Er wirkt nicht im Geringsten überrascht. Stattdessen mustert er mich gründlich und wartet.

»Mich überkommen häufig seltsame Anfälle von Kreativität, wenn ich den Mund aufmache«, sage ich, was sogar stimmt.

Seine Lippen beginnen zu zucken. »Ist das die neueste Umschreibung für: ›Ich lüge wie gedruckt?‹«

»Nein«, widerspreche ich. »Lügen tut man, um zu manipulieren. Was ich eben gemacht habe, war etwas anderes. Nennen wir es ›Improvisationskunst für den Notfall‹.«

»Bitte?«

Ich verdrehe die Augen zum Himmel. So viel also zu meiner psychischen Krankheit. »Ich habe versucht, dir aus der Klemme zu helfen«, übersetze ich. »Du warst kurz davor, ihm eine reinzuhauen.«

Ich ernte einen bitterbösen Blick, obwohl ich nur die reine Wahrheit gesagt habe.

»Nein, war ich nicht.«

»Du hattest schon die Hände geballt«, erinnere ich ihn, »und hast mit den Zähnen geknirscht. Das würde ich nicht als kumpelhafte Körpersprache bezeichnen.«

»Dir entgeht nicht viel, was?«

Ich schüttele den Kopf. »Hör zu, es tut mir leid, dass ich ihn angelogen habe. Ich wollte nur deine Fingerknöchel retten.«

Und einfach so, ohne Vorwarnung, beginnt Gray zu lächeln. Es ist, als würde jemand in seinen Augen das Licht anknipsen. Sein ganzes Gesicht verändert sich. Ich kann regelrecht zusehen, wie die Eisschichten zu schmelzen beginnen. Wow, denke ich. Das sollte er öfter tun.

»Duke und Stanford?«, fragt er noch immer lächelnd. »Wieso nicht Harvard? Willst du meinen IQ dissen?«

Wir setzen uns wieder in Bewegung, und ich frage, ob er sauer ist. Gray schüttelt den Kopf und meint, es sei nur verdammt frustrierend, ausgerechnet in der Mill Avenue über die Vergangenheit zu stolpern. Ich nicke, auch wenn es ihn vor allem gewurmt haben dürfte, dabei von mir beobachtet zu werden: einem Mädchen mit lästigem Detektivblick, das er kaum kennt.

Er schaut in meine Richtung und grinst noch einmal. Vermutlich ist das seine Art, sich zu bedanken. Wir schweigen beide, bis die Straße endet und in den Stadtpark am Tempe Town Lake mündet. Der See liegt vor uns wie ein schimmernder Edelstein und wird von den geschwungenen Bögen einer Brücke gekrönt. Geckos huschen um meine Füße, während ich den Rasenhügel zum Wasser hinabschlendere. Gray folgt mir. Wann immer ich in seine Richtung schaue, wirft er mir abwartende Blicke zu.

»Was ist?«, frage ich.

»Willst du nicht wissen, worum es vorhin eigentlich ging?«

Ich schaue ihn an. Sein Mund ist zusammengepresst, als habe man ihn mit einem Dutzend Schrauben verschlossen. »Nein«, sage ich ruhig. »Du siehst nicht aus, als würdest du darauf brennen, es mir zu erzählen.« Gray stößt erleichtert den Atem aus. Er schüttelt den Kopf und ich verfolge das Thema nicht weiter. Stattdessen halte ich die Kamera ans Auge und richte sie auf das glatte Wasser, das den Himmel widerspiegelt. Der Blendenverschluss klickt, als ich auf den Auslöser drücke.

»Ich sollte dich nach Hause fahren«, sagt Gray.

Ich nicke, aber vorher will ich noch eine bleibende Erinnerung an diesen Tag haben. Eine eingefrorene Momentaufnahme von dem, was mir am besten gefallen hat. Ich drehe mich um, nehme Gray ins Visier und knipse sein Profil, bevor er sich abwenden kann.

»Hey«, sagt er und versucht die Kamera mit der Hand abzudecken. Doch während er sich noch über meine Paparazzo-Methoden beschwert, muss er grinsen, und seine Augen hellen sich auf. In nur fünf Minuten habe ich ihn drei Mal zum Lächeln gebracht. Dafür habe ich mindestens eine Medaille verdient. Manchmal sind die kleinen Siege mehr wert als jedes Großereignis, das die Welt bewegt.

Gray fährt mich nach Hause und ich führe ihn zu dem ausladenden Anwesen im Nobelort Scottsdale, wo ich im Moment wohne.

»Machst du Witze?«, fragt er, als wir eine Sicherheitsschranke passieren und an Villen vorbeikommen, auf deren Wohnfläche man ganze Hotels unterbringen könnte. Ich lasse ihn in eine Auffahrt einbiegen, die vor einer dreitürigen Garage endet, und er fragt mich, ob ich kürzlich meinen Millionärsonkel beerbt habe.

»Das ist also nicht, was du erwartet hast?«

Er starrt auf meine ausgeleierte, ausgewaschene Jeans. »Du läufst herum, als müsstest du im Stadtpark zelten.« Anscheinend fürchtet er, ich könnte beleidigt sein, denn er fügt schnell hinzu: »Ich meine nur, du wirkst nicht gerade … na ja … materialistisch.«

»Bin ich auch nicht, aber meine Tante hat eine sehr lohnende Scheidung hinter sich. Schönheitschirurgen sind in Phoenix anscheinend gefragt.« Gray verbeißt sich ein Grinsen und wir betrachten zusammen das Eigenheim meiner Tante, das aussieht wie drei Villen, die aneinandergeklebt wurden. Der perfekte Wohnsitz, falls man eine Familie von ungefähr zwanzig Personen unterbringen will. Gray bemerkt den schäbigen knallorangen Volvo, der auf der Stellfläche neben uns parkt. Die Stoßstange ist mit Rost überzogen, der Lack hat Risse und blättert an verschiedenen Stellen ab.

»Sieht aus, als könnte ihr Wagen ein ordentliches Lifting gebrauchen«, sagt er.

»Der Flitzer gehört mir. Er heißt Gürkchen.«

Mit gekrauster Stirn betrachtet er das orange Auto. »Ja, sehr passend.« Dann zeigt er auf das Nummernschild, das aus Wisconsin stammt. »Du bist wirklich weit weg von zu Hause.«

Ich nicke. »Genau das ist der Sinn der Sache.« Obwohl ich inzwischen die Wagentür geöffnet habe, kann ich mich nicht entschließen auszusteigen. Mein einer Fuß steht schon auf dem Asphalt, der andere lungert noch in Grays Auto herum. »Können wir das morgen wiederholen?«, frage ich lässig, als seien wir bereits Freunde. Für mich fühlt es sich auch so an, aber Grays entgeisterter Gesichtsausdruck sagt mir, dass er diese Ansicht nicht teilt.

»*Was* wiederholen?«

»Die Stadt zusammen entdecken.« Ich schlage vor, die Mill Avenue diesmal auszulassen. »Auch wenn es eine interessante Erfahrung war. Aber die Leute dort nehmen sich so ernst. Bei den Boutiquen hat man das Gefühl, dass man erst auf einer Gästeliste stehen muss, bevor man sie betreten darf.«

»Tja, willkommen in Phoenix«, meint er. Sein störrischer Blick sagt unmissverständlich, dass ich mir den verkehrten Einheimischen ausgesucht habe, wenn ich auf Entertainment aus bin. Ich schaue genauso störrisch zurück, denn da bin ich ganz anderer Meinung. Mein Gefühl sagt mir, dass seine Abenteuerlust nur verschüttet ist und sich wieder ausgraben lässt.

»Hör mal zu, Dylan, ich unternehme nicht gerade viel. Ich bin der falsche Typ für so was.«

Ich lächele ihn an. »Du bist genau richtig«, sage ich und springe aus dem Wagen, bevor er widersprechen kann. »Also dann, bis morgen.«

Mit langen Schritten marschiere ich auf die gigantische Haustür aus polierter Eiche zu, die vergeblich versucht, mich einzuschüchtern ... ebenso wie die gestutzten Buchsbäume und der dicke, grüne Rasenteppich inmitten der trockenen Wüstenhitze. Ich weiß, dass ich mit meiner ausgeleierten Jeans und der Sturmfrisur nicht zu diesem sterilen Plastikpalast passe. Aber das will ich auch gar nicht. Wenn man sich anpasst, macht man sich nur unsichtbar. Um einen bleibenden Eindruck zu hinterlassen, muss man sich ab und zu trauen, aus dem Rahmen zu fallen.

Erste Hürden

Gray

Am nächsten Nachmittag komme ich aus dem Eingang des Unigebäudes und da sehe ich sie bereits. Sie sitzt auf einer Bank des Campushofes und hat ihren Fotoapparat griffbereit an der Kordel um den Hals hängen, als sei sie eine Klatschreporterin, die nur darauf wartet, die VIP-Studenten des Mesa Community College abzulichten. Außerdem trägt sie die schon bekannten schwarzen Adidasschuhe, aber heute in Kombination mit einer grünen kurzen Outdoorhose und grauen Strümpfen, die sie bis zu den Knien hochgezogen hat. Als sie mich entdeckt, springt sie auf und kommt in meine Richtung geflitzt. Ich bin noch nicht einmal beim Fußweg angelangt, da steht sie schon vor mir. Müde blinzele ich ihr entgegen, als sie mich aus meinem Unterrichtskoma reißt wie ein morgendlicher Wecker. Ich bin nicht gerade begeistert.

»Normale Menschen lassen es bei dieser Hitze etwas langsamer angehen«, stelle ich fest.

»Hast du schon Pläne für heute?«, fragt sie mit einem wilden Funkeln in den Augen. Bevor mir eine Ausrede einfällt, nickt sie und sagt: »Ja, das habe ich mir schon gedacht.«

Sie nimmt meine Hand und schwingt sie beim Gehen hin und her, als seien wir allerbeste Kindergartenfreunde. Während sie mich zu ihrem Auto zieht, lässt sie mich wissen, dass sie den Job des Freizeitplaners übernommen hat, da mir der nötige Enthusiasmus fehlt. Für heute steht eine Wanderung auf dem Programm. Ich reiße meine Hand los und frage sie, ob sie verrückt geworden sei.

»Wir haben ungefähr hundert Grad im Schatten«, sage ich. »Schon mal was von Hitzschlag gehört?« Mit einem Lächeln meint sie, dass ich mir keine Sorgen zu machen brauche, weil sie Sonnenmilch dabei hat. Offenbar ist es sinnlos, an ihren gesunden Menschenverstand zu appellieren. Genauso gut könnte ich Chinesisch reden.

Sie öffnet die Autotür ihrer rostigen Blechkiste.

»Sei mal ein bisschen abenteuerlustig«, sagt sie. »Wenn du immer erst auf perfekte Bedingungen wartest, erlebst du nie etwas. Schau dir den Himmel an, Gray. Ist er nicht wahnsinnig schön? Perfekt, genau so wie er ist, und das wäre dir beinah entgangen.«

Mit schmalen Augen starre ich auf den nackten blauen Himmel, der sich ohne den Hauch einer Wolke endlos über uns erstreckt wie ein tiefblauer Abgrund.

»Außerdem haben wir nur vierzig Grad«, fügt sie hinzu. Widerwillig steige ich ein und setze mich in die Bruthitze ihres Wagens. Wir verlassen den Parkplatz und die Kupplung quietscht gefährlich. Das schwarze Leder der Gangschaltung ist abgerieben und das Auto rattert beim Beschleunigen auf dem Highway so widerspenstig, als würde uns gleich der Motor um die Ohren fliegen.

»Gürkchen fährt nicht gerne über neunzig«, erklärt Dylan. Ich schaue sie mit erhobenen Augenbrauen an. Daraufhin bekomme ich zu hören, dass Gürkchen außerdem für Oldies schwärmt, am liebsten von Fords überholt wird und beim Bremsen glücklicher ist als beim Beschleunigen. Dylan drückt leicht den Fuß auf das Bremspedal und sofort beginnt der Motor zu schnurren. »Siehst du?«, fragt sie mit wissendem Lächeln.

Ich stoße einen langen Seufzer aus und kann nicht glauben, dass wir uns über den Musikgeschmack ihres Autos unterhalten. Noch unglaublicher ist, dass sie mich überhaupt zu einem zweiten gemeinsamen Tag überreden konnte. Hey, ich habe mein eigenes Leben. Auf mich warten vier TV-Folgen von *Mythbusters*, die ich noch nicht kenne. – Na gut, vielleicht habe ich doch kein Leben.

Ich schaue aus dem Fenster zu den braunen Hügelketten in der Ferne. Auf einem der Hänge steht in großen weißen Buchstaben das Wort ARIZONA.

»Bei euch schreibt man also auf Berge«, übertönt Dylans Stimme das laute Rattern von Gürkchen. »Warum machen Leute so etwas?«

»Weil sie es können«, sage ich.

Ihre Augen werden schmal. »Aber das heißt nicht, dass sie es auch tun sollten. Wenn du mich fragst, wirkt der Hang, als habe ein Riesenvogel draufgeschissen.«

»So kann man es natürlich sehen. Ich persönlich sehe nur weiße Farbe.«

»Nehmen wir an, du dürftest ein einziges Wort auf einen Berg schreiben, sodass jeder im Umkreis es liest. Welches würdest du wählen?« Ist sie zu einer ernsthaften Unterhaltung überhaupt fähig?

»Bist du zu einer ernsthaften Unterhaltung überhaupt fähig?«

Sie schaut mir direkt in die Augen und behauptet, das sei ein total ernstes Thema.

»Gar nicht so leicht«, gebe ich schließlich zu.

Die Entdeckung, dass wir ausnahmsweise einer Meinung sind, lässt ihre Augen aufstrahlen. »Ich weiß! Es gibt so viele fantastische Worte. Ich mag Kabale und Mirakel und despektierlich und schillernd und Kataklysmus.«

»Kata-was?«

»Auf der anderen Seite gibt es auch ganz schreckliche Worte«, fährt sie fort, »zum Beispiel Schleimhautmembran. Oder breiig. Am schlimmsten ist Protoplasma.« Um ihre Aussage zu unterstreichen, tut sie so, als würde sie neben mir auf den Sitz reihern. Ich betrachte den unsichtbaren feuchten Fleck mit möglichst angewiderter Miene.

Während wir immer weiter nach Süden fahren, redet Dylan wie ein Wasserfall, und ich entspanne mich beim ablenkenden Geplätscher ihrer Stimme. Ich strecke die Beine aus und halte das Gesicht in den heißen Wüstenwind, der durchs Autofenster bläst. Dann lege ich meine Füße mit den dreckigen Turnschuhen auf Gürkchens Armaturenbrett und mache es mir bequem. Unwillkürlich lächele ich in mich hinein. Dylan war gestern nicht unhöflich, sondern einfach nur sie selbst. Warum sollte man dafür erst um Erlaubnis bitten?

Sie redet über den Fotokurs, den sie am Mesa belegt hat. Eigentlich stammt die Idee von ihrer Tante Diane, damit sie in den Ferien etwas zu tun hat. Dylan hütet das Haus, während ihre Tante im Land herumreist und Kunstausstellungen besucht, denn sie ist Innendekorateurin. Manchmal verdient Dylan sich ein bisschen Geld, indem sie bei Luxusrenovierungen hilft und Wände anstreicht. Als Nächstes erzählt sie mir, dass ihre Tante gerade geschieden wurde und im Anschluss ihr Coming-Out hatte. Dylan behauptet, sie habe schon seit der neunten Klasse Bescheid gewusst, als Tante Diane (oder Tante Dan, wie der Familienclan sie nun liebevoll nennt) zu einer Familienfeier kam und das ganze Wochenende versuchte, ein Frauenfootball-Match auf die Beine zu stellen. Ein unschlagbarer Beweis, wie Dylan behauptet. Außerdem besitzt ihre Tante verdächtig viele dieser khakigrünen Outdoorhosen, die man mit Reißverschlüssen in Shorts verwandeln kann. Zu meiner eigenen Überraschung muss ich darüber richtig lachen.

Wir verlassen den Highway an der Abfahrt zum Picacho-Peak-Nationalpark und sind bald darauf von kahlen, knochentrockenen Hügeln umgeben. Besonders spektakulär ist der Park nicht. Nur eine leblose Staubwüste voller Stachelsträucher, die entwurzelt vom Wind durch die Gegend gerollt werden, wie man es aus Westernfilmen kennt. Wir kurven eine Schotterpiste hoch, bis wir einen verlassenen Parkplatz erreichen. Dort steht ein kleines Begrüßungsschild, doch die Beschriftung ist von der Sonnenhitze ausgebleicht.

Die Wagentür lässt sich nur mit einem schmerzvollen Winseln

öffnen (weil Gürkchen an Gelenkverschleiß leidet, wie Dylan mir erklärt). Nachdem sie ein paar Wasserflaschen in ihren Rucksack gepackt und ihre Fotoausrüstung überprüft hat, wandern wir einen felsigen Pfad hinauf. Selbst von hier im Nationalpark kann man noch immer den Highway sehen. Die dürren Wüstenpflanzen und Kakteen erlauben einen meilenweiten Blick in alle Richtungen. Lastwagenmotoren in der Ferne schnarren mit den Zikaden um die Wette.

Während wir den gewundenen Pfad entlangwandern, erzählt Dylan von dem Hausaufgabenprojekt für ihren Fotokurs. Sie soll sich ein unbewegliches Objekt aussuchen und es von allen Seiten knipsen. Im Unterricht werden die Bilder dann unterschiedlich gefärbt, um zu zeigen, wie sich ein Objekt verwandeln kann, wenn man sich die Zeit für neue Perspektiven nimmt. Dylans Vater hat ihr für die Sommerferien seine alte manuelle Kamera geliehen. Sie erzählt mir alles über Verschlusszeiten, Gegenlichtaufnahmen, Schärfeneinstellung und Fokussierung.

Auf unserer Wanderung entdecken wir, was diesen Nationalpark so besonders macht: Er ist die Heimat einer riesigen Ansammlung von Saguaro-Kakteen, die das Wahrzeichen von Arizona sind. Sie können Jahrhunderte alt werden und ihre verzweigten grünen Stachelstämme sehen aus wie Arme, die sich der Sonne entgegenrecken. Wir kommen an einem Saguaro vorbei, in dessen Seite sich eine klaffende Wunde befindet, als habe ein Riese sich heruntergebeugt und einen Happen aus seinem grünen Fleisch herausgebissen. Das Kakteenskelett liegt offen und man sieht den braun verholzten Kern im Inneren. Dylan hält an, um einen näheren Blick darauf zu werfen, und ich bleibe neben ihr stehen.

»Der Kaktus stirbt«, sage ich. »Wenn das Skelett sichtbar ist, hat er keine Chance mehr.«

»Trotzdem ist er schön«, behauptet sie. Ich starre auf den verschrumpelten Saguaro und versuche etwas Schönes daran zu entdecken. »So will ich auch einmal enden«, überlegt sie laut.

»Wie?«, frage ich. »Jemand soll dich aufbrechen bis auf die Knochen?«

Sie schüttelt den Kopf. »Ich meine, am Ende will ich nichts zu verbergen haben. Und nichts zu bedauern. Dieser Kaktus hat in vollen Zügen gelebt und war ein Kämpfer; das beweisen seine Narben. Was nützt es schon, ohne jeden Kratzer ins Jenseits zu verschwinden? Wenn man im Tod perfekt aussieht, heißt das nur, dass man nichts erlebt hat. Weil man zu feige war, etwas zu riskieren.«

Ich gehe um den Saguaro herum. Dylan folgt mir und schießt Fotos. Wann immer sie auf das perfekte Motiv konzentriert ist und mich nicht bemerkt, betrachte ich sie aus den Augenwinkeln. Heute wirkt sie anders auf mich als bisher. Geradezu anmutig. Mein Blick folgt ihren Bewegungen, während sie sich herunterneigt und in die Hocke geht. Ich sehe zu, wie ihr Rücken sich rundet und ihr Hals sich beugt. Sie hat lange schmale Finger und silberne Ringe glitzern in der Sonne. Die Muskeln ihrer schlanken Arme spannen sich, Schmuckreifen klirren bei jeder Bewegung.

Wir überlegen gemeinsam, womit die Kakteen gerade beschäftigt sind. Sie zeigt mir einen tanzenden und einen betenden Saguaro. Ich entdecke einen, dessen fingerartige Auswüchse zu einer Faust geschlossen sind bis auf den mittleren, der senkrecht in die Luft ragt.

»Der zeigt deutlich, was er von uns hält«, sage ich. Sie stellt sich neben mich und betrachtet eingehend den aufragenden Mittelfinger, der stolz und trotzig in Richtung des Highways zeigt.

»Ihr beide scheint einiges gemeinsam zu haben«, sagt Dylan.

Sie knipst ein Foto und lächelt mich an. Ich habe sie heute bestimmt schon hundert Mal lächeln sehen, aber das hier ist anders. Es füllt ihre Augen ganz aus. Es nimmt mir den Atem. Ich schaue weg und trinke das letzte Wasser aus meiner Flasche. Anscheinend ist mir die Hitze aufs Gehirn geschlagen.

Sie wendet sich wieder dem Pfad zu, aber ich stehe wie angewurzelt und versuche meine Gefühle zurück in normale, geordnete

Bahnen zu zwingen. Undenkbar, dass ich dieses Mädchen tatsächlich mag. Dafür ist sie zu durchgeknallt. Sie streckt sich bäuchlings auf Fußwegen aus und freundet sich mit Obdachlosen an. Sie besteht darauf, dass ihr Auto eine Persönlichkeit hat. Sie glaubt, Kakteen könnten tanzen. Andererseits gibt es wenige Leute, die mich überraschen. Und ich muss zugeben, dass mein Blick immer länger an ihrem schlaksigen Körper haften bleibt, genau wie meine Gedanken an allem, was sie sagt. Als mir diese Erleuchtung kommt, gibt es dafür nur einen passenden Ausdruck: Oh shit.

Ich will keine Gefühle für Dylan haben. Abgestumpft zu bleiben ist viel sicherer.

Dylan

Wir folgen dem Rundweg, bis der Parkplatz in Sicht kommt, wo Gürkchen auf uns wartet. Als ich die Kühltasche öffne, dümpeln zwei Sandwiches im geschmolzenen Eis herum. Bei näherer Inspektion stelle ich aber fest, dass die Verpackungen dem Wasser standgehalten haben. Also reiche ich Gray ein Sandwich und eine Getränkedose. Ich selbst schnappe mir eine Tüte mit Lakritz und eine mit Chips. Wir hocken uns im Schneidersitz auf einen Picknicktisch und schauen auf die Wüstenebene hinaus.

Gray nimmt seine Kappe vom Kopf und fährt sich durch die feuchten Locken, deren dunkles Braun nun fast schwarz aussieht. Seine Haare sind widerspenstig und stehen sofort in alle Richtungen ab, als wollten sie diesen seltenen Moment der Freiheit feiern. Die Farbe seiner Augen kommt dadurch viel besser zur Geltung.

»Okay«, sage ich. »Du hast mir bei meinen Hausaufgaben geholfen, also sollte ich jetzt das Gleiche für dich tun.«

Er wischt sich mit dem Handrücken über den Mund, kaut schweigend auf seinem Sandwich und nimmt einen langen Schluck aus der Dose. Anscheinend muss er erst abwägen, ob er sich allzu weit aus der Deckung wagt, wenn er sich auf ein Gespräch einlässt – ganz gleich, wie harmlos das Thema ist. Schließlich antwortet er, dass er in einem Kurs über Lyrik steckt, obwohl das nicht gerade seine Stärke ist.

»Nicht deine Stärke? Wie kommst du denn darauf?«

»Wir reden hier von *Poesie*«, sagt er mit einer Stimme, als würde er eine Magen-Darm-Grippe beschreiben.

»Gedichte sind die einzige Literaturform, in der man sämtliche Regeln brechen kann«, widerspreche ich. »Das ist total befreiend.«

Er kaut weiter auf seinem Sandwich herum und denkt darüber nach. Ein Windstoß bläst ihm die Haare aus der Stirn. »Ja schon, aber man braucht Metaphern und Personifikationen und den ganzen Mist.«

»Mist?«, wiederhole ich. »Du brauchst nichts zu tun, als Worte aneinanderzuheften. Zufällige Worte in beliebiger Reihenfolge. Sie brauchen nicht einmal eine Bedeutung zu haben. Nur für dich müssen sie etwas bedeuten.«

Grinsend erwidert er, auf sein Gedicht würde das leider nicht zutreffen, weil die Hausaufgabe »dingliche Lyrik« lautet. Ich beiße in eine Lakritzstange und sage, dass er anscheinend das Gleiche machen soll wie ich bei meinem Fotoprojekt. Nur eben mit Worten. Ich zeige auf die Hügel um uns herum.

»Du könntest einen Saguaro beschreiben«, schlage ich vor.

Er schluckt den letzten Rest von seinem Sandwich herunter und grinst. »Ja klar, ein Gedicht über einen Kaktus. Echt originell. Vielleicht hängt meine Mutter es am Kühlschrank auf, gleich neben dem aus meiner Grundschulzeit.«

Ich öffne den Reißverschluss meiner Tasche und hole meinen Brainstormer heraus. Gray sieht die gekritzelten Worte auf dem Umschlag und rückt näher, um sie laut zu lesen.

»Normal: gewöhnlich, durchschnittlich und angepasst. Exzentrisch: seltsam, kurios und einzigartig.«

Gray schaut mich an und ich lächele ihm entgegen. Er lehnt sich ein Stück zurück und mustert mich, als würde er sich fragen, von welchem Planeten ich komme. Diese Reaktion bin ich gewohnt, da der Großteil meines Gehirns darauf programmiert zu sein scheint, Gedanken per Zufallsgenerator auszuspucken.

»Diese Definitionen hast du dir ausgedacht, oder?«, fragt er. Ich schüttele den Kopf und antworte, dass ich sie in einem Lexikon gefunden habe. Welche Definition auf mich zutrifft, braucht er gar nicht erst zu fragen. Genauso klar ist, zu welcher Gruppe er selbst augenblicklich gehört, deshalb guckt er ein bisschen beleidigt.

»Weißt du was? Normal zu sein ist keine Katastrophe«, sagt er.

»Stimmt«, sage ich, »sondern nur ein Zeichen dafür, dass man keine Courage hat.« Seine Augen werden schmal und ich zeige auf den Heftumschlag. »Du musst zugeben, eines dieser Worte klingt ein bisschen aufregender als das andere. Welche Richtung soll dein Leben denn lieber einschlagen?«

Er schaut wieder auf die Definitionen. »Okay, da kann man vielleicht drüber nachdenken«, sagt er. Dann hebt er langsam den Blick. Mir ist schon aufgefallen, dass Gray heute zum ersten Mal angefangen hat, mich anzuschauen. Richtig anzuschauen. Manchmal kann er die Augen gar nicht wieder abwenden.

Ich nehme meinen Füller, blättere zu einer leeren Seite und beginne zu schreiben. Ein paar Haarsträhnen wehen mir ins Gesicht und ich wische sie beiseite. Ich halte Gray das Heft entgegen, sodass er versuchen kann, meine winzige, krakelige Schrift zu entziffern.

»Sorry, meine Gedanken flitzen immer so schnell vorbei, dass meine Hand nicht mitkommt«, lasse ich ihn wissen. Er liest die Zeile, die ich geschrieben habe, laut vor.

»Ode an die Grünhäutigen.« Gray lässt das Heft sinken und ich ermutige ihn mit einem Nicken, weiterzumachen.

»Soll ich damit was anfangen können?«, fragt er.

»Das ist der Titel deines Gedichts. Wir werden uns abwechseln, es zu schreiben. Erst du eine Zeile, dann ich.«

Ich erwarte, dass er abwinkt und »Vergiss es« murmelt, doch stattdessen greift er nach dem Füller. Er stopft sich ein paar Chips in den Mund und schreibt. Dann wirft er mir das Heft zurück. Seine Handschrift ist klar, ordentlich und leicht zu lesen. Genau das Gegenteil von meiner. Ich rufe seine Worte laut in den Wind, sodass er überrascht zusammenzuckt.

»Mein Phoenixkaktus«, schreie ich und recke die geballte Faust in den Himmel. Ich schaue Gray an und nicke. »Das ist doch ein solider Anfang.«

So machen wir eine Stunde lang weiter. Wir erfinden Zeilen und streichen sie wieder. Wir stellen uns abwechselnd auf den Picknicktisch, um unsere Entwürfe der Kakteengroßfamilie vorzutragen, die um uns versammelt ist. Ich versuche die Worte »phallisch« und »Viagra« in Grays Gedicht einzuschmuggeln, denn ich habe noch nie ein Gewächs gesehen, das eindeutiger zu gewissen Vergleichen einlädt als der Saguaro. Aber Gray hält dagegen, dass seine Klasse den Text lesen wird und nicht denken soll, er sei besessen von männlichen Geschlechtsteilen.

»Na gut, dann eben nicht«, sage ich.

Gray

Ich bitte Dylan, auf dem Rückweg kurz bei mir zu Hause anzuhalten, damit ich mich für die Arbeit umziehen kann. Die Zeit ist so schnell verflogen, dass ich keine Chance habe, noch pünktlich zur Abendschicht zu kommen. Als wir in die Hauseinfahrt abbiegen, ist Mom gerade draußen, um die Post zu holen. Ungläubig starrt sie den Wagen an, der gurgelnd und röchelnd vor ihr zum Halten kommt.

»Gürkchen leidet vielleicht auch noch an einer Lungenkrankheit?«, frage ich. Dylan wirkt erschüttert, dass ich so etwas sagen kann.

Als Mom mich auf dem Beifahrersitz bemerkt, entspannt sich ihr erschöpftes Gesicht.

»Deine Mutter sieht gut aus«, flüstert Dylan. »Sie hat die gleichen blauen Augen wie du.«

Ich presse die Lippen zusammen und öffne die Autotür. Eigentlich hatte ich nicht geplant, die beiden einander vorzustellen, aber Dylan ist schneller als ich. Sie stellt den Motor aus – zu Gürkchens Erleichterung –, springt aus dem Wagen und schnappt sich Moms Hand, um sie energisch zu schütteln. Meine Mutter schaut sie verwirrt an und reagiert mit einem zerstreuten Lächeln.

»Freut mich, dich kennen zu lernen«, sagt sie und wendet sich dann mir zu. Ihre Augen sind glasig, als habe sie gerade geweint. Aber diesen Anblick bin ich inzwischen so gewohnt, dass er mir fast egal geworden ist.

»Ich habe heute ein paar Besprechungen und muss gleich los«, sagt sie. »Dad kommt erst mit einem späten Flug zurück, also hast du das Haus für dich allein.«

Ihr Blick wandert zu Dylan, die das als Aufforderung betrachtet, Mom ihre halbe Lebensgeschichte zu erzählen. Sie erklärt, dass sie während der Sommerferien in Phoenix ist und mich auf dem Campus getroffen hat. Sie erzählt Mom, dass ich ein begabter Dichter mit großer Zukunft bin. In der ganzen letzten Woche habe ich weniger mit meiner Mutter gesprochen als Dylan in knapp fünf Minuten, was mich ein bisschen aus der Fassung bringt. Mom wirkt genauso überrascht. Sie wendet sich mir zu und fragt, ob ich für heute Abend etwas zu Essen haben will. Ich sage, dass ich mich zur Arbeit verspätet habe und mir unterwegs einen Snack kaufen werde. Ihre Augen schauen leer durch mich hindurch, während ich rede.

»Prima. Du kannst dir den Rest vom Mittagessen aufwärmen«, sagt sie. Ich werfe Dylan einen unauffälligen Blick zu. Ob sie etwas gemerkt hat? Sie schaut für den Bruchteil einer Sekunde zurück und die Antwort ist klar: Natürlich hat sie etwas gemerkt. Mom verabschiedet sich und wir schauen ihr nach, als sie in der Garage verschwindet.

»Sie wirkt traurig«, sagt Dylan leise.

»Nur zerstreut«, wehre ich ab. »Sie hat eine Menge um die Ohren.«

Dylan schaut mich an. »Hast du eigentlich Geschwister?«

»Nein«, sage ich schnell und beuge mich in den Wagen, um meine Wasserflasche herauszuholen. Ich kann ihren Blick im Nacken spüren. Jemand sollte ihr sagen, dass übertriebene Neugier eine sehr nervige Eigenschaft ist.

»Manchmal bist du mir echt ein Rätsel«, sagt sie. Ich zucke mit den Schultern und hole den iPod aus meiner Tasche.

»Ich glaube, deshalb mag ich dich so«, grinst sie, legt die Hand auf meinen Arm und drückt ihn kurz. Ich werde rot und gehe automatisch einen Schritt auf Abstand.

Bevor ich nach drinnen verschwinde, schaue ich noch einmal zurück. Dylan lehnt mit gekreuzten Beinen und gedankenvollem Blick an ihrem Auto. Sie hat die Hände in den Vordertaschen ihrer kurzen Hose vergraben. Unsere Blicke treffen sich und sie grinst. Mein Magen macht einen Hüpfer. Bestimmt hat er nur Hunger.

***

Später liege ich im Bett und kann nicht einschlafen. Wir haben Vollmond und meine Füße zucken unruhig unter der Decke hin und her. In meinem Kopf jagen sich die Gedanken.

Dylan ist nicht mein Typ. Sie ist schlaksig und linkisch, benimmt sich bizarr und trägt Klamotten wie die Obdachlosen an der Mill Avenue. Aber genau darin liegt das Problem. Eigentlich ist sie nicht linkisch, sondern nur jungenhaft. Und ihre Kleidung ist normal. Sie will der Welt einfach nicht jedes Stück nackte Haut zeigen. Man kann sie merkwürdig finden, aber nur, weil sie sich keine Mühe gibt, die Leute zu beeindrucken ... was erst recht beeindruckend ist. Und ich muss zugeben, sie ist sexy.

Ich rolle mich auf den Rücken und starre an die Decke. In meinem Kopf lasse ich die Gesichter von Mädchen vorbeiziehen, auf die ich früher mal scharf war, weil sie einfach geil aussahen. Jetzt kann ich mich nicht mehr recht erinnern, wieso ich sie attraktiv fand. Sie wirken alle künstlich und auswechselbar, als wären sie auf dem Reißbrett entworfen und dann in Plastik gegossen worden. Keine hat diese kleine Falte zwischen den Brauen, die bei Dylan anzeigt, dass ihre Fantasie auf Hochtouren arbeitet. Ihre Barbieaugen sind blau oder braun, während bei Dylan alle möglichen Farben ineinander wirbeln, als hätte man einen bunten Pinsel in einen Wassertropfen getupft. Sie haben keine unruhigen Hände oder den federnden Gang, der zu Dylan gehört.

Vor allem sind sie im Vergleich zu Dylan hirntot. Ihnen fehlt das Bedürfnis, Fragen zu stellen. Sie sind blind für die Schönheit, die sich in aufgesprungenen Fußwegplatten oder menschenleeren Wüstenhügeln verbirgt. Dafür sind sie viel zu zwanghaft mit sich selbst beschäftigt. Sie nehmen sich furchtbar wichtig und färben damit auch noch auf ihre Umgebung ab. In ihrer Nähe werde ich sofort nervös und selbstkritisch. Ich versuche krampfhaft, meine Fehler zu verbergen, und verwandele mich in ein lebloses Zerrbild meiner selbst. Was für eine Zeitverschwendung.

***

Kaum ist am nächsten Tag der Unterricht zu Ende, halte ich Ausschau nach Dylan. Ich entdecke sie im spärlichen Schatten eines Baumes, wo sie ausgestreckt auf dem trockenen Rasen liegt. Wieder trägt sie ihre Schlabberjeans und dazu ein T-Shirt in Militärfarben mit einem aufgedruckten weißen Peace-Zeichen. Ihre Haare hat sie mit einem blauen Tuch zurückgebunden. Automatisch gehe ich auf sie zu.

»Ich will mir was zum Essen holen, kommst du mit?«, frage ich schnell und würde am liebsten hinzufügen: Das ist kein Date! »Außer natürlich, du musst dringend zu deinem Friedensmarsch«, sage ich und nicke in Richtung ihres Shirts.

Sie grinst und hält mir ein gefaltetes Stück Papier entgegen. Zweifelnd starre ich sie an und öffne es. Ihre krakelige Handschrift ist unverwechselbar. Die Hälfte der Buchstaben ist kursiv, die andere in Blockbuchstaben und alles ist ein großes Durcheinander.

Hallo, Gray. Ich dachte mir schon, dass wir uns über den Weg laufen. Du siehst heute besonders gut aus. Vor allem deine Haare. Kleiner Scherz, du trägst ja eine Baseballkappe.

Ich schaue lange genug von dem Brief hoch, um Dylan einen düsteren Blick zuzuwerfen.

»Sehr witzig«, sage ich. Sie nickt mit einem wissenden Lächeln. Ich vertiefe mich wieder in den Brief.

Okay, beim Fotokurs hat der Lehrer mit mir gewettet, dass ich keinen Tag durchhalte, ohne zu reden. Anscheinend bin ich ihm zu mitteilsam. Ich habe die Wette angenommen. Also darf ich heute nichts sagen. Wollen wir zusammen was essen gehen?

Ich falte den Zettel zusammen und gebe ihn Dylan zurück. Bestimmt kann das nicht ihr Ernst sein.

»Ist das dein Ernst?«

Sie schaut nicht hoch, sondern ist in ihren Skizzenblock vertieft. Wie ich sehe, zeichnet sie gerade einen indianischen Fruchtbarkeitsgott mit Flöte.

»Anscheinend hältst du auch keinen Tag durch, ohne etwas Verrücktes zu tun.«

Dylan blättert in dem Notizheft, das neben ihr im Gras liegt, bis sie eine leere Seite findet. Sie schreibt eine Zeile, reicht es mir und schaut mir dabei zum ersten Mal in die Augen. Unsere Finger berühren sich, als ich das Heft entgegennehme und mein Magen zieht sich zusammen. Davon bin ich so überrumpelt, dass ich hastig die Hand zurückziehe. Mit gesenktem Blick lese ich den Satz im Notizheft.

Man sollte öfter spontan sein. Ich habe mir vorgenommen, einmal am Tag zu tun, was mir gerade in den Sinn kommt.

Ich ziehe die Brauen zusammen.

»Nur einmal?«, frage ich und setze mich neben sie ins Gras. Ich muss zugeben, dass sie mich neugierig gemacht hat. »Was war denn gestern deine planlose Aktion?«

Während sie schreibt, denke ich an unseren Wanderausflug zurück, der aus einer spontanen Verrücktheit nach der anderen bestand. Wie will sie da einen einzigen Moment herauspicken? Sie reicht mir das Notizheft zurück.

Ich habe zwei Zeitschriften gekauft, die ich noch nie gelesen habe. World of Wrestling *und* Das Hausfrauenmagazin.

Nach dem Grund brauche ich nicht erst zu fragen. Ich schaue zu, wie sie ein einziges Wort schreibt.

Perspektive.

Als sich unsere Blicke treffen, macht mein Herz einen Hüpfer, als wäre es ein Luftballon an einer Schnur, den Dylan auf und ab rucken lässt. Sie erinnert mich an jemanden, den ich früher geliebt habe. Ich war immer überzeugt, dass es eine so ungewöhnliche Person nur einmal auf der Welt geben kann.

Erstes Schweigen

Dylan

Gray bringt mich zu seinem Lieblingsmexikaner, einem Schnellrestaurant namens Taco Boys. Vor der Tür erklärt er, dass er mich heute in die kulinarische Kultur von Phoenix einführen wollte – er hatte bloß nicht erwartet, dass ich die ganze Zeit sprachlos sein würde.

Drinnen schreibe ich der ältlichen Frau am Tresen meine Bestellung auf. Sie wartet mit geduldigem Lächeln und geht davon aus, dass ich taubstumm bin. Nachdem sie den Zettel gelesen hat, nickt sie mir mitleidig zu und spendiert mir eine kostenlose Cola.

Wir setzen uns in eine Nische und während wir auf das Essen warten, nutzt Gray die Gelegenheit, mir sämtliche unanständigen Ausdrücke beizubringen, die er in Taubstummensprache kann. (Er behauptet, damit würde ich neunzig Prozent seines Wortschatzes kennen.) Außerdem kann er die Zeichen für »pupsen« und für »Jesuskind«, die Überbleibsel aus seiner Konfirmandenzeit sind, obwohl ich annehme, dass nur eins davon offizieller Teil des Unterrichts war. Als das Essen kommt, kriegen wir mit unserem gemeinsamen Wortschatz bereits drei Sätze zusammen: »Darauf werde ich hühnerkacken«, »Her mit dem Geld, Schlampe« und »Jesus liebt dich.« Ich hoffe nur, dass wir in Zukunft genug Gelegenheiten bekommen, sie anzuwenden.

Gray macht sich über das Essen her und ich hole meinen Brainstormer aus dem Rucksack, um etwas aufzuschreiben. Dann schiebe ich den Hefter zu Gray hinüber und er liest Folgendes:

Ich dachte mir, ich könnte ein paar hilfreiche Weisheiten für mein Leben brauchen. Also bin ich zu einer Lesung gegangen. Da hat ein Reiseschriftsteller sein Buch vorgestellt und Autogramme verteilt. Er war schon überall auf der Welt und hat Tausende von Menschen kennengelernt. Ich bin zu ihm gegangen und habe gesagt, dass ich gerne von ihm wissen würde, was der Sinn des Lebens ist. Aber da hat er nur gelacht und gemeint: »Okay, du hast mich durchschaut!«

Gray liest meinen Text und hebt eine Augenbraue. »War ja klar, dass du ausgerechnet jetzt ein tiefschürfendes Gespräch anfangen willst«, sagt er. »Dein Problem ist, dass du zu viel von den Menschen erwartest. Dagegen will ich einfach nur, dass sie mich in Ruhe lassen.«

Ich schreibe ein einziges Wort und drehe den Ringhefter zu ihm herum, damit er es lesen kann.

Wieso?

Er starrt mir ins Gesicht – ein herausfordernder Blick, als hätte ich gerade ein Thema angeschnitten, über das er lieber schweigen würde.

»Willst du die Antwort wirklich wissen?« Ich nicke bedächtig und er wartet ab, ob ich meine Meinung noch ändere. Dann holt er tief Luft. »Mir gehen Menschen wahnsinnig auf den Wecker«, sagt er. »Die meiste Zeit sind sie laut, nervös, grob, selbstsüchtig und strohdumm.«

Er beobachtet vorsichtig meine Reaktion, als fürchte er, ich würde ihm gleich das Heft um die Ohren schlagen. Stattdessen muss ich grinsen. Ich beiße in meine Tortilla und wedele mit der Hand, damit er weiterspricht. Diesmal zögert er nicht.

»Wenn sie gut aussehen, dann wissen sie das auch und machen sich nicht mehr die Mühe, eine Persönlichkeit zu entwickeln. Sie umgeben sich nur noch mit Leuten, die sich ihre erhabene Gesellschaft nicht leisten können. Trotzdem laufen ihnen alle hinterher, was überhaupt keinen Sinn ergibt. Menschen haben das verzweifelte Bedürfnis, akzeptiert zu werden, und aus einem Herdentrieb heraus verwandeln sie sich freiwillig in Klischees. Ihr Verhalten ist peinlich leicht vorherzusagen. Um ihre Unsicherheit zu überspielen, greifen sie zu allem, was die Luxusindustrie ihnen gerade als Must-Have anpreist. Auf Menschen kann man sich einfach nicht verlassen. Früher oder später enttäuschen sie dich immer.«

Er bohrt seinen Blick in meinen, als wolle er mich warnen, dass nun alle Dämme gebrochen sind und ich das Weite suchen sollte, bevor ich in seinem Wortschwall ertrinke. Irgendwie ist es mir gelungen, ihn zum Reden zu bringen – und jetzt ist plötzlich kein Halten mehr.

»Willst du wissen, was ich sonst noch denke?«

Ich nicke.

»Ich denke, dass alle sich in ihren winzigen Welten eingeigelt haben, die sie fürs Zentrum des Universums halten. Auf Beziehungen lassen sie sich nur ein, wenn es gerade bequem ist. In der Nähe anderer Menschen muss man wie auf Eiern gehen, weil sie mehr Erschütterung nicht aushalten. Man darf sie niemals mit der Wahrheit konfrontieren, sonst bricht ihre dünne Schale aus Selbstbewusstsein in Stücke. Also lernen wir, ein falsches Lächeln aufzusetzen und uns wie feige Mitläufer zu benehmen. Wir sind stets auf Habacht, damit bloß niemand bemerkt, dass unser Leben nicht perfekt ist. Dass *wir* nicht perfekt sind. Denn ganz ehrlich, wer will so etwas schon sehen?«

Er nimmt einen großen Bissen von seinem Burrito und zeigt damit an, dass seine aufmunternde Rede beendet ist.

Ich schreibe ein paar Worte und schiebe den Ringhefter über den Tisch.

Interessante Theorie. Was für Schlüsse ziehst du daraus?

Er schaut mir ins Gesicht. »Meine Theorie ist, dass man alle Menschen auf den Mond schießen sollte. Daraus folgt, dass ich niemanden brauche.«

Ich verdrehe die Augen, doch das bestärkt ihn nur.

»Wirklich«, sagt er. »Ich habe meine Musik, Bücher und Kabelfernsehen. Was brauche ich mehr?«

In Zeichensprache sage ich Hühnerkacke und er lacht.

»Ich fühle mich nicht einsam«, sagt er nachdrücklich. »Ich bin in bester Gesellschaft, nämlich meiner eigenen. Die meisten Leute brauchen ständig Ablenkung, damit sie keine Zeit haben, über ihr Leben nachzudenken. Sonst würden sie vermutlich implodieren, weil ihre eigene Leere sie einsaugt und umkrempelt wie ein schwarzes Loch. Und wenn sie dann in sich reinschauen können, finden sie dort etwas ganz Monströses. Eine tickende Zeitbombe.«

Zu viel Unabhängigkeit ist nicht gut, schreibe ich.

Während er den Satz liest, lehne ich mich über den Tisch zu ihm vor. Er beugt sich zurück, weg von mir.

»Die Leute machen einen nur verrückt«, sagt er und betont jedes Wort.

Wenn man keine Leute an sich heranlässt, wird man auch verrückt.

»Da bin ich anderer Meinung«, sagt er. Ich beginne wieder zu schreiben und er lächelt über meine Hartnäckigkeit. Wir sind beide entschlossen, nicht nachzugeben. Je mehr ich ihn umstimmen will, desto widerspenstiger verteidigt er sich. Ich schiebe den Hefter über den Tisch.

Schau dich einfach nur in der Welt um. Ohne Sonne wäre die Erde tot. Die Pflanzen würden ohne Regen sterben. Nichts und niemand kommt ganz allein zurecht. Wir sind dafür geschaffen, uns auf andere zu stützen.

Ich lächele. Er runzelt die Stirn. Als er den Blick durch das Restaurant schweifen lässt, entdeckt er die Mädchenclique am Nachbartisch, die uns schon länger beobachtet und vermutlich seinen ziemlich verbitterten Tiraden gelauscht hat. Er überrascht mich, indem er mir den Stift aus der Hand rupft. Dann beginnt er etwas in seinen deutlich lesbaren Blockbuchstaben zu schreiben.

Er schiebt mir den Brainstormer zu.

Ich baue Mauern um mich herum. Darauf kann ich mich stützen.

Nach dem Grund brauche ich nicht erst zu fragen – schließlich baut jeder von uns Mauern, um dahinter Schutz zu suchen. Bei Gray sind sie nur höher und dicker als normal.

Schnell kritzele ich: *Vielleicht solltest du ab und zu einen Durchgang öffnen.* Während er antwortet, behalte ich den Nachbartisch im Blick. Die Mädchenhorde beobachtet uns immer noch.

Der lässt sich leicht wieder zumauern, antwortet Gray.

Aber du könntest die Gelegenheit nutzen, ein Fenster einzubauen. Oder eine Tür?

Er schiebt mir den Hefter zurück und sagt laut: »Du bist merkwürdig. Hat das schon mal jemand erwähnt?«

Danke für das Kompliment. Lieber merkwürdig, als übersehen werden.

»Wer könnte dich schon übersehen?«, sagt er und unsere Blicke bleiben ein paar Sekunden aneinander hängen, bevor er den Kopf abwendet.

Ich trommele nachdenklich mit dem Stift auf dem Tisch herum, dann schreibe ich einen weiteren Satz. Als ich den Hefter rüberschiebe, beobachte ich Gray genau. Er blickt auf meine gekritzelte Frage.

Wenn jemand dir einen magischen Radiergummi schenken würde, mit dem du ein einziges Ereignis aus deiner Vergangenheit löschen könntest, welches würdest du wählen?

An seiner verschlossenen Miene sehe ich, dass ich zu nah an einen wunden Punkt gekommen bin. Er zieht sich den Mützenschirm tief in die Stirn. Vorhang zu, Thema erledigt. Ohne eine Antwort zu schreiben, schiebt er den Hefter zurück und schüttelt den Kopf.

»Darüber spreche ich nicht«, sagt er.

Während er seinen Burrito mit Nachos zu Ende isst, entwerfe ich einen Dankesbrief an den Manager von Taco Boys, in dem ich meiner Begeisterung für das Rezept ›Tortilla mit Huhn‹ Ausdruck verleihe. Er wird drei Seiten lang. Darunter male ich Herzchen, Regenbögen und deutlich lesbar die Unterschrift: Gray Thomas. Ich präsentiere ihm mein Werk mit einem stolzen Lächeln, doch er schüttelt nur den Kopf. Bevor wir gehen, überreiche ich meinen Brief der Kassiererin.

Im Auto starrt Gray stirnrunzelnd auf die Uhr neben dem Tacho. Wir haben über zwei Stunden bei Taco Boys verbracht. Er murmelt, dass ich die Zeit krümme wie ein Schwarzes Loch und er deshalb schon wieder zu spät zur Arbeit kommt. Dann dreht er die Musik auf. Ich lehne den Kopf zurück und schaue aus dem Fenster auf die staubige Landschaft und die eintönigen Einkaufszentren. Mit einem Mal überfällt mich ein unstillbares Verlangen nach Wasser, Bäumen und Wolken … nach allem, was dieser Wüstenstadt fehlt.

Auf dem Weg zurück zum Parkplatz des Mesa-Campus halte ich Gray eine weitere Frage vor die Nase.

Erzähl mir, was ich über das Leben in Phoenix wissen sollte.

Er zählt wahllos auf, was ihm gerade in den Sinn kommt. Ich erfahre, dass man den Wüstensommer am besten überlebt, wenn man sich von Sonnenlicht fernhält. Und von Asphaltstraßen.

»Berühr bloß nicht das Metallstück vom Sicherheitsgurt, wenn du dich in den Wagen setzt«, sagt er. »Sonst musst du mit Verbrennungen zum Arzt. Und such gar nicht erst nach Parkplätzen im Schatten. So etwas gibt es hier nicht.«

Er warnt mich, tagsüber nicht zu lange draußen herumzulaufen, denn wenn man zu viel von der Ofenhitze einatmet, kann man sich damit tatsächlich die Kehle verbrennen und Blasen innen im Hals bekommen. Geh nicht weiter als einen Häuserblock, wenn es sich vermeiden lässt! Fahr überall mit dem Auto hin! Nimm Wasser mit! Er empfiehlt einen Dreiliterkanister. Weil die Hitze so trocken ist, verdampft der Schweiß, und man bemerkt überhaupt nicht, wie viel Flüssigkeit man verliert. Man trocknet gefährlich schnell aus.

Er sagt, ich soll Gürkchens Reifen gut im Auge behalten, denn durch die Hitze dehnt sich das Gummi aus, so dass es platzen kann. Man muss den Reifendruck niedrig halten. Ich soll daran denken, dass Klapperschlangen taub sind und uns nicht kommen hören. Aber sie spüren Erschütterungen im Boden, deshalb sollte man auf Sandwegen ab und zu einen Stein vor sich werfen, um sie zu warnen. Dann flüchten sie. Klapperschlangen haben genauso viel Angst vor Menschen wie umgekehrt.

Ich beginne zu schreiben, während er redet.

Um Skorpione braucht man sich keine Sorgen zu machen, fährt er fort. Natürlich gibt es sie, aber falls man nicht gerade auf einem Wanderpfad zwischen den Felsen stochert, begegnet man ihnen nie. Er sagt, ich soll immer Sonnencreme mitnehmen. Und Lippenbalsam. Und mir ein Tattoo stechen lassen. Da ich ein Mädchen bin, empfiehlt er den Rückenabschnitt gleich über dem Po. Für Jungs eignet sich am besten ein Tribal-Motiv auf dem Bizeps. Lass dir die Haare blond mit noch blonderen Strähnen färben. Sprüh dich für die sexy Ganzkörperbräune mit Chemikalien ein, bis deine Haut ein natürliches Orange hat. Fahr im offenen Cabrio durch die Gegend. Mit einem sportlichen Ford Mustang gewinnst du schnell Freunde. Wenn du eher der Naturtyp bist, kauf dir einen Jeep der Marke Wrangler. So ein Vierradantrieb hat eine magnetische Anziehungskraft auf beide Geschlechter. Die richtige Sonnenbrille ist auch wichtig. Teuer und mit deutlich sichtbarem Markennamen. Falls du keinen eigenen Swimmingpool besitzt, sei wenigstens befreundet mit Leuten, die einen vorzuweisen haben. Geh oft Sushi essen. Das füllt den Magen und spart Kalorien. Zeig allen, wie ökologisch bewusst du lebst, indem du deinen Müll trennst.

Er biegt auf den Parkplatz ein und stellt seinen Wagen neben Gürkchen.

»Du bist echt eine gute Zuhörerin«, sagt er.

Ich reiche ihm mein Notizbuch.

Noch eine letzte Frage: Gibt es etwas, das dir an deinem Leben in Phoenix gefällt?

Er sieht mich eingehend an und ich habe den Eindruck, eine Sache gefällt ihm tatsächlich. Oder eine Person. Er beginnt plötzlich zu lächeln.

»Genug Fragen für heute«, sagt er.

Erstes Verstehen

Gray

Am nächsten Tag entdecke ich Dylan nirgends auf dem Campus und versuche mir einzureden, dass ich erleichtert bin, zur Abwechslung nicht in eine ihrer spontanen Verrücktheiten hineingezogen zu werden. Ich finde sie immer noch anstrengend und nervtötend. Zumindest ein bisschen.

Aber als ich nach Hause fahre, erscheinen mir mein Kabelfernsehen, meine sicheren vier Wände und das Alleinsein weniger verlockend als sonst. Wenn man sich erst einmal an ein schnelleres Tempo gewöhnt hat, ist es schwer, wieder einen Gang zurückzuschalten.

Am nächsten Tag fehlt sie ebenfalls und ich beginne unruhig zu werden. Als sie dann zum dritten Mal nicht auftaucht, sackt meine Stimmung auf einen Tiefpunkt irgendwo in der Nähe meiner Schuhsohlen. Kein Wunder, dass ich nur noch schleppend über den Campus latsche.

Dabei kenne ich dieses Mädchen kaum. Aber in der kurzen Zeit hat sich ein Teil von mir geöffnet, den ich fest verbarrikadiert hatte. Wer hätte gedacht, dass man ausgerechnet auf dem Betonplatz des Mesa Community College über einen verborgenen Schatz stolpern kann? Plötzlich scheinen meine Augen die Welt wieder wahrzunehmen, anstatt alles nur zurückzuspiegeln – was vielleicht daran liegt, dass sie nach einer bestimmten Person Ausschau halten. Mein Körper erwacht prickelnd aus seiner Betäubung. Eine ganze Weile waren das Leben und ich nur entfernte Bekannte, die sich kaum die Mühe machen, Kontakt zu halten … Doch nun sind wir uns überraschend wieder begegnet, schütteln uns vorsichtig die Hände und versuchen, uns erneut kennenzulernen.

In den Unterrichtspausen hänge ich missmutig herum, halte nach Dylan Ausschau und frage mich, ob ich sie überhaupt noch einmal sehen werde. Vielleicht ist ihr Fotokurs zu Ende? Manche Workshops in den Sommerferien dauern nur ein oder zwei Wochen. Ich sacke gegen die Wand des Physikgebäudes und verfalle in Panik. Ich habe keine Telefonnummer von ihr. Ich kenne nicht einmal ihren Nachnamen.

Ich bin so ein Idiot. Warum habe ich sie nicht nach ihrer Nummer gefragt?

***

Am nächsten Tag ist sie ebenfalls nicht auf dem Campus. Ich habe ihr eine Packung Schwarzweißfilme gekauft, um sie damit zu überraschen, falls sie auftaucht. Vergeblich suchen meine Augen nach dem einzigen Mädchen weit und breit, das in Schlabberjeans herumläuft. Vergeblich spitze ich die Ohren, um ihre Adidassohlen über den Asphalt schlurfen zu hören. Ich gehe den Parkplatz entlang und halte Ausschau nach Gürkchen, entdecke dabei aber nur, dass der schwarze Teerboden heiß genug ist, um durch die Schuhsohlen hindurch meine Füße zu verbrennen. Natürlich könnte ich versuchen, das Haus ihrer Tante wiederzufinden, aber ich habe nicht auf den Weg geachtet, als ich Dylan dort absetzte. Kurz überlege ich sogar, ob ich den Dozenten des Fotografiekurses aufspüren und anbetteln soll, dass er mir ihren Nachnamen verrät.

Den ganzen Schreibkurs hindurch bin ich in Gedanken damit beschäftigt, mir selbst in den Hintern zu treten. Heute sollen wir ein Essay darüber schreiben, welche Person in letzter Zeit den größten Einfluss auf unser Leben hatte. Ganz im Ernst, Mrs Stiller wurde vom Schicksal gesandt, um mich zu quälen. Muss sie mir meinen bescheuerten Fehler so deutlich unter die Nase reiben? Am liebsten würde ich wie ein Footballer rübergrätschen und sie plätten. Während ich als erste Lektion eine Liste mit Charakterzügen der ausgewählten Person erstelle, wird mir peinlich bewusst, dass ich zu Dylan nicht einmal nett war. Die halbe Zeit habe ich versucht, ihr aus dem Weg zu gehen. Ich habe sie ungefähr so behandelt wie ein lästiges Stück Wundschorf, das man abpult und wegschnipst. Und als ich endlich den Mund aufgemacht habe, kam nur stinkender Müll heraus. Toller Typ. Kein Wunder, dass sie nicht mehr auf dem Campus herumhängt und auf mich wartet. Sie mag mich einfach nicht. Warum sollte sie auch? In letzter Zeit hatte ich den Spaßfaktor einer Begräbnisfeier.

Ich starre an die Decke, als mich diese Erkenntnis trifft. Die Wahrheit ist ganz offensichtlich. Dylan hat mir eine Chance gegeben, sie hat mir eine Vielzahl von Chancen gegeben – bis ihr endgültig klar wurde, dass ich ein asozialer Außenseiter bin. Das Leben ist zu kurz, um es mit Leuten zu verschwenden, die dich runterziehen, anstatt dich zu beflügeln. Solche Typen stehlen dir nur die Energie. Also hat Dylan mit ihrem Leben weitergemacht und sich anderen Leuten zugewandt. Menschen, die sie zum Lachen bringen und ihr das Gefühl geben, dass ihre Gegenwart erwünscht ist. Die ganze Zeit hatte ich Gelegenheit, sie näher kennenzulernen, und habe es total vermasselt.

Ich sinke auf meinem Stuhl zusammen. Was bin ich nur für ein dummes Arschloch. Dylan war anders als alle Mädchen, denen ich je begegnet bin. Und weil ich zu verbittert und feige war, habe ich sie mir durch die Finger gleiten lassen.

***

Nach dem Unterricht mache ich mich auf den Weg zu meinem Job im Videoladen. Ich fahre bei den Taco Boys vorbei, um mir ein Lunchpaket mitzunehmen, da sehe ich ein Reklameschild auf dem

Dach. Es verkündet in fetten Blockbuchstaben: GRAY'S SPECIAL – TORTILLA MIT HUHN ZUM ½ PREIS! Auf dem Parkplatz steige ich aus und blinzele ungläubig zu dem Schild hoch. Als ich in das Schnellrestaurant gehe, ziehe ich meine Baseballkappe instinktiv tief ins Gesicht und schaue mich um, ob ich auch niemanden kenne. Ich schlendere auf den Tresen zu und dort neben der Kasse hängt für alle sichtbar Dylans alberner Brief in voller Dreiseitenlänge – gerahmt wie eine Siegerurkunde. Unterschrieben ist er zwischen Herzchen und Regenbögen in Schönschrift mit dem Namen Gray Thomas.

Mühsam klappe ich meine Kinnlade wieder hoch und stelle mich in der Schlange an. Ich halte den Kopf gesenkt, während jeder einzelne Gast vor mir nach Gray's Special fragt. Als ich an der Reihe bin, bestelle ich mit unbewegter Miene zwei Tortillataschen mit Rindfleisch und eine Portion Nachos zum Mitnehmen. Die Kassiererin tippt gelangweilt alles ein und fragt nach meinem Namen, um mich aufrufen zu können. Ich bezahle, ohne ihr in die Augen zu schauen.

»Mike«, sage ich.

***

Ich hatte gehofft, dass die Arbeit mich ablenken würde. Wenn keine Kundschaft da ist, dürfen wir Filme gucken, und ich hatte eine hirnlose Komödie geplant. *Die Indianer von Cleveland* oder *Der Rosarote Panther* mit Steve Martin. Vielleicht würde mich auch ein Slasherfilm auf andere Gedanken bringen. *Saw III*. Oder ich könnte mich in meiner Depression wälzen. *Schindlers Liste*. Da wirken die eigenen Probleme doch gleich viel harmloser. Aber als ich mich pünktlich bei meinem Chef zur Arbeit melde, schickt mich Dillon (ein Name wie ein Küchenkraut) nach hinten ins Kabuff, um die neu eingetroffenen Filme mit Labeln zu versehen. Ich komme mir vor, als hätte der lokale TV-Sender allen verkündet, was für ein

Riesenarschloch ich bin und dass ich das erstaunlichste Mädchen der Stadt habe sausen lassen, und nun soll ich dafür meine Strafe absitzen. Also hocke ich im Lagerraum, der eher einer Besenkammer ähnelt, und werde in der Enge von meinen Gedanken fast erdrückt.

Nach der Arbeit fahre ich mit selbstmörderischer Laune nach Hause und parke auf dem freien Stellplatz neben Moms Wagen. Mein Vater ist schon wieder auf Geschäftsreise. Ich habe ihn seit Wochen nicht gesehen. Mom arbeitet gewöhnlich bis zur Erschöpfung und hat zu Hause gerade noch Energie für eine Dusche, bevor sie um acht Uhr ins Koma fällt. Sie ist Geschichtslehrerin und hat früher die Sommerferien genutzt, um zu malen, Golf zu spielen und Familienausflüge zu planen (meistens zu historisch wertvollen Zielen von grausamer Langeweile). Aber damit ist es vorbei. Dieses Jahr gibt sie zwei Sommerkurse an der Highschool. Und zwei weitere am College. Hauptsache, sie ist abgelenkt.

Auf dem Küchentisch liegt eine Nachricht.

Hatte einen langen Tag und bin todmüde! Essen ist im Kühlschrank. Alles Liebe und gute Nacht – Mom.

Ich schaue auf die Uhr und seufze. Es ist 8:23 Uhr.

Ich setze mich auf die Couch in meinem Kellerzimmer und mampfe Pizzareste. Der Teig ist trocken, lauwarm und mit zementhartem Käse überzogen. Doch das stört mich nicht. Ich schmecke es sowieso kaum. Als ich gerade zwischen dem Sportkanal und Comedy Central hin- und herschalte, klopft es oben an der Haustür. Ich gehe hoch und öffne. Mein Magen hüpft mir bis zum Hals, als ich Dylan vor mir stehen sehe. Sie lächelt strahlend und hält einen Strauß flammend orange-roter Blumen in der Hand.

»Dylan!«, sage ich und falle ihr beinah um den Hals. Ich halte mich am Türrahmen fest, um nicht allzu überschwänglich zu werden. Ein bisschen Coolness sollte man schon behalten.

Sie hält mir die Blumen entgegen. »Für deine Mutter«, sagt sie und erklärt, dass es sich um Strelizien der Sorte »Paradiesvogel« handelt, die sie ganz besonders mag. Ich nehme den Strauß entgegen, ohne den Blick von Dylan zu lösen. Die Haare fallen ihr offen über die Schultern. Sie trägt ein ausgeleiertes T-Shirt und eine zerrissene Jeans, aus deren Löchern ihre Knubbelknie hervorschauen. Ich frage mich, ob sie sich auch mädchenhafter zurechtmachen kann, wenn sie will. Außerdem beginne ich mich zu fragen, wie ihr Körper unter all den schlabberigen Klamotten aussieht.

Ich fresse sie fast mit Blicken auf, weil mein Hunger nach Dylanbildern plötzlich enorm ist. Habe ich mir wirklich eingebildet, dieses atemberaubende Geschöpf sei linkisch? Dylan strahlt mehr Selbstbewusstsein aus als alle Mädchen, die ich kenne.

»Ich hoffe, euren Nachbarn macht es nichts aus, dass ich ihren Garten geplündert habe«, sagt sie und tänzelt an mir vorbei ins Haus. Schlagartig löse ich den Blick von ihrem Körper und starre stattdessen die Blumen an.

»Du hast die Strelizien bei den Nachbarn geklaut?«, frage ich geschockt. Ich weiß nicht viel über das Rentnerpaar nebenan, aber eines kann ich mit Sicherheit sagen: Mrs Paulson wacht über ihren Wüstengarten wie eine Tigerin über ihr Neugeborenes.

Dylan grinst. »War nur ein Scherz«, sagt sie. »So fies könnte ich nie sein.« Sie folgt mir durch den Flur zur Küche, und ich werfe ihr über die Schulter einen finsteren Blick zu.

»Wo hast du die ganze Woche gesteckt?«, frage ich wie ein eifersüchtiger Lover, der regelmäßige Anrufe erwartet. Dylan macht nicht den Eindruck, als würde sie sich wegen der verflossenen Tage viele Gedanken machen. Sie lässt die Finger über die Küchenplatte aus Marmor wandern und betrachtet die Fotos am Kühlschrank. Nebenbei erzählt sie mir, dass sie mit ihrer Tante ein paar Tage nach Tucson gefahren ist, um als Ehrenamtliche bei einem Kunstfestival mitzuhelfen.

»Hast du mich vermisst?«, fragt sie, lehnt sich vor und schaut mich herausfordernd an. Mein Blick wird von ihren Lippen angezogen. Zuerst lächeln sie, dann bilden sie eine kleine Schnute und spielen Pin-up-Girl. Bei Dylan sieht der Schmollmund tatsächlich sexy aus. Ich schlucke hörbar und wende mich ab, um im Schrank nach einer Vase zu suchen.

Sie fragt, ob ich einen Hund habe, und als ich verneine, sackt die Schnute enttäuscht in sich zusammen.

»Dachte ich mir schon.«

Während ich die Blumen ins Wasser stelle, erzählt sie mir, dass sie ihre Hunde vermisst, die zu Hause in Wisconsin warten, und dass sie dringend eine Dosis Welpenkuscheln gebrauchen könnte.

»Wie bist du eigentlich dazu gekommen, für den Sommer nach Phoenix zu ziehen?«, frage ich.

Ihre Antwort lautet, dass sie immer schon auf Händen laufen wollte.

»Hä?«, sage ich.

»Du weißt schon, aus dem alltäglichen Trott ausbrechen, das Leben aus einer anderen Perspektive sehen. Arizona ist genau das Gegenteil von zu Hause. Als hätte man Wisconsin auf den Kopf gestellt.«

Sie erzählt, dass es in Wisconsin keine Wüsten gibt, dafür jedoch Sommergewitter, nassschwüle Luft und Mückenplagen. Außerdem Flüsse und Seen – manche davon riesengroß –, dunkle Wälder und Lichtungen voller Glühwürmchen.

»Aber keine Saguaros«, beendet sie ihre Aufzählung.

Ich hebe die Brauen, denn ich bezweifle, dass es bei ihrer Entscheidung darum ging, endlich mal eine neue Landschaft zu sehen. »Du bist mehrere tausend Meilen gefahren, um dir Kakteen anzuschauen?«

»Nein«, sagt sie. »Ich bin hergekommen, um mit meinem Leben anzufangen.«

»In Wisconsin warst du also scheintot?«, witzele ich. »Oder etwa im Koma?«

»Kryonisch eingefroren und erst vor zwei Monaten aufgetaut.«

»Oookay, schon klar.«

»So hat es sich jedenfalls angefühlt«, sagt Dylan. Sie erzählt mir, dass sie in einer gemütlichen, sicheren Kleinstadt aufgewachsen ist. Und genau darin lag das Problem. Alles war zu bekannt und zu voraussehbar. Wie kann man Abenteuer erleben, wenn man weiß, wohin jede Straße führt? Wie soll man sich zu einem Individuum entwickeln, wenn in der Highschool alle in Gruppen zusammenhängen, die mit Labeln versehen sind wie Markenartikel.

Ich nicke, denn das verstehe ich gut. In der Highschool hatte ich immer das Gefühl, mein Leben sei ein einziger Stundenplan. Man lebt gar nicht mehr selbst, sondern hakt vorgegebene Ziele ab. Was man für einen Silberstreif am Horizont hält, ist beim näheren Hinschauen eine Wäscheleine voller sonnengebleichter Socken. Die Zukunft sollte sich weit und frei anfühlen, nicht wie eine Zwangsjacke.

»Wenn man immer zu Hause wohnen bleibt, kann man nicht herausfinden, wer man ist«, sagt Dylan. »Wie viel wird uns von außen aufgedrückt? Wie viel von unserer Persönlichkeit ist nicht natürlich gewachsen, sondern wurde uns aufgepropft? Deshalb bin ich gegangen. Ich glaube, das sollten alle tun. Erst so können wir lernen, was in uns steckt.«

»Aber vermisst du deine Freunde nicht?«, frage ich.

Sie schüttelt den Kopf und sagt, dass sie eigentlich nie jemanden vermisst. »Ich bin viel zu gespannt darauf, wen ich als Nächstes kennenlerne. Wenn man sich an dem festklammert, was man zurückgelassen hat, kommt man gar nicht erst vom Fleck.«

Bestimmt war sie einfach zu gut für ihre miefige Kleinstadt, sage ich. Aber sie schüttelt den Kopf.

»Ich hatte nie das Gefühl, besser zu sein. Nur fremd und am falschen Platz. Als wenn in meinem Leben noch mehr auf mich warten müsste. Ich suche ständig nach etwas, das mich inspiriert. Mehr steckt eigentlich nicht dahinter.«

Sie hilft mir, die Blumen anzuordnen. Als sie mit dem Ergebnis zufrieden ist, fragt sie, ob wir den Strauß jetzt meiner Mutter überreichen sollen.

»Sie ist im Bett«, antworte ich. Dylan und ich schauen beide auf die Uhr an der Mikrowelle. Es ist noch nicht einmal neun. Ich starre zu Boden und warte darauf, dass die Fragen beginnen. Was muss Dylan über meine Mutter denken … über unser Familienleben … das leblose Haus … die Totenstille. Aber sie überrascht mich wie üblich.

»Lass uns rausgehen, okay?«, fragt sie, als könne sie spüren, wie meine Gedanken mich erdrücken. Vielleicht kann sie das tatsächlich. Kennt sie mich bereits so genau? Als ich nicke, dreht Dylan eine Pirouette und marschiert mit langen Schritten auf die Haustür zu.

Dylan

Gürkchen erwacht röchelnd zum Leben und ich stelle die Musik lauter. Cat Stevens' raue Stimme untermalt die herbe Wüstenszenerie, durch die wir fahren. Gray erkundet meine CD-Sammlung, die zwischen uns in der Mittelkonsole lagert. Auf meine Nachfrage erklärt er, dass er gerade den ultimativen Freundschaftstest durchführt.

»Ich überprüfe, ob dein Musikgeschmack meinen Ansprüchen genügt«, sagt er feierlich. Anscheinend bekommt unsere Bekanntschaft damit eine ganz neue Dimension.

»Das klingt ein bisschen selbstgerecht«, stelle ich fest.

»So bin ich eben«, stimmt er zu. Er behauptet, beste Freunde hören immer ähnliche Musik. Das sei eine Frage des Respekts.

»Kann jemand, der Miley Cyrus anhimmelt, wirklich eine haltbare Beziehung zu einem Indie-Rock-Fan haben?«, fragt er.

»Klar«, sage ich.

»Keine Chance«, behauptet Gray. Er vertritt die Meinung, dass man am Musikgeschmack erkennt, was für ein Leben sich die betreffende Person ausgesucht hat. Das Miley-Cyrus-Fangirl geht zum Kaffeetrinken ins Starbucks, während der Indie Rocker gegen Konzernketten ist und auf Öko steht. In der Highschool wird sie Cheerleader und er Bandgitarrist. Sie shoppt in Edelboutiquen, er kauft seine Klamotten secondhand. Sie verbringt die Osterferien am Strand von Mexiko, er trampt zum Snowboarden in die Rocky Mountains. Keinerlei Gemeinsamkeiten.

»Du hast ein paar sehr interessante Theorien, Gray«, sage ich.

In meinem Wagen gibt es nur eine kleine Musikauswahl, aber Gray zeigt sich positiv überrascht, dass Gürkchen überhaupt einen funktionierenden CD-Spieler besitzt. Während er sich die Alben anschaut, gibt er kurze Kommentare ab. Greatest Hits von Cat Stevens (exzellente Auswahl), The Killers (geniale Band), The Cure (beeindruckend), Paul Simon (gehört in jede Sammlung) und The Clash. Er schaut mich mit zufriedenem Lächeln an und ich kann regelrecht sehen, wie sein Respekt für mich in neue Höhen schnellt.

»Okay, wohin soll ich fahren?«, frage ich und bin insgeheim geschmeichelt, dass ich seinen Test bestanden habe. Meistens ist es mir egal, was Leute von mir denken, aber bei Gray fühlt sich schon der Hauch eines Lächelns wie ein Hauptgewinn an, denn ich weiß, dass er es ehrlich meint. Er hat einfach kein Talent, sich zu verstellen. Jetzt zeigt er geradeaus auf ein paar Lichtpunkte in der Ferne.

»Camelback Mountain«, sagt er. Ich nicke und drehe die Musik noch ein bisschen lauter. Wir schauen in die beginnende Dämmerung hinaus. Arizona ist berühmt für seine Sonnenuntergänge. Wenn die Nacht hereinbricht, hat die Wüste ihren großen Auftritt. Sie schmückt sich mit einer Federboa aus Wolken und über ihren unendlichen Horizont flammt eine Lightshow in Neonfarben, die sich über Hunderte von Meilen erstreckt. Heute senken sich Bänder aus schimmerndem Pink und Orange auf die flachen violetten Hügel in der Ferne. Der Anblick ist pure Magie.

Wir fahren in einer gewundenen Linie den Camelback Mountain hinauf und ich stoppe überrascht auf dem Seitenstreifen, als plötzlich eine Reihe riesiger Villengebäude in Sicht kommt, die in die Steilhänge hineingebaut sind. Wir steigen aus und gehen zu Fuß weiter, um uns diese monströsen Konstruktionen auf hektargroßen Grundstücken näher anzusehen. Heißer Wind schlägt uns entgegen, als würde in der Ferne eine Feuersbrunst lodern. Wir starren an den Wänden einer Villa hinauf, die wie eine kleine Burg aussieht, komplett mit mittelalterlichen Türmen und Dachzinnen. Während wir die Straße entlanggehen, denken wir uns Geschichten über die Menschen aus, die in diesen Häusern leben. Gray sagt, vermutlich leben hier nur Anwälte und Ärzte. In meiner Fantasie sind die Gebäude voller verrückter Wissenschaftler, die ausgestorbene Tierarten klonen, oder in ihnen verbergen sich Kung-Fu-Meister im Dienste des CIA, bei denen Geheimagenten die Kunst des waffenlosen Kampfes lernen. Vielleicht bauen dort drinnen Weltraumingenieure eine Armee gigantischer Roboter, um die Erde gegen Angriffe von Marsmenschen zu verteidigen. Ich erzähle Gray, in welcher Villa sich ein Elite-Internat für Promikinder befindet und in welcher die Entziehungsklinik für ihre Promieltern.

Unser Spaziergang endet an einem Baugelände, wo gerade eine weitere Villa im Entstehen ist. Der Boden ist platt gewalzt und das Betonfundament bereits fertig gegossen. Wir wandern auf der Zementfläche herum und entwerfen das passende Haus dazu. In die linke Ecke kommt das Badezimmer, die Küche hat eine Fensterfront nach Nordwesten. Ich schreite das Wohnzimmer ab und bestimme, wo der Kamin mit den plüschigen Ohrensesseln hingehört. Gray findet, dass wir einen Raumteiler und eine Sitzgruppe mit verstellbaren Rückenlehnen brauchen.

»In Plüschsesseln kann man nicht richtig Sport gucken«, behauptet er. Ich informiere ihn, dass es in unserem Haus keinen Fernseher geben wird, woraufhin eine hitzige Debatte beginnt, die sich nur mit einem Kompromiss beilegen lässt. Es wird einen Fernseher geben. Aber im Keller. In einem Raum mit Surround-Lautsprechern. Und einem Pokertisch.

Wir beschließen, dass wir eine zweite Etage mit mehreren Schlafzimmern brauchen und außerdem einen Dachboden, um dort ein Abenteuer-Westernfort zu bauen. Ein vernünftiges Haus braucht unbedingt Platz für ein Westernfort. Ich mache den Vorschlag, den Speisesalon für unsere Abendeinladungen ans hintere

Hausende zu verlegen, von wo aus man den besten Blick auf die Stadt hat, die sich wie eine leuchtende Galaxie Hunderte von Metern unter uns ausbreitet.

Wir setzen uns auf den Rand des Betonfundaments und stellen uns vor, wie unser fertiges Haus aussehen wird. Ich frage Gray, wo er leben würde, wenn er sich jeden Ort der Welt aussuchen könnte.

»Neuseeland«, sagt er. »Auf der Nordinsel.« Er erzählt mir, dass sein Dad Bildbände mit Reisefotografie sammelt, die immer haufenweise auf dem Wohnzimmertisch liegen. In einem davon hat Gray den perfekten Platz entdeckt. Am nördlichsten Ende zersplittert das Festland in viele kleine Inseln, die zusammen die »Bay of Islands« formen. Inmitten dieses Schärengartens würde er sich ein weißes Strandhaus bauen. Die großen Fenster zeigen aufs Meer hinaus und er kann jeden Abend draußen auf der Veranda schlafen. Er hat mehrere Kajaks und ein Motorboot, um zum Para-Sailing rauszufahren. Außerdem wollte er sich schon immer das Segeln beibringen.

Ich sehe zu, wie sein Gesicht sich verändert, während er spricht. Hoffnung zeichnet sich darauf ab, als würde er zum ersten Mal in die Zukunft blicken und sich vorstellen, dass ihn ein Paradies erwartet. Optimismus ist ein ganz neuer Look für Gray.

Gray

Ich versuche mich auf das Lichtermeer der Stadt zu konzentrieren, aber mein Blick wandert immer wieder zu dem Riss in Dylans Jeans, durch den ihr nacktes Knie herausschaut. Die Versuchung, mit der Hand darüberzufahren und ihre Haut zu berühren, ist so groß, dass meine Fingerkuppen brennen.

»Kann ich dich was fragen?«, sage ich, hebe zögernd die Hand und streiche damit durch ihre Haare. Seidenweich gleiten sie zwischen meinen Fingern hindurch. Das Gefühl lässt meinen Puls rasen. Dylan zieht scharf die Luft ein und blickt mir in die Augen. Lichtpunkte spiegeln sich in ihren Pupillen.

»Wieso bist du hier?«, frage ich. Sie schaut mich überrascht an und ich ziehe die Hand fort, um wieder klar denken zu können. »Komm schon, ich bin ja nicht hirnlos«, sage ich. »Mir ist völlig klar, dass Freizeit mit mir kein Picknick ist. Ich bin ein langweiliger Typ, der bittere Bemerkungen macht, und ich war nicht einmal nett zu dir.«

»Du bist überhaupt nicht langweilig«, protestiert sie. »Und du kannst nett sein. Vermutlich aus Versehen, aber es ist durchaus schon vorgekommen.«

»Du weißt genau, was ich meine«, sage ich. Wir sind beide aus unseren Sandalen geschlüpft und ich lasse meinen Zeh über ihren Fuß wandern, bis ich den ziemlich spitzen Knöchel erreiche. Sie macht keine Anstalten, ihn wegzuziehen. »Ich habe den größten Teil der Zeit versucht, dich zu vergraulen. Was mir übrigens leid tut. Und ich bin froh, dass du trotzdem wieder aufgetaucht bist. Aber wieso?«

Sie lächelt mich an.

»Und sag jetzt bloß nicht, weil du mich süß findest.«

Dylan zuckt mit den Schultern. »Ich weiß auch nicht. Du bist eine interessante Herausforderung«, sagt sie. Ich hebe die Augenbrauen. In Phoenix lassen sich bestimmt besser gelaunte Leute finden, die trotzdem interessant sind. Dylan hält nichts von diesem Einwand. »Aber ihnen fehlen deine zahlreichen Theorien über das Leben«, sagt sie. Okay, das dürfte stimmen.

»Ich mag Menschen, die man erst nach und nach durchschaut«, fährt sie fort. »Denn das ist eine Eigenschaft, die ich nie haben werde – ich bin kein bisschen mysteriös. Bei mir bekommt man alles auf dem Silbertablett serviert. Also faszinieren mich Menschen, die es einem schwer machen, an sie heranzukommen. Weil sie das genaue Gegenteil von mir sind, nehme ich an.«

Ich gucke sie nur verwirrt an.

»Du magst Computerspiele, oder?«, fragt sie.

Ich nicke. Klar, welcher Typ in meinem Alter mag sie nicht?

»Okay, in den meisten Spielen sieht man unten auf dem Bildschirm, wie viel Lebensenergie der Gegner noch hat. Das Ziel ist, seinen Balken auf Null zu drücken. Aber dazu muss man erst sämtliche Taktiken und Abwehrstrategien lernen, die er anwendet. Siehst du, so ähnlich kommst du mir vor.«

Ich schaue ins Leere, während mir dieser bizarre Vergleich durch den Kopf geht. »Du versucht, meine Lebensenergie auf Null zu drücken?«

Sie grinst und reibt sich die Lippen mit Sonnenschutz ein.

Ich bin eifersüchtig auf einen Fettcremestift. Das ist mir garantiert noch nie passiert.

»Ich ballere deine Mauern weg, weil ich sehen will, was dahinter steckt. Und je größer die Löcher werden, desto besser gefällt mir die Aussicht«, sagt sie. »Außerdem finde ich dich süß«, fügt sie hinzu.

Sie schaut auf die Großstadtlichter unter uns und wechselt scheinbar das Thema.

»Weißt du, weshalb ich die Wüste so mag?«, fragt sie. Ich schüttele den Kopf. »Weil man nur hier die Erde sieht, wie sie wirklich ist. Nackt und ungeschützt. Wenn man von dieser Kargheit umgeben ist, kann man sich nicht verstellen. Man beginnt ganz von selbst, seine Gedanken zu öffnen.«

Sie schaut mir ins Gesicht und wartet. Ihr Blick ist entschlossen.

»Okay, schon gut«, gebe ich nach und frage sie, was sie wissen will.

»Wozu brauchst du die ganzen Mauern?«, fragt sie. »Was ist los?«

Ich wende meinen Körper von ihr ab und starre auf die leuchtende Ebene unter unseren baumelnden Beinen. Natürlich könnte ich so tun, als wüsste ich gar nicht, wovon sie spricht. Oder ich könnte lügen. Aber das will ich nicht. Nicht bei diesem Mädchen.

Ich schaue Dylan an. Irgendwann muss ich jemandem die Wahrheit sagen. Bevor es mich innerlich zerreißt.

»Meine Familie bricht auseinander«, sage ich schließlich. Dylan bekommt diesen speziellen Blick, bei dem sie sich ganz auf mich konzentriert und den ich inzwischen ihr Zuhörer-Ich nenne. Ihre Augen schauen mich an und laden mich ein, eine Weile zu bleiben. Ich hole tief Luft. Bin ich wirklich bereit für dieses Gespräch? Meine Hände ballen sich von selbst zu Fäusten.

»Was ist passiert?«, fragt sie.

»Meine Mutter ist depressiv«, sage ich, »und mein Vater ist nie zu Hause. Wenn ich ihn doch einmal sehe, kommt er mir vor wie ein Schlafwandler. Wir haben seit Monaten kein Wort mehr gewechselt.« Dylan sitzt schweigend und still neben mir. Ich werfe ihr einen scharfen Blick zu. »Deshalb brauchst du jetzt kein Mitleid zu bekommen. So ist das Leben halt. Wir stehen das schon durch.«

Sie nickt und ich atme noch einmal tief ein. Dann erzähle ich ihr alles. Ich spreche davon, wie meine Schwester vor acht Monaten gestorben ist – meine Zwillingsschwester –, und die Wut schnürt mir fast die Kehle zu, als ich meine eigenen Worte in der Stille höre. Ich hatte gehofft, dass der Schmerz nachlassen würde. Aber jetzt ist er wieder da, so stechend wie ein Schlangenbiss, der mich bis auf die Knochen zerfrisst. Noch immer kann ich ihren Tod nicht akzeptieren. Lieber stelle ich mir vor, dass sie auf einer langen Reise ist und sich irgendwo in der Welt herumtreibt. Sie kann jeden Tag auftauchen und uns alle mit ihrer Rückkehr überraschen.

»Die letzten Monate waren nicht einfach«, sage ich und ziehe den Schirm meines Käppis tiefer.

Ich erzähle Dylan, wie meine Schwester bei einem Autounfall ums Leben gekommen ist. Auf dem Weg nach Flagstaff ist sie in einen Schneesturm geraten und das plötzliche Glatteis hat ihren Wagen zum Schleudern gebracht. Meine Familie ist darüber in die Brüche gegangen. Ich versuche die Scherben zusammenzuhalten, aber ich eigne mich nicht besonders gut als Alleskleber.

»Du willst weg von hier«, sagt Dylan mit fragendem Unterton.

Die Antwort steht mir ins Gesicht geschrieben.

»In Phoenix erinnert mich alles an sie. Ich komme mir vor, als wäre die ganze Stadt ein Friedhof. Als würde ich zwischen Gräbern leben.«

»Wie heißt sie?«

»Amanda.«

»Und ihr habt euch viel bedeutet?«, fragt sie.

»Oh, ja. Eine Weile war sie mit meinem engsten Schulfreund zusammen – Brandon, den wir in der Mill Avenue getroffen haben. Wir drei waren unzertrennlich.« Die meisten Typen, die ich kenne, würden es peinlich finden, ihre Schwester als beste Freundin zu bezeichnen. Aber ich erkläre Dylan, dass wir echte Seelenverwandte waren.

»Den Monat nach ihrem Tod habe ich aus meiner Erinnerung radiert. Totale Gedächtnislücke.« Ich lächele selbstironisch. »Da bin ich wohl ins Reich der Schatten abgetaucht.«

»Du bist auch nicht zur Schule gegangen?«

Ich schüttele den Kopf und erkläre, dass die Schulroutine meine Rettung war. Auch wenn ich die Zeit wie im Koma verbracht habe. Sechs Monate meines Lebens sind nur ein schemenhafter Albtraum. Ich hörte auf, Baseball zu spielen. Ich lief herum wie betäubt. Ich sprach nicht mehr mit meinen Freunden, weil sie mich an Amanda erinnerten. Dann war die Highschool zu Ende und nach der Abschlussfeier verstreuten sich alle. Die paar von meinen Bekannten, die in Phoenix blieben, meldeten sich ab und zu. Aber auch das hörte irgendwann auf.

»Und du hast das Gefühl, dass du wegen deiner Eltern hier bleiben musst?«

Ich nicke.

»Wolltest du eigentlich auf ein College wechseln?«

Ich erzähle ihr von meinem Stipendium in New Mexico. Die Universität hatte mich für die Baseball-Mannschaft angeworben.

Aber das war, bevor Amanda starb. Ich habe das Stipendium abgelehnt und bin zu Hause geblieben. Schließlich kann ich nicht einfach meine Sachen packen und meine Eltern alleine hier sitzen lassen.

»Ich wette, deine Schwester würde wollen, dass du zur Uni gehst und Baseball spielst«, sagt Dylan.

Damit hat sie recht. Amanda wäre fuchsteufelswild, wenn sie mich jetzt sehen könnte. Sie würde mir einen Arschtritt verpassen, der mich direkt nach New Mexico befördert. Ich kann mir gut vorstellen, wie sie sich im Himmel über mein verpfuschtes Leben aufregt. Bestimmt würde sie mir am liebsten ein paar Engel auf den Hals schicken, die mir ihre Heiligenscheine um die Ohren hauen, bis ich wieder zu Verstand komme.

»Und deine Mutter weiß nicht, wie sie mit allem fertig werden soll?«

Ich schüttele den Kopf. Mom weint noch immer jede Nacht. Ich kann sie hören, wenn ich im Bett liege. Aber sie will nicht darüber reden. In unserer Familie wird nicht einmal Amandas Name erwähnt. Er hängt nur ständig in der Luft wie eine drückende Rauchwolke.

Dylan fragt mich alles Mögliche über meine Schwester. Was sie für ein Mensch war, ob sie Sport mochte, welche Hobbys sie hatte. Es fühlt sich gut an, über Amanda sprechen zu können und wieder Licht auf die Erinnerungen fallen zu lassen, die ich so lange blickdicht verhängt hatte.

Mehrere Stunden sitzen wir in unserem imaginären Wohnzimmer und es fühlt sich schon ganz wie zu Hause an. Schließlich stehe ich auf und greife nach Dylans Hand, um sie hochzuziehen. Stumm gehen wir nebeneinander zum Wagen zurück. Während der Heimfahrt bin ich in Gedanken noch immer bei Amanda und der Nacht, als die Polizei bei uns anrief. Der Weg zum Krankenhaus in Flagstaff, wo meine Schwester sterbend auf der Intensivstation lag, war die längste Autofahrt meines Lebens. Ich habe mich immer gefragt, was ihr in dieser Zeit wohl durch den Kopf ging. Ob sie Schmerzen hatte, ob sie sich fürchtete, ob sie überhaupt bei Bewusstsein war. Was denkt man, direkt bevor man stirbt?

Wir konnten uns nicht mehr verabschieden. Und ein Teil von mir ist mit ihr gestorben.

Dylan dreht das Radio leiser und schaut zu mir herüber.

»Morgen ist Sonntag«, sagt sie mit einer Stimme, die wie immer vor Energie sprüht. Ich warte darauf, was als Nächstes kommt.

»Ich habe eine Idee«, verkündet sie.

»Hast du immer«, sage ich.

»Wir könnten morgen einen Feiertag für deine Schwester einlegen. Du zeigst mir alle Plätze in der Stadt, die sie am liebsten mochte. Wo sie ihre Freizeit verbracht hat, wo sie zum Shoppen und zum Essen hingegangen ist … Ein ganzer Tag zu Ehren von Amanda. Ich will Fotos sehen und jede Menge Storys hören. Was hältst du davon?«

Ich starre sie an. »Wieso?«

»Weil du sie geliebt hast. Um Amandas Andenken unter die Leute zu bringen.«

Ich schaue aus dem Fenster und denke darüber nach. Die letzten acht Monate habe ich alle Straßen gemieden, durch die wir zusammen gefahren sind. Ich bin Plätzen und Menschen ausgewichen, weil sie die Vergangenheit aufwühlten und mir den Magen umdrehten.

»Das brauchst du nicht für mich zu tun.«

»Will ich aber. Gleich morgen früh starten wir. Wohin sollten wir zum Frühstücken gehen?«

Die Erinnerung bringt mich zum Lächeln.

»Tommys Café. Das liegt in Mesa«, sage ich. »Ein total billiger Schuppen, aber dort gibt es die besten Pfannkuchen mit Fleischsoße in der ganzen Gegend.«

»Ich hole dich um acht ab.«

»Acht Uhr morgens?«

Sie ignoriert meinen langschläferigen Protest. »Wir haben eine Menge vor. Fang schon mal an, eine Liste zu schreiben.«

Als sie mich zu Hause absetzt und ich aus dem Wagen steige, fühle ich mich ganz schwerelos. Zum ersten Mal seit Jahren glaube ich an ein Leben nach dem Tod.

***

Ich versuche zu schlafen, aber in meinem Schädel rumoren zu viele Gedanken. Am liebsten würde ich sie mit irgendeinem Trick zur Ruhe bringen, damit ich endlich schlafen kann, aber sie sind widerspenstig. Vor allem kreisen sie um ein gewisses Mädchen.

Was passiert gerade zwischen mir und Dylan? Sie stellt wie immer alles auf den Kopf. Mit einem gewöhnlichen, altmodischen Date würde ich zurechtkommen, aber das besteht normalerweise nicht daraus, tote Verwandte zu feiern. Darunter leidet nämlich die Romantik. Also stellt sich die Frage, ob wir überhaupt ein Date haben.

Ich bin nicht gerade ein Experte in Beziehungsfragen. Trotzdem sagt mir meine Erfahrung, dass die Annäherung zwischen zwei Teenagern eigentlich gewisse (schmerzhaft peinliche) Phasen durchläuft: Man starrt heimlich ihren Körper an. Man wird erwischt und sie starrt genauso interessiert zurück. Man stellt sie sich nackt vor. Sie redet davon, dass die »Chemie stimmt«. Dann folgt die Phase, in der man gegenseitig abcheckt, ob man zueinanderpasst. Durch Small Talk in den Pausen, nach der Schule oder während des Jobs versucht man, sich kennenzulernen und unterschwelliges Interesse zu zeigen. Dabei darf man bloß nicht zu deutlich werden. Es gilt, einen Hauch von mysteriöser Unnahbarkeit zu bewahren. Denn wenn man sich zu sehr ins Zeug legt, wird man gleich als notgeiler Stalker abgestempelt … Noch vernichtender wäre höchstens ein Image als Serienkiller. Also gilt es, ein sorgfältiges Gleichgewicht zu bewahren. Und so ähneln die ersten Wochen einem Drahtseilakt.

Man geht auf Nummer sicher, schickt ab und zu eine geistreiche SMS und hat nur noch vorteilhafte Fotos im Online-Profil: Schnappschüsse vom Freeclimbing (= abenteuerlustig und athletisch), vom Brettspiel mit Oma (= gutmütig und unkompliziert) und mit möglichst vielen Freunden (= total beliebt). Diese virtuelle Diashow lässt nur einen Schluss zu – du bist ein echt guter Fang. Erst wenn das Mädchen deiner Träume zu diesem Ergebnis gekommen ist, lässt du dich öfter blicken, um Zeit mit ihr zu verbringen. Dabei zeigst du ihr nach und nach deine exzentrischen Seiten und kleinen Ticks. Und das ist gewöhnlich der Zeitpunkt, an dem alles in die Grütze geht. Amanda nannte das den Moment der schweißfußigen Wahrheit.

In dieses normale Schema passt meine Beziehung zu Dylan kein bisschen. Noch immer habe ich nicht einmal ihre Telefonnummer. Aber ich verbringe die halbe Nacht mit dem Gedanken, sie zu küssen. Wie würde sie reagieren? Wann ist der beste Zeitpunkt, es zu versuchen?

Dabei habe ich keine Ahnung, ob sie überhaupt von mir geküsst werden will. Sie hält meine Hand und nennt mich süß, aber das machen Mädchen auch untereinander (und ehrlich gesagt finde ich das ziemlich heiß). Also, wie stuft Dylan mich ein? Bin ich nur eine Art Bruder für sie? Bloß das nicht! Vielleicht hat sie mich auf dem Campus aufgelesen, weil sie einen guten Kumpel wollte, einen Komplizen bei ihren verrückten Ideen? Sie flirtet nicht wirklich mit mir. Zwar berührt sie mich oft, aber dabei starrt sie mich nie mit diesem träumerisch-liebeskranken Blick an, den Mädchen aufsetzen, wenn sie geküsst werden wollen.

Heute habe ich versucht, ihre Körpersprache zu analysieren. Ich lehnte mich immer näher an Dylan heran und beobachtete, was passiert. Diese Flirttaktik nenne ich das Anschmiegspiel. Ich habe mal so eine bescheuerte Theorie gehört, dass es ein Zeichen von

Zuneigung ist, wenn das Mädchen sich im Sitzen unbewusst zu einem neigt und ihre Schultern oder die übergeschlagenen Beine in die Richtung ihres Gegenübers zeigen. Aber Dylan sitzt nie lange genug still. Meine Versuche haben nur bewiesen, dass sie hyperaktiv ist.

Ich bin sicher, dass ich mich an dem kritischen Punkt befinde, wo eine einzige verpasste Chance bedeutet, dass ich mich in der Schublade »Lass uns gute Freunde bleiben« wiederfinde. Wenn man dort einmal gelandet ist, kommt man nie wieder raus. Ein absoluter Albtraum. Schon viele Eroberungen sind kläglich daran gescheitert.

Aber wie soll ich für romantische Stimmung sorgen, wenn Dylan ein medaillenreifes Talent hat, sich die schrägsten Dates aller Zeiten auszudenken?

Erstes Vertrauen

Dylan

Um 8:01 Uhr biege ich in seine Auffahrt ein und habe noch nicht einmal den Motor abgestellt, als auch schon die Tür aufgeht. Gray erscheint in seinem üblichen Outfit, bestehend aus T-Shirt, kurzer Hose und Flip-Flops. Ich stecke den Kopf aus dem Autofenster und betrachte ihn stirnrunzelnd.

»Du hast was vergessen«, lasse ich ihn wissen. Er nimmt an, dass ich auf die fehlende Baseballkappe anspiele. Mit einem Schulterzucken kämmt er sich durch die Haare, die aber jedem Kontrollversuch widerstehen und weiterhin nach zotteligem Flokati aussehen. Finde ich niedlich. Ich stelle den Motor ab und springe aus dem Wagen. Gray blinzelt mit müden Lidern und behauptet, ich hätte entschieden zu viel Energie für diese Uhrzeit.

»Wo sind die Fotos?«, will ich wissen. Er blickt auf seine leeren Hände.

»Das hast du ernst gemeint?«, fragt er.

Ich stütze die Hände in die Hüften und meine störrische Miene sagt mehr als tausend Worte.

Energisch schiebe ich ihn zurück ins Haus. Ich folge ihm ins Souterrain, wo er um eine Flurecke biegt und das Licht in seinem Zimmer anschaltet. Gray erklärt, dass er nach Amandas Tod sämtliche Fotos zusammengepackt hat, auf denen sie zu sehen war. Er hat den Karton in seinem Schrank verschwinden lassen und nie wieder angerührt. Nun öffnet er die Schranktür und wühlt in der hintersten Ecke nach seinen Erinnerungen.

Währenddessen schaue ich mich im Zimmer um. Ein Geruch von Reinlichkeit liegt in der Luft, als sei gerade erst gestaubsaugt worden. In einer Ecke steht Grays Bett mit einer zerwühlten dunkelblauen Decke und zerknautschten Kissen. Auch das Bettlaken ist losgestrampelt und zu einem Ball zusammengeknüllt. Anscheinend ist Gray ein unruhiger Schläfer. Falls er überhaupt schläft. Auf dem Teppich liegen ein paar Kleidungsstücke herum. Zwei Gitarren lehnen in einer Ecke, umgeben von CD-Stapeln. Als Deko sind Sporttrikots und ein paar Konzertposter an die Wände gepinnt.

Das Bücherregal fällt mir ins Auge, weil darin kein einziges Buch zu finden ist – sondern lauter Medaillen, Pokale und Trophäen. Gray stellt sich neben mich und wirkt ein bisschen verlegen.

»Okay, sieht aus wie ein Schrein für mein Ego«, gibt er zu. Wir beide betrachten die glänzenden Goldfiguren auf ihren Miniaturpodesten aus Holz und Marmor. Winzige Heldengestalten. Goldene Momente. Es müssen mindestens hundert sein. Ich lese einige der Aufschriften. Ein Teil ist für den besten Spieler des Jahres und für Erfolge auf der Batter-Position, aber die meisten Trophäen hat er als Werfer geholt.

»Mir war nicht klar, wie viel dir Baseball bedeutet«, meine ich.

»Vielleicht wird es Zeit, dass ich den Kram wegpacke«, sagt er hart. »Die Highschool ist vorbei und ich muss an die Zukunft denken.«

Aber mir ist klar, dass mehr dahintersteckt. Dieses Regal ist eine Erinnerung an seine besten Zeiten, seine Jahre des Ruhms – doch gleichzeitig erinnert es ihn an die Träume, die er aufgegeben hat.

»Ich finde, Trophäen werden aus ganz falschen Gründen vergeben«, sage ich. »Man sollte Leute dafür auszeichnen, dass sie die beste Sockensammlung haben oder besonders gut knuddeln können.« Außerdem schlage ich vor, einen Preis an den nettesten Typen der Stadt zu verleihen. Gray runzelt die Stirn und behauptet, kein Mann würde freiwillig eine Medaille für »Nettigkeit« annehmen.

Er stellt einen braunen Schuhkarton aufs Bett und ich hebe den Deckel hoch. Das Foto ganz oben lässt mich zusammenzucken, denn es ist ein Schwarz-Weiß-Portät, durch dessen Stirn man ein Loch gestochen und einen Faden gezogen hat. Gray erklärt, dass seine Cousins das Bild beim Begräbnis um den Hals getragen haben. Amanda sieht Gray sehr ähnlich. Sie hat die gleichen dunklen Haare, allerdings glatt statt lockig, und das gleiche breite Grinsen, das einen sofort gefangen nimmt.

Mir fällt es schwer, ihre Augen anzusehen. In ihnen ist so viel Leben. Ich nehme ein weiteres aufgefädeltes Amanda-Porträt und überreiche es Gray.

»Das passt perfekt«, sage ich und ziehe mir das erste Foto über den Kopf. Er starrt darauf und seine Augen verschleiern sich für einen Moment. Bevor er widersprechen kann, hänge ich ihm das andere Porträt um, und Gray seufzt, als könne er kaum glauben, dass er bei dieser Aktion mitmacht. Er zieht einen Umschlag voller Fotos aus dem Karton und ich greife nach seiner freien Hand, um ihn aus der Tür zu ziehen.

***

Wir beginnen unseren Ausflug bei Tommys Café und bestellen das berühmte Frühstücks-Special »Pfannkuchen mit Fleischsoße«. Einen Bissen widmen wir beide Amanda. Zwar ist keiner von uns ein großer Kaffeetrinker, aber Grays Schwester war es schon, also schütten wir zwei Tassen Aufputschmittel in uns hinein. Dadurch wird Gray so zappelig, dass er gar nicht mehr aufhören kann, mit den Füßen auf den Boden zu trommeln. Ich beteilige mich, indem ich mit meinem Besteck das Schlagzeugsolo von *Wipeout* zu spielen versuche, bis die genervten Blicke des gesamten Personals uns darauf aufmerksam machen, dass wir uns unmöglich benehmen.

Also setze ich mich auf die Tischseite neben Gray und er erzählt mir eine Geschichte zu jedem einzelnen Foto. Viele zeigen

Weihnachten mit der Großfamilie. Bis letztes Jahr gehörte es zur Tradition, dass alle Verwandten in Phoenix zusammenkamen und am Festtag eine kleine Bühnenshow aufführten. Stolz präsentiert er mir die Bilder der schwarzen Komödie *Pulp Christmas* über eine Familie im weihnachtlichen Drogenrausch, die er mit Amanda und zwei Kusinen geschrieben hat und die zum besten Stück des Abends gekürt wurde. Wir betrachten Bilder von der Band, die Gray und seine Schwester zusammen gegründet haben … er als Gitarrist, Amanda als Sängerin mit Tamburin und die beiden Nachbarjungen mit Bongo und E-Bass. Sie nannten sich »Lucky Dogs« und spielten vor allem Comedysongs von Adam Sandler im Hippie-Sound.

Dann erzählt mir Gray eine seiner Lieblingsstorys von Amanda. In der zehnten Klasse wollte sie einen Tag lang ausprobieren, wie man im Alltag zurechtkommt, wenn man keine Arme hat. Als neue Lebenserfahrung. Gray gab zu bedenken, dass niemand die Erfahrung braucht, einen schweren Geburtsfehler zu haben. Sie hielt dagegen, dass man jeden Tag das Pech haben könnte, seine Arme zu verlieren. Außerdem könnte man dadurch schätzen lernen, was man hat.

Also ließ sie sich von ihrer Mutter beim Anziehen helfen und die Zähne putzen. Gray fütterte sie mit Frühstück, fuhr sie zur Schule und trug ihre Tasche. Ihre Freunde waren für das Mittagessen zuständig und schleppten ihre Schulbücher von einem Klassenraum zum anderen. Sie musste nichts mitschreiben und bekam keine Hausaufgaben auf. Unfair!

Nach dem Unterricht ging sie zum Training mit ihrem Leichtathletik-Team, hielt aber beim Kurzstreckenlauf die Arme bewegungslos an die Seiten gepresst. Er zeigt mir ein Foto als Beweis, während er davon erzählt. Alle auf der Aschenbahn haben sie angestarrt, aber sie war zu beschäftigt, an ihnen vorbeizusprinten, um die Blicke zu bemerken.

»Ich will gar nicht wissen, wie sie zur Toilette gegangen ist«, fügt Gray hinzu. »Die Frage habe ich mir immer verkniffen.«

Hinterher schrieb Amanda ein Essay über ihre Erfahrung. Es wurde in der Schülerzeitung veröffentlicht und gewann den Preis als kreativster Beitrag des Jahres. Noch heute redet man an der Schule davon. Ich würde den Artikel gerne lesen und Gray verspricht, ihn mir herauszusuchen.

Nach dem Frühstück fahren wir zu einer Galerie in Scottsdale, weil seine Schwester dort gejobbt hat. Wir gehen hinein und Gray zeigt mir eines von Amandas Kunstwerken, das als Erinnerung immer noch im Laden hängt. Es ist ein Mosaik aus allen möglichen Fundstücken. Wie Gray erklärt, konnte seine Schwester die seltsamsten Dinge wunderschön finden.

»Das habt ihr beide gemeinsam«, sagt er. Amanda sammelte Steine, Glasscherben und jede Art von Krimskrams, der vergessen am Wegesrand lag und von den meisten Leute als Müll bezeichnet worden wäre. Aber Amanda sah darin unendliche Möglichkeiten und konnte ihre Funde so zusammenfügen, dass verblüffend anmutige Objekte entstanden. Eines ihrer Werke hat sie für vierhundert Dollar verkauft, als sie gerade fünfzehn war.

»Amanda wollte Kunsttherapeutin werden«, erzählt Gray. »Sie hatte vor, mit Behinderten zu arbeiten und ihr eigenes Kunststudio zu eröffnen. Bestimmt wäre sie fantastisch gewesen.«

Bei dem Gedanken muss ich lächeln, auch wenn ich gleichzeitig traurig bin. Ich kann mich nur schwer damit abfinden, Amanda verpasst zu haben. Alles was von ihr bleibt, sind bruchstückhafte Geschichten. Wenn man normalerweise etwas verpasst – eine Party oder ein Rockkonzert –, handelt es sich um flüchtige Highlights, die sich nachholen lassen. Aber dieser Verlust ist unersetzbar und fühlt sich an, als habe man mir etwas Wertvolles gestohlen. Ich trauere um etwas, das ich nie besessen habe.

»Ich hätte Amanda gerne kennengelernt«, ist alles, was ich sagen kann.

»Du wärest von ihr begeistert gewesen«, sagt er. »Bestimmt hättet ihr ständig unter einer Decke gesteckt. Gruselige Vorstellung.«

Wir schlendern auf die andere Straßenseite zu einem Irish Pub namens »Nella«. Ganz hinten in der Kneipe befindet sich eine uralte Pacman-Maschine, nach der Gray und Amanda süchtig waren. Gray legt einen Stapel Münzen auf den Tisch neben uns und verschränkt die Arme vor der Brust.

Mit einem Nicken in Richtung der Konsole sagt er: »Ein weiterer Test für jede echte Freundschaft lautet: Was hältst du von steinzeitlichen Computerspielen?« Als Antwort greife ich nach einer Handvoll Münzen. Wie es der Zufall will, bin ich ein Fan von Pacman und genauso suchtgefährdet wie Gray. Als wir den Pub schließlich wieder verlassen, habe ich vom Spielen eine Blase auf dem Daumen. Einmal musste Gray mich gewaltsam von der Maschine wegreißen, weil ich mir fast die Schulter ausgerenkt hätte, um einem Geist zu entkommen. Als ich den zweiten Level erreichte, war er sichtbar beeindruckt. Bei Level vier starrte er mich nur noch ungläubig an.

»Okay, jetzt bin ich echt angeturnt« war sein Kommentar und ich merkte, wie ich rot wurde.

Am anderen Ende der Straße gibt es das Café Teeblatt, in das Amanda immer gegangen ist, um sich ein Milchmixgetränk zu holen. Wir bestellen uns beide einen Vanilleshake und fahren dann weiter zum Allerheiligsten, dem geheimsten Geheimziel des heutigen Tages. Codename Gleisplatz. Gray lässt mich beim Leben von Gürkchen schwören, dass ich niemandem von diesem Ort erzähle.

Wir fahren durch ein Industriegebiet, bis die Straße endet. Verborgen zwischen Sand und Wüstengestrüpp liegt ein Schotterweg, den man nur findet, wenn man danach sucht. Er windet sich um die Rückseite einer alten Zementfabrik herum. Wir folgen ihm, und Gürkchen holpert beleidigt durch die vielen Schlaglöcher. Schließlich erreichen wir die Betonpfeiler einer Autobrücke, die rostige Bahngleise überspannt. Gray erklärt mir, dass er während seiner Schulzeit die meisten Wochenenden hier verbracht hat. Er braucht mir nicht erst zu erklären, wieso er sich dieses Niemandsland zwischen Autoverkehr und Schienen ausgesucht hat. Jeder braucht einen Fluchtort, wo ihn niemand findet. Wenn man zu viel Zeit in der Realität verbringt, führt das nur zu Depressionen. Ganz von selbst öffne ich die Autotür und steige aus.

Wir kraxeln eine Betonschräge hoch und erreichen das schattige Sims, wo die Pfeiler und die Straßenunterseite zusammentreffen. Dort setzen wir uns und schauen aus der Vogelperspektive auf die mit Wüstenstaub bedeckten Schienen hinab. Über uns sausen Autos entlang und erinnern uns daran, dass das Leben in unvermindertem Tempo weitergeht. Aber in dieser dämmerigen Nische kann man die Welt einfach an sich vorbeirauschen lassen. Hier sind wir sicher vor Beobachtung und kritischen Blicken. Wir können tun, was wir wollen. Keiner sagt uns, was wir alles verkehrt machen.

Gray erzählt, dass seine Schwester diesen Ort entdeckt hat. Man kann ihn von der Straße nicht sehen, und die umliegenden Fabrikgebäude und Lagerhäuser schirmen ihn von allen Seiten ab. So ist ein privater Zufluchtsort entstanden, der nur ein paar würdigen Personen bekannt ist. An den Wochenenden hat Gray seine Freunde hierher eingeladen. Für eine kurze Zeitspanne an den Freitag- und Samstagabenden konnten sie ganz allein über sich bestimmen und niemand stand ihnen im Weg. Sie hatten selbst die Kontrolle über ihr Leben. Es war nicht länger verplant und eingeengt von Eltern, Lehrern, Trainern, Terminen, Stundenplänen.

Gray erwähnt, dass er nach dem Tod seiner Schwester manchmal die Schule geschwänzt hat, um allein hierher zu fahren und zu rauchen.

»Dabei mag ich Zigaretten nicht einmal«, sagt er. »Aber dadurch habe ich mich gezwungen, weiterzuatmen. Schon das war eine Anstrengung.«

»Sonst kommt niemand hierher?«, frage ich.

»Nach ihrem Tod ist die Brücke so etwas wie ein Gedenkplatz geworden. Ich finde immer noch Briefe für Amanda. Die paar

Leute, die von diesem Ort wissen, bringen Blumen und Fotos her. Manchmal lassen sie auch Nachrichten für mich da.«

Wir schweigen eine Weile. Das einzige Geräusch ist das Brausen des Verkehrs über uns. Aber es fühlt sich weit weg an, wie eine verblassende Erinnerung, als seien wir Lichtjahre entfernt von anderen Menschen.

»Amanda wurde eingeäschert«, sagt Gray mit fast emotionsloser Stimme. Wir schauen auf die sandigen Bahnschienen unter uns. Die Sonne brennt gleißend vom Himmel.

»Für mich ist die Brücke ihr Grabstein«, sagt er.

***

Als Nächstes fahren wir zu einem Imbisscafé namens »Geckosnack« in Tempe, das ebenfalls zu Amandas Lieblingsplätzen gehörte. Wir suchen uns einen Platz im Freien aus. Hier konnte Amanda stundenlang sitzen und Leute beobachten. Wir bestellen zwei Burger, Curly Fries und Milchshakes.

»Amanda hatte einen prima Geschmack«, sage ich und stopfe mir eine Pommes in den Mund. Heute habe ich ansonsten ziemlich wenig geredet. Ich stelle Fragen. Ich höre zu. Je mehr ich von Amanda erfahre, desto besser lerne ich Gray kennen, und zwar von einer ganz anderen Seite als bisher. Dieser Teil von ihm ist abenteuerlustig, übermütig, albern … glücklich. Wenn uns Menschen nahestehen, beginnen sie leere Stellen in uns auszufüllen und uns zu vervollständigen, bis sie ein wesentlicher Teil von uns sind. Ich glaube, mit Amandas Tod hat Gray das Stück von sich selbst verloren, das ihm am liebsten war und ihn mit dem größten Stolz erfüllte. Kein Wunder, dass er von dem Schwarzen Loch in seinem Inneren verschluckt wurde.

»Wie kommst du klar?«, frage ich.

Gray stochert in seinen Fritten herum. »Ich kann nicht gerade behaupten, dass ich Spaß hatte«, sagt er, »aber der Tag war auch nicht total grässlich. Vorher war ich mir nicht sicher, worauf ich mich einlasse.«

Ich nicke und warte darauf, dass er weiterredet. Er schaut mich fragend an. Als ihm klar wird, dass meine Frage nicht nur auf den heutigen Tag gemünzt war, lehnt er sich zurück und starrt nachdenklich auf die Straße. Wir haben uns lange genug in der Vergangenheit herumgetrieben, um Amanda wieder zum Leben zu erwecken. Nun wird es Zeit, in die Gegenwart zurückzukehren.

Gray spricht langsam und kontrolliert, als müsse er seine Gefühle unter Verschluss halten.

»Ich versuche herauszufinden, wie ich ohne sie leben soll«, sagt er. »Das fällt mir von allem am schwersten. Sie wird nie heiraten, nie an die Uni gehen, nie Kinder bekommen … alles, was sie eigentlich noch vor sich haben sollte. Ihr beide werdet euch nie begegnen. Ich kann mich nicht damit abfinden, dass sie nur eine Erinnerung ist. Sie hat so viel mehr verdient.«

Wir schweigen ein paar Sekunden. Ich zupfe mit gerunzelten Brauen an meiner Serviette herum. Gray beobachtet mich.

»Was ist?«, fragt er.

»Ich weiß nicht, was ich sagen soll«, erkläre ich. »Solche Momente mag ich gar nicht. Viel lieber hätte ich eine Antwort auf alle deine Fragen und könnte dir eine Erklärung für Amandas Tod geben.«

Er schüttelt den Kopf. »Nein, lass es. Sag einfach gar nichts. Das ist besser als bescheuerte Bemerkungen wie ›Der Himmel hat sie zu sich gerufen, weil sie zu gut für das Leben auf Erden war.‹ Ich hasse es, wenn Leute solchen Müll reden.«

Er stößt scharf den Atem aus und ich sehe echte Wut in seinen Augen.

»Ich meine, sie war einzigartig. Es gibt auf der Welt niemanden wie Amanda. Das spürte jeder, der das Glück hatte, ihr zu begegnen. Alle haben sie geliebt. So viele idiotische, selbstsüchtige

Leute leben jeden Tag vor sich hin und ausgerechnet sie musste sterben. Wieso? Weil sie ein Engel ist und in den Himmel gehört?«

Ich schüttele den Kopf.

»Der Himmel kann mir gestohlen bleiben. Verdammte Scheiße!« In seinen Augen sammeln sich Tränen, aber er ist zu wütend, um sich darum zu scheren. »Wir brauchen Leute wie Amanda. Hier auf der Erde. Es gibt längst nicht genug gute Menschen. Der Himmel kann gefälligst warten.«

Gray atmet tief durch, um sich zu beruhigen. Er hat zu lange gezögert, über Amanda zu sprechen. Stattdessen hat er seine Erinnerungen weggesperrt. Damit hat er sich und seiner Schwester keinen Gefallen getan. Sie hätte nicht gewollt, dass er die Realität beiseiteschiebt, indem er sich in Wut und Depressionen stürzt. Jetzt verstehe ich, warum sein Gesicht so leer aussah, als wir uns das erste Mal begegnet sind, und warum sein Blick nichts aufzunehmen schien. Er war damals gar nicht richtig lebendig. Er hatte sich in seinem Innersten verkrochen, um dem Schmerz zu entkommen.

Aber Leid ist wie Wasser. Es findet immer einen Weg durch jede kleinste Ritze. Man kann es nicht aufhalten. Manchmal muss man sich erst bis auf den Grund sinken lassen, bevor man lernt, zurück an die Oberfläche zu schwimmen.

***

Unser letztes Ziel ist der Musikladen »Happy Trail Records«, der eine Mischung aus neuen und gebrauchten CDs anbietet. Amanda hat den Shop vor allem geliebt, weil er ganz hinten eine stadtbekannte Riesenauswahl an alten Konzertpostern und Originalshirts mit Band-Logos enthält.

Während Gray in den Platten herumstöbert, überlege ich laut, dass wir auch etwas für seine Mom tun sollten.

»Zum Beispiel?«, fragt er.

»Irgendeine nette Überraschung«, sage ich. »Wir könnten ihr ein schickes Dinner servieren.«

Seine Mundwinkel zucken, als müsse er gegen ein Grinsen ankämpfen. »Kannst du kochen?«, fragt er.

»Meine Tiefkühlpizzas sind erstaunlich gut«, sage ich.

»Wow«, meint er. »Einen Ofen richtig vorzuheizen, das muss man schon gelernt haben.«

Ich nicke. »Und was ist dein spezielles Talent?«

Er lehnt sich gegen ein CD-Regal und gesteht, dass er am allerbesten Reste in der Mikrowelle aufwärmen kann. »Außerdem bin ich hervorragend im Zubereiten von Sandwiches«, fügt er hinzu. »Man braucht Fingerspitzengefühl, um das richtige Gleichgewicht zwischen Putenschinken, Brot und Mayonnaise hinzubekommen.«

»Okay, vergessen wir die Idee«, sage ich. »Wir können deiner Mom eine Karte schreiben und Schokolade kaufen. Sie isst doch Schokolade?«

Er betrachtet mich ungläubig. »Welche Frau nicht?«

»Zugegeben, das ist wenig originell. Was mag deine Mom sonst noch?«

»Schlafen«, sagt er. Ich warte auf eine Antwort, die ein bisschen hilfreicher ist.

»Okay … früher hat Dad ihr manchmal eine Flasche Wein mitgebracht. Das war für Mom immer die Krönung des Tages.«

»Roten oder weißen?«

»Roten. Ich glaube, ihre Lieblingsmarke heißt Shiraz.«

Wir spazieren zurück zu meinem Auto, und ich überlege laut, wie wir als Minderjährige an eine Flasche Wein kommen sollen.

»Vielleicht bleiben wir doch lieber bei Schokolade«, sagt Gray und grinst.

Erster Kuss

Gray

Wir fahren zur Villa der reichen Tante und ich folge Dylan nach drinnen. Das Haus ist innen genauso makellos wie die Landschaftsarchitektur rund um den Eingang. Man kommt sich vor wie in einem Kunstmuseum. Überall gibt es Unmengen von Statuen, Figuren und Gemälden. Dylan führt mich ins Wohnzimmer und stellt mich den Pflanzen vor, die sie Lily, Liane, Leo und Lincoln getauft hat. Ihr knallroter Rucksack, der auf dem Fußboden liegt, heißt Ruby.

»Du hast einen Namensfetisch, oder?«, frage ich.

Daraufhin erfahre ich, dass Dylan wirklich alles mit Namen versieht. Sogar ihre Sommersprossen. Sie hält mir ihren Arm entgegen und stellt mir Blake und Stacey vor. Die beiden sitzen nebeneinander in der Nähe des Handgelenks. Neuerdings sind sie mit einer Sommersprosse weiter oben am Ellbogen zerstritten, die den Namen Meredith trägt. Ich verzichte darauf, das Thema weiter zu erörtern.

Wir lassen uns auf die Ledercouch fallen und überlegen, was wir meiner Mom schenken sollen. Also, genauer gesagt denkt nur Dylan darüber nach. Ich bin zu sehr mit der Vorstellung beschäftigt, wie es wohl wäre, sie zu küssen. Beim Hinsetzen habe ich mich so nah herangewagt, dass unsere Arme sich berühren und meine Wade gegen ihre streift. Hitzewellen laufen durch mein Bein.

Jetzt. Mach schon, du Trottel. Küss sie.

Mein Blick huscht zu ihren Lippen und wieder hoch zu ihren Augen. Das ist die beste Art, wortlos um Erlaubnis zu bitten. Aber Dylan ist zu beschäftigt, um davon etwas zu merken. Sie schaut mich nicht einmal an.

»Ich bin dafür, dass wir ihr den Wein besorgen«, sagt sie mit einem entschlossenen Nicken. Ich seufze, weil unsere Pläne gerade in total verschiedene Richtungen gehen. Frustriert raufe ich mir die Haare.

»Wieso willst du meiner Mom ausgerechnet das Einzige besorgen, was wir nicht kaufen können?«

»Weil sie nie auf die Idee kommen wird, dass die Überraschung von uns ist. Der Wein taucht einfach aus dem Nichts auf. Solche Geschenke sind die besten.«

Ich schaue mich im Wohnzimmer um. »Vielleicht hat deine Tante Dan irgendwo eine Flasche?«, frage ich. Wir gehen in die Küche und schauen im Kühlschrank und in der Speisekammer nach, aber ohne Erfolg.

Dylan tigert vor dem Küchentresen auf und ab. »Wir könnten eine Flasche stehlen.«

»Geniale Idee«, sage ich.

Sie bleibt stehen und schaut mich an. »Wirklich?«, fragt sie.

»Klar. Uns verhaften zu lassen, wäre die perfekte Überraschung für meine Mom. Bestimmt würde es ihre Stimmung enorm heben, wenn ihr letztes noch lebendes Kind sich als verkappter Alkoholiker mit krimineller Energie herausstellt.«

»Gutes Argument. Okay, dann brauchen wir einen Handlanger«, entscheidet sie.

»Einen Handlanger?«

»Jemanden, der die Arbeit für uns erledigt. Kennst du Leute, die schon einundzwanzig sind?«

Ich zucke mit den Schultern. Da ich seit Monaten mit keinem meiner Freunde gesprochen habe, fände ich es jetzt ein bisschen unhöflich, sie anzurufen und zum Alkohol-Shoppen zu benutzen.

»Dann bleibt nur noch eine Möglichkeit.«

Ihr Blick wird kalkulierend und ich denke: Oh, Oh.

»Welche denn?«, frage ich vorsichtig.

***

Zwanzig Minuten später sitze ich auf dem riesigen Bett von Dylans Tante, während sich Dylan in dem größten begehbaren Kleiderschrank umzieht, den ich je gesehen habe. Ich schaue mich im Schlafzimmer um, das in meinem Zuhause eine ganze Etage ausfüllen würde und vollständig in den Farben Blau und Gold gehalten ist. Sogar in den Teppichboden sind glitzernde Goldfäden eingewebt. Ich frage mich, welcher Mann sich freiwillig auf so eine Inneneinrichtung einlassen würde. Vielleicht war ihr Ex auch nicht hetero.

»Wo steckt deine Tante eigentlich?«, rufe ich.

»Für ein paar Wochen in Vegas«, schreit Dylan durch die geschlossene Tür zurück. »Mach dir keine Sorgen. Selbst wenn sie jetzt nach Hause käme, würde sie sich kein bisschen aufregen. Sie ist ziemlich entspannt.«

Dylan tritt mit einem schiefen Grinsen durch die Tür. Ich starre sie an und muss laut loslachen. Sie hat in dem Fundus ein Überbleibsel aus den frühen Achtzigern entdeckt: ein ärmelloses Hängekleid aus Jeansstoff. Es ist ein Stück zu kurz und bringt ihre dürren Knöchel zur Geltung. Darunter trägt sie einen weißen Rollkragenpulli. Der weite Rock bläht sich um Dylan, sodass sie eine matronenhafte Figur bekommt. Passend dazu hat sie lange braune Strümpfe gefunden, auf die rosa Kätzchen gestickt sind. Die braunen Ledersandalen sind mit kleinen Schleifen verziert. Über ihrer Schulter hängt eine beigefarbene Handtasche mit geflochtenem Riemen. Dylan sieht mindestens aus wie vierzig.

»Unglaublich«, sage ich.

Grinsend dreht sie sich um die eigene Achse und betrachtet

sich im Ganzkörperspiegel. Bei ihrem Anblick hüpft sie begeistert auf und ab und klatscht in die Hände. Dann wendet sie sich der passenden Frisur und dem Make-up zu. Ich folge ihr ins Bad, wo wir die Schubladen durchsuchen, bis wir einen Korb voller Schminksachen finden. Fasziniert schaue ich zu, wie Dylan knallroten Lippenstift aufträgt, ihn an den Rändern verschmiert und absichtlich abrutscht, so dass etwas Farbe auf den Zähnen landet.

»So machen es die alten Omas in Scottsdale immer«, erklärt sie. Als Nächstes tupft sie pinkfarbenes Rouge auf ihre Wangenknochen und schminkt sich mit Kajalstift die Augen. Sie steckt ihre Haare mit einer Spange hoch, sodass ungefähr die Hälfte herausfällt, und fügt ihrem Outfit ein Paar Perlenohrringe hinzu. Ein Profi hätte die Verwandlung nicht besser hinbekommen. Ich weiß kaum, ob ich lachen oder mich verlieben soll.

Dylan nimmt zwei Maxi-Monatsbinden und schiebt sie sich (zu meinem bewundernden Entsetzen) als Schulterpolster unter den Rolli. Außerdem stopft sie ihren BH mit Socken aus, um einen richtigen ›Mama-Busen‹ zu bekommen. Ich schüttele beeindruckt den Kopf.

»Besser protzen als kleckern«, verkündet sie. Da bin ich ganz ihrer Meinung, wenn wir dadurch eine Verhaftung vermeiden.

Sie entdeckt eine alte Sonnenbrille aus Schildpatt und setzt sie auf die Nase.

»Na, was meinst du?« Als sie sich zu mir umdreht, sieht sie aus wie meine Tante Mildred.

»Du brauchst noch einen Damenbauch«, schlage ich vor.

»Einen was?«

»Eine kleine Wampe. Eng verwandt mit dem Damenbart«, erkläre ich und ziehe ein Gästehandtuch aus dem ringförmigen Halter. Ich reiche es Dylan und empfehle ihr, es in den Schlüpfer zu stecken. Mit einem zweifelnden Blick schiebt sie sich den Stoffballen unters Kleid. Bei dem Anblick beginnen wir beide hemmungslos zu kichern.

»Dieser Bauch ist im neunten Monat schwanger!«, sagt sie und betrachtet von der Seite ihre Kurven.

»Okay, war vielleicht keine so gute Idee.«

***

Wir fahren in die Innenstadt zu dem einzigen Laden, bei dem wir meiner Meinung nach eine Chance habe, mit der Sache durchzukommen. Der Asia-Shop ist bei Teenagern ein beliebter Ort, um neu gefälschte Papiere zu testen. Ich parke den Wagen an der Seite des Gebäudes, wo man uns vom Eingang aus nicht sehen kann. Dylan klappt die Sonnenblende mit dem kleinen Spiegel herunter, trägt eine frische Schicht Lippenstift auf und macht Knutschgeräusche.

»Sei ehrlich«, sagt sie dramatisch und wirft mir einen Seitenblick zu, »du bist ganz wild auf mich!«

Ich seufze, als könne ich es vor Verlangen kaum aushalten. »Ganzkörperjeans machen mich so scharf«, sage ich.

Dylan öffnet die Wagentür und schlurft auf den Eingang zu. Eine Minute später gehe ich hinterher. Diese Vorstellung will ich auf keinen Fall verpassen. Der Shop ist klein und hat nur ein paar Regalreihen. Dylan schlendert zwischen ihnen hindurch, pfeift vor sich hin und legt ab und zu etwas in den Korb, um als normale Einkäuferin durchzugehen. Ihre monströse Handtasche schwingend wandert sie beiläufig auf das Weinregal zu.

Ich beobachte aus dem Augenwinkel, wie sie sich der Kasse nähert. Mit einer Packung Kaugummi in der Hand stelle ich mich hinter Dylan an. Eine asiatische Kassiererin scannt ihre Waren ein. Ich wende den Kopf ab und schaffe es nur mit Mühe, mir nichts anmerken zu lassen. Dylan kauft eine Dose Thunfisch, einen Karton Eier und eine Flasche Rotwein.

Sie blättert in einer Frauenzeitschrift und begrüßt die Kassiererin mit lautem Hallo. Nur Dylan würde auf die Idee kommen, eine gemütliche Runde Small Talk zu beginnen, während sie gerade das Gesetz bricht. Ich muss zugeben, dass sie ganz in ihrer Charakterrolle aufgeht.

»Mein Mann und seine Kumpel sind los, um sich das Spiel anzuschauen, also habe ich endlich einen Abend für mich. Und das muss gefeiert werden!« Dylan zeigt auf die Weinflasche.

Die asiatische Kassiererin nickt kichernd. Für einen Moment sind die beiden Verbündete und lachen über einen Scherz, den wohl nur zwei ältere, an den Herd gebundene Frauen richtig würdigen können.

Ich presse krampfhaft die Lippen zusammen und warte darauf, dass Dylan sich verplappert. Aber dann scannt die Kassiererin auch schon meine fünfundsechzig Cent ein und Dylan verschwindet durch die Tür. Ich reiche der Frau ein paar Münzen und folge Dylan zum Auto. Ohne eine Miene zu verziehen, rückt sie die Socken in ihrem Ausschnitt zurecht.

Ich setze mich in den Wagen und starre sie an, als sei sie eine Art Superheldin, die gerade ihre Kräfte bewiesen hat.

Grinsend nimmt sie die Sonnenbrille ab. Ihr Lippenstift schimmert feucht. Wieso finde ich den Anblick sexy? Ich komme mir echt pervers vor.

»Das war schon fast zu einfach«, sagt sie.

Ich starte den Motor und wir fahren vom Parkplatz herunter. »Thunfisch, Eier und Wein?«, sage ich. »In einem Asia-Shop ist das vermutlich der merkwürdigste Einkauf des Jahrhunderts.«

Dylan zuckt mit den Schultern. »Na ja, ich wollte unauffällig sein«, sagt sie, »und habe mir überlegt, dass es merkwürdig aussieht, wenn ich nur Wein kaufe. Also habe ich versucht, mir vorzustellen, was eine Vierzigjährige in ihren Korb packen würde.«

Ich schüttele den Kopf und nenne sie ein echtes Genie. Dylan schreibt meiner Mom eine Karte, die wir vorher in Scottsdale ausgesucht haben. Jetzt müssen wir die Flasche und die Karte nur noch auf der Eingangstreppe hinterlassen. Ich biege in unsere Einfahrt ab, da Mom um diese Uhrzeit auf keinen Fall zu Hause ist. Dylan schaut sich um, ob uns niemand beobachtet (dabei würde sie in diesem Outfit sowieso kein Mensch erkennen), setzt hastig den Wein ab und sprintet geduckt zurück zum Wagen, als müsse sie Maschinengewehrfeuer ausweichen.

Eine um ihr Leben rennende Lady im Achtziger-Jeanslook sieht man auch nicht alle Tage.

»Okay«, sagt sie und wirft die Tür hinter sich zu. »Jetzt muss ich echt aus diesen Klamotten raus.« Sie zerrt an dem engen Kragen des Pullis. Ich nicke, denn ich bin sehr dafür, dass sie sich auszieht. Gerne würde ich ihr meine Hilfe anbieten.

Wir fahren zurück zu Dylans Sommerresidenz, wo sie in eine Jogginghose und ein ärmelloses Shirt schlüpft. Dann verschwindet sie fast eine halbe Stunde im Bad, wo sie versucht, die Schminke wieder abzuschrubben. Währenddessen liege ich auf dem Bett ihrer Tante, schalte zwischen TV-Programmen herum, denke über die vergangenen Stunden nach und schaffe es, langsam von den bittersüßen Ereignissen des Tages runterzukommen. Ich frage durch die Tür, ob Dylan schon Fortschritte macht. Sie ruft zurück, dass sich beim Make-up nichts rührt. Also stehe ich auf, klopfe vorsichtig an und schaue ins Bad. Dort steht Dylan und starrt mit gerunzelter Stirn in den Spiegel. Die Verkleidung ist fort und übrig bleibt nur dieses wunderhübsche Mädchen. Sie ist voller Sommersprossen, und ihre Augen haben die Farbe von Gold. Ich kann den Blick nicht von ihr abwenden. Selbst das Schlucken fällt mir schwer. Sie zieht eine beleidigte Flappe, ohne meine weichen Knie zu bemerken.

»Ja, ich weiß«, sagt sie und starrt auf ihre Lippen. »Sie sind immer noch pink.«

Ich gehe einen Schritt auf sie zu und nehme ihr den warmen, feuchten Waschlappen aus der Hand, der voller Schminkflecken ist. Fasziniert schaue ich auf ihre weichen Lippen, die von dem ganzen Schrubben ein bisschen geschwollen sind, und lasse zögernd meinen Daumen darüber fahren. Dylan erschauert bei der Berührung.

Oder vielleicht zittert auch meine Hand. Ich umfasse ihr Kinn und schaue ihr in die Augen, und sie schenkt mir ein winziges Lächeln. Mehr brauche ich nicht als Einladung. Mein Blick huscht zurück zu ihrem Mund, der weich, warm und einladend aussieht.

Mein Herz schlägt wie verrückt.

Ich schließe die Augen, lehne mich vor, und unsere Lippen berühren sich. Wenn man bedenkt, wie dürr und schlaksig Dylan ist, wie übersprudelnd, verrückt und hyperaktiv, ist dieser Kuss unerwartet anders. Alles an ihr verlangsamt sich. Gleichzeitig scheint mein Körper auf Turbo zu schalten. Ihr Mund bewegt sich himmlisch geschmeidig und selbstbewusst.

Sie lässt sich Zeit. Und mit jeder Sekunde will ich mehr.

Dylan öffnet die Lippen und berührt mich mit der Zungenspitze. Mich durchschießt ein Wirrwarr von Gefühlen, pumpt durch meine Adern und brennt in meiner Brust. So etwas habe ich noch nie zuvor erlebt.

Ist das Liebe?

Wie auch immer man es nennt, auf jeden Fall ist es sehr real, eine erschreckende, verwirrende Erfahrung von mystischen Ausmaßen. Obwohl ich die Augen geschlossen habe, sehe ich Lichtfunken wie ein Feuerwerk.

Ich schlinge die Arme um Dylan und schmelze dahin. Ehrlich, ich könnte mein ganzes Leben damit verbringen, sie zu küssen.

***

Am Abend zu Hause dreht sich in meinem Kopf alles nur um eine Frage: Wann kann ich sie wieder küssen? Meine Gehirnzellen wollen sich mit nichts anderem beschäftigen als dem Kuss. Dieser Kuss sollte als nationaler Feiertag ausgerufen werden, so fantastisch war er. Ich will wissen, ob sie das Gleiche darüber denkt. Nicht gerade eine detaillierte Kritik, aber jedenfalls hat der Kuss für mich viel zu früh aufgehört. Ich will mehr. Und mehr und mehr.

Vielleicht könnte ich Dylan als Dank eine besondere Freude machen. Ein Geschenk? Aber sie hält nicht viel von materiellen Dingen. Schmuck trägt sie überhaupt nicht. Und ich weigere mich, Blumen zu kaufen. Wer will schon sein hart verdientes Geld für etwas ausgeben, das innerhalb einer Woche stirbt?

Ich könnte sie in ein Restaurant einladen. Vielleicht in einen dieser trendigen Läden mit internationalem »Fusion Food« (auch wenn das für mich mehr nach Firmenübernahme klingt als nach Essen). Allerdings bezweifele ich, dass Dylan passende Kleidung für ein Schickimicki-Date hat.

Was tut man, um einer Person wie Dylan eine Freude zu machen? Ihr einen Gecko kaufen? Wahrscheinlich würde sie ihn für ein spektakulär peinliches Fotoshooting benutzen und anschließend laufen lassen.

Doch am Ende, als ich es gar nicht mehr erwarte, habe ich eine Inspiration.

Erstes Geschenk

Dylan

Gray holt mich nach dem Unterricht ab und als ich in seinen Wagen steige, verkündet er, dass er eine Überraschung für mich hat. Als Tipp verrät er mir nur, dass er mich jemandem vorstellen will. Nachdem ich zwanzig Minuten lang vergeblich versucht habe, weitere Einzelheiten aus ihm herauszuholen, biegen wir auf den lang gestreckten Parkplatz einer Shopping Mall ein. Ich sehe ein Hinweisschild mit der Aufschrift »Tierheim« und springe mit einem Begeisterungsschrei aus dem Wagen, bevor wir ganz angehalten haben. Auf halbem Weg zur Eingangstür holt Gray mich ein und bringt mich zum Stehen.

»Warte«, sagt er. »Es ist nicht ganz so, wie du denkst.« Ich versuche mich aus seinem Griff zu winden und schaue ihn mit schmalen Augen an.

»Wie denn sonst?«, jaule ich. Er kennt meine Quengelstimme noch nicht und muss lachen.

»Ich nehme keinen Hund mit nach Hause«, sagt er. »Meine Eltern würden mich umbringen.«

Stirnrunzelnd schaue ich zwischen ihm und dem Eingang hin und her.

»Aber …«

»Wir leihen ihn nur für einen Tag aus«, warnt er mich. »Mehr nicht. Also verlieb dich nicht zu sehr in ihn.« Uns ist beiden klar, dass er damit etwas Unmögliches verlangt.

Ich greife nach seiner Hand und ziehe ihn auf das Gebäude zu, weil wir unnötige Zeit verlieren. Die Frau am Tresen begrüßt uns, als wir hereinkommen, und Gray nennt seinen Namen.

»Ach ja, richtig«, sagt sie mit einem Nicken. »Du bist wegen Boba hier.« Gray erklärt mir, dass er vorher angerufen und gesagt hat, wir wollten keinen Hund, der besonders klein und niedlich ist. Sondern das Tier, das am meisten Liebe braucht. Sozusagen den Underdog unter den Hunden.

»Das ist auf jeden Fall Boba«, sagt die Frau.

Nachdem Gray ein paar Papiere unterschrieben und seinen Ausweis vorgezeigt hat, wird Boba zu uns hereingebracht. Die Hintertür schwingt auf und ein Ungetüm von hundert Kilo kommt hindurchgewatschelt. Seine heraushängende Zunge schwingt hin und her und fegt fast über den weißen Fliesenboden. Wenn Hunde lächeln könnten, dieser hätte ein glückliches Grinsen aufgesetzt. Es bringt alle seine sabberigen Zähne zur Geltung. Der Fleischklops atmet in japsenden Stößen. Gray wollte einen Hund, der Liebe braucht, aber dieser sieht aus, als hätte man ihn geradewegs vom Sterbebett geholt.

»Er ist perfekt«, verkünde ich.

»Er sieht aus wie ein Nilpferd«, sagt Gray und lehnt sich vor, um sich Boba genauer anzusehen. Dabei murmelt er, dass unser Auto hoffentlich nicht zusammenbricht, wenn wir den Hund mitnehmen.

Ich knie mich hin und breite die Arme aus, um Boba als neues Familienmitglied zu begrüßen. Ein Sabberfaden tropft von seinen Lefzen und bildet eine Pfütze auf den Kacheln. Ich nehme seinen basketballgroßen Kopf in beide Hände. »Du bist wirklich ein Nilpferd, nicht wahr? Mein kuscheliger Riesenteddy!«, sage ich und kraule ihn am feuchten Kinn.

Als ich einen Blick auf Gray werfe, stelle ich fest, dass er ein bisschen grün im Gesicht aussieht. Am liebsten würde er wohl nach einem Alternativhund fragen. Aber er weiß, dass mein Lebensziel darin besteht, alles und jeden zu lieben. Vor allem die Underdogs.

Ich lege die Arme um Bobas haarigen Körper, drücke mein Gesicht an seinen Kopf und knuddele ihn. Er knuddelt zurück. Es ist gegenseitige Liebe auf den ersten Blick.

»Schimmelt hier was?«, fragt Gray und schnuppert.

»Das ist Boba«, erklärt die Frau am Tresen. »Er hat ein Hautproblem. Wir haben es mit Waschen versucht, aber anscheinend handelt es sich um seinen normalen Körpergeruch.«

»Oh, yeah«, murmelt Gray, aber es klingt eher wie: Uähh.

Boba leckt mir hingebungsvoll die Arme, und als ihm die nackte Haut ausgeht, leckt er an meinem T-Shirt weiter. Die Frau erklärt, dass sie ihn für eine Mischung aus Mastiff und Pitbull hält.

»Außerdem ist er eine Sabbermaschine«, stellt Gray fest. Er schaut zu, wie Boba mir das Gesicht abschleckt und zieht eine Grimasse.

»Anscheinend mag er dich«, sagt die Frau zu mir.

»Ja«, stimmt Gray zu, »wie goldig.«

Ich lächele zu ihm hoch. Das hier ist das beste Überraschungsgeschenk meines Lebens. Und mit einem Mal wird mir klar, dass ich Gray dafür liebe. Nicht auf die himmelhoch schwärmende Art, die in einer Sekunde das ganze Leben umwirft. Das Gefühl ist einfach nur vorhanden, ganz real und mühelos. In der letzten Zeit ist er zu meinem besten Freund geworden.

Wir gehen nach draußen und Boba schleppt sich die zehn Meter zum Auto. Japsend und sabbernd watschelt er vorwärts, während ich ihm nicht von der Seite weiche und ihn bei jedem Schritt anfeuere. Ich lobe ihn, was für ein guter Hund er ist, und zähle all die Orte auf, die wir mit ihm besuchen können, zum Beispiel Paris, die Shopping Mall of America und natürlich Madagaskar.

Gray schüttelt den Kopf. »Ich habe noch nie ein Mädchen getroffen, dass so leicht um den Finger zu wickeln ist. Damit solltest du dich fürs Guinnessbuch der Rekorde bewerben.«

Er öffnet den Wagen und mit vereinten Kräften bugsieren wir Boba als dritten Passagier auf die Rückbank.

»Der Hund bekommt noch einen Herzinfarkt«, stellt Gray fest, während er den Motor anlässt. Ich kann ihm nicht widersprechen. Nach hinten gewandt behalte ich Boba im Auge, murmele beruhigend auf ihn ein und drücke seine Pfote.

»Wenigstens stirbt er dann in Freiheit und nicht in einem dieser schrecklichen Käfige«, sage ich.

Boba hat genug Körpergeruch für eine ganze Meute und bald stinkt es im Auto intensiv nach Hund. Er schüttelt den Kopf, Sabber fliegt durch die Gegend und bleibt in dicken Blobs an den Fenstern kleben.

»Hey, Mann, das ist nicht cool!«, schreit Gray ihn an.

»Er kann doch nichts dafür«, sage ich tadelnd. Ich hole ein Papiertaschentuch hervor, um Spucke vom Armaturenbrett zu wischen, und dann müssen wir beide lachen.

»Beeindruckende Entfernung, Boba«, sage ich.

Plötzlich hüllt uns ein Gestank ein, der so widerlich ist, dass meine Lungen drohen zu streiken. Ich halte mir die Nase zu und lehne den Kopf aus dem Fenster.

»Uuh«, stöhne ich. »Sind wir gerade an einer Müllverbrennungsanlage vorbeigefahren?«

Gray kurbelt ebenfalls sein Fenster herunter. »Glaube ich nicht« sagt er. »Himmel noch mal, Boba. Du hast einen Arsch wie eine Stinkbombe.«

Wir müssen beide würgen. Und lachen. Das Gesundheitsamt sollte unseren Wagen als Gefahrenzone einstufen. Einträchtig entscheiden wir, erst einmal bei einem Hundesalon zu halten, damit Boba wenigstens ein Bad bekommt, wenn wir schon seine Verdauungsprobleme nicht beseitigen können. Sein Fell riecht, als sei es seit Jahren nicht gewaschen worden. Zu spät stellen wir fest, dass Boba sich davor fürchtet, von einer Autorückbank zu klettern. Also hievt Gray die wabbelnde Masse aus dem Wagen, während Boba ihm dankbar das Ohr leckt. Wir machen uns nicht die Mühe, ihn anzuleinen. Es ist unwahrscheinlich, dass er uns davonwatschelt.

Eine Stunde später sitzen wir draußen im Schatten und schlecken ein Eis. Boba hat seine eigene Waffel bekommen, um gebührend zu feiern, dass er drei ganze Straßenblocks weit gelaufen ist. Anscheinend hat sein frisch glänzendes Fell ihm einen Energieschub verliehen. Ein Problem aber ist geblieben.

»Ernährt sich dieser Hund eigentlich von Schwefel?«, frage ich und wedele mit der Hand vor meiner Nase herum. Boba scheint eine eingebaute Zeituhr zu haben, denn er pupst regelmäßig alle fünf Minuten, was uns jedes Mal fast umwirft.

»Man muss doch was deswegen machen können«, überlegt Dylan.

»Klar. Wir könnten zur NASA fahren und vorschlagen, dass sie Bobas Spezialgas als Raketentreibstoff verwenden«, sage ich.

Sie nickt und muss zugeben, dass es wahrscheinlich funktionieren würde.

Dann zeigt sie auf ein Antiquariat auf der anderen Straßenseite, und wir schlendern dorthin, um uns den Karton voller Sonderangebote anzusehen. Boba schlurft schwankend hinterher. Dylan beschließt, dass wir uns gegenseitig ein Buch aussuchen sollen.

So schwierig kann das ja nicht sein. Ich überfliege die Titel und versuche mir vorzustellen, was Dylan liest. Humor, Dramatik, Klassiker oder … Puppenhäuser in Miniatur – Bauanleitung für Laien. Vielleicht wäre das absurd genug, um ihr zu gefallen. Ich schaue noch ein wenig weiter, ob ich ein Buch über Fotografie finde, da bleibt mein Blick an dem perfekten Titel hängen.

Als ich wieder aus dem Laden komme, übernehme ich das Boba-Sitting, damit auch Dylan bezahlen kann. Dann tauschen wir unsere Käufe aus. Ich lehne mich gegen die Hauswand und ziehe mein Buch aus der Tüte. Hat sie mir einen Roman gekauft? In dem Karton gab es SciFi von Kurt Vonnegut. Vielleicht hat sie sogar einen Ray Bradbury gefunden. Ich drehe das Buch um und lese den Titel laut vor.

»*Die Geschichte des Vokuhila.*«

»Gehört als Lektüre in jeden Haushalt«, sagt Dylan. »Schließlich steht dieser Haarschnitt kurz vor dem Aussterben.«

Ich starre sie an. »In Alabama nicht«, sage ich. »Dabei hat er einen schnellen Tod verdient. Ich finde, Vokuhilas gehören verboten.«

Dylan öffnet ihre Tüte und holte eine bebilderte Ausgabe von Shel Silversteins ›*Der glückliche Baum*‹ heraus. Ich kann immer noch nicht glauben, dass ich es secondhand gefunden habe. Wieso gibt jemand freiwillig dieses Buch weg? Ich erzähle Dylan, dass meine Schwester mir kurz vor ihrem Tod ein Exemplar geschenkt hat, weil ich die Geschichte schon als Kind so geliebt habe.

Wir beide bewundern unsere Schätze. Dylan fasst mich an der Hand, und wir schlendern zum Auto zurück. Auf der Rückfahrt zum Tierheim werfe ich einen Blick auf sie, während sie durch ihr Buch blättert.

»Seit ich dich getroffen habe, ist mein Leben geschätzte 99% besser«, sage ich. Damit übertreibe ich kein bisschen.

Sie zuckt mit den Schultern. »Das liegt nur daran, dass du langsam den Dreh raushast.« Ich frage, was sie meint, und bekomme die Erklärung: »Du nimmst dich weniger ernst.«

Darüber denke ich kurz nach. »Okay, der Schlüssel zum Glück ist also, das Leben nicht ernst zu nehmen?«

»Das Leben schon«, sagt sie. »Unbedingt. Nur sich selbst nicht. Man muss loslassen können und sich möglichst wenig darum scheren, was andere denken. Lass die Leute ruhig an dir rumrätseln.«

Wir kommen an einem kleinen Stadtpark vorbei, und Dylan zerrt an meinem Arm, damit ich am Straßenrand anhalte. Ich hieve Boba zum zweiten Mal aus dem Wagen und er schafft ungefähr zehn Schritte bis zum ersten Fleckchen Schatten, wo er vor Erschöpfung umfällt. Ich setze mich neben ihn und kraule ihm die

Ohren, während Dylan den Park erkundet. Ein gepflasterter Pfad windet sich durch das Grün und in der Mitte steht ein steinerner Springbrunnen. Sie betrachtet die Anlage mit Künstlerblick, als wäre der Park ein Gemälde. Dann verkündet sie, er würde sich perfekt für die Schlussszene eines Films eignen.

»Am besten eine Liebesgeschichte mit Tom Hanks und Meg Ryan«, entscheidet sie.

»Ach so«, sage ich, »du meinst eines dieser originellen Happy Ends, in denen sie sich zum ersten Mal begegnen und feststellen, dass sie sich schon Ewigkeiten kennen?«

Dylan stellt sich neben dem Springbrunnen in Pose und nickt. »Lass uns die Szene spielen.«

Bobas schwerer Kopf ruht auf meinem Schoß. »Na klar«, sage ich.

Unbeirrt fährt Dylan fort: »Wir nennen den Film … *Ein Sommer voller Weihnachtskekse.*«

»Klingt mitreißend.«

»Komm schon, lass uns die Schlussszene spielen«, drängelt sie und posiert weiter neben dem Springbrunnen.

Nie im Leben. Ich starre sie an und sie verschränkt störrisch die Arme über der Brust. Anscheinend hat sie mitbekommen, dass der heutige Tag ihr gehört, und jetzt nutzt sie meine Großzügigkeit schamlos aus. Ich schaue mich um, ob auch wirklich keine Leute im Park sind, bevor ich mich breitschlagen lasse. Dann stehe ich auf und gehe den gepflasterten Weg entlang. Dabei tue ich so, als würde ich nach jemandem suchen.

»Brinkley?«, rufe ich. »Brinkley?!«

Ich höre Dylan lachen und wirbele herum, als sei ich unglaublich überrascht, sie zu sehen.

»Du kennst *Email für dich?*«, fragt sie. Ihr Tonfall scheint meine Männlichkeit infrage zu stellen.

»Meine Schwester war ganz verrückt nach dem Film«, verteidige ich mich. »Sie hat mich gezwungen, ihn anzuschauen.«

»Ja, ja, schon gut«, sagt Dylan. Sie hört auf zu lachen, räuspert sich und schlüpft zurück in ihre Rolle, indem sie einen zögernden Schritt auf mich zugeht. Dabei presst sie die Hand auf ihr Herz.

»Ich kann gar nicht glauben, dass du es wirklich bist«, sagt sie. Jetzt bin ich wieder dran. *Ich* kann gar nicht glauben, dass ich hier mitspiele.

»Äh, du siehst gut aus, Meg«, sage ich. Total lahm, aber bei Impro-Theater war ich schon immer eine Niete.

Sie runzelt enttäuscht die Stirn.

»Du leider nicht, Tom«, sagt sie. »Dein Gesicht ist pummelig, dein Haaransatz wird täglich dünner, und sogar dein Hals hat Fett angesetzt. Deshalb hast du ein ganz merkwürdiges Doppelkinn. Das Alter ist dir nicht gut bekommen.«

Ich bin empört. »Hey, immerhin habe ich zwei Oscars. Und wie viel Botox hast du dir schon spritzen lassen? Wir wollen doch mal ehrlich sein, Meg. In deiner Karriere ist genauso viel Leben wie in deiner Mimik. Heutzutage schaffst du nur noch zwei Gesichtsausdrücke – glücklich, traurig, glücklich, traurig, mehr ist nicht drin.«

Dylan macht ein übertrieben trauriges Gesicht, und ich versuche, nicht zu lachen. »Das ist so typisch von dir, Tom. Ich wusste gleich, dass ich dich nicht leiden kann. Besonders, als du die Idee für meinen Backshop geklaut und Weihnachtskekse im Sommer verkauft hast«, sagt sie.

Ich schüttele den Kopf. »Du hast kein Patent auf Weihnachtskekse. Außerdem war das nicht persönlich gemeint. Geschäft ist Geschäft.«

Dylan sucht nach etwas Unsichtbarem zu meinen Füßen. »Wo ist Jonah?«

Ich falle aus der Rolle. »Häh?«

Dylan winkt ab. »*Schlaflos in Seattle* hast du anscheinend nicht gesehen.«

Als wir gerade zu der romantischen Kussszene kommen (der einzige Grund, warum ich mich überhaupt auf die ganze Aktion eingelassen habe), spaziert ein Ehepaar mit Kinderwagen in den Park und unterbricht uns. Sie entdecken uns Händchen haltend am Springbrunnen und die Frau lächelt. Der Mann sieht aus, als würde er sich für mich fremdschämen. Ich frage mich, wie viel von unserer Filmprobe sie mitbekommen haben. Dann merke ich, dass es mir total egal ist. Vielleicht färbt Dylans Schutzschild schon auf mich ab.

Wir winken dem Paar zu und verlassen den Park, während Boba uns hinterherschnauft.

Als wir wieder im Wagen sitzen und wegfahren, schaue ich Dylan von der Seite an. »Bleibst du bitte für immer in Phoenix?«, frage ich.

Sie lächelt, gibt aber keine Antwort. Ihre Augen werden plötzlich traurig, denn die Antwort lautet Nein. Die graue Wirklichkeit sickert zu mir durch und ich erinnere mich, dass die Sommerferien immer viel zu kurz sind. Das ist jedes Jahr so, aber dieses Mal ganz besonders.

***

Obwohl es schon nach Mitternacht ist, bin ich kein bisschen müde. Ich hocke in meinem Zimmer und schrummele auf der Gitarre. Vor mir auf dem Notenständer steht ein Rocksong von Wilco, aber ich bekomme die Griffe nicht hin, weil es mir kaum gelingt, an etwas anderes als Dylan zu denken.

Die ganze Zeit habe ich ein breites Grinsen auf dem Gesicht. Ich bin froh, dass niemand mich beobachten kann. Garantiert sieht es dämlich aus, aber ich kann es nicht abstellen. Am Anfang hielt ich Dylan für verrückt und jetzt bin ich verrückt nach ihr.

Plötzlich klopft es an meinem Souterrain-Fenster. Ich stelle die Gitarre zur Seite und muss gar nicht erst die Jalousien hochziehen, um zu wissen, wer draußen wartet. Stattdessen gehe ich gleich durch die Kellertür in den Garten hinaus. Meine nackten

Füße berühren trockenes, kratziges Gras. Die nächtliche Luft ist so warm, als würde man vor einem offenen Backofen stehen. Dylan wartet im Licht des Mondes. Sie trägt ein T-Shirt, Shorts und dazu riesige Flauschpuschen. Ich bin nicht der einzige, dem das Schlafen schwer gefallen ist.

Grinsend spaziere ich auf sie zu. »Möchtest du meine Telefonnummer haben?«, frage ich. Mir scheint es allmählich Zeit zu sein.

Dylan schüttelt den Kopf und erklärt, dass sie Telefonate hasse, weil sie so unpersönlich sind.

Dann schon lieber ein bisschen altmodisches Stalking, denke ich und biete ihr an, dass sie an mein Fenster klopfen kann, wann immer sie Lust hat. Ich hoffe, sie kommt regelmäßig an meinem Keller vorbei.

Dylan wirkt geradezu schüchtern. So habe ich sie noch nie gesehen. Normalerweise hat sie eine erschreckend selbstbewusste Ausstrahlung. Ich frage, ob etwas nicht in Ordnung ist. Sie schaut zu Boden und nestelt an dem Kordelzug ihrer Shorts herum.

»Ich konnte nicht schlafen«, gibt sie zu.

»Warum nicht?«, frage ich.

Da lächelt sie mich an. Ihr Gesichtsausdruck ist so niedlich und unschuldig, dass mein Herz einen Schlag aussetzt.

»Du hast mich heute nicht geküsst«, sagt sie. »Dabei habe ich es mir gewünscht.«

Das Blut rauscht in meinen Ohren. Sie steht da und wartet, was ich als Nächstes tue. Vielleicht sollte ich mich für diesen unverzeihlichen Fehler entschuldigen? Aber ich entscheide mich für die zeitsparende Methode, einfach zu ihr zu gehen, mich vorzulehnen, und meine Lippen auf ihre zu drücken. Dylan riecht nach Seife, Shampoo und frischem Wind. Sie schlingt die Arme um mich, ich ziehe ihr Shirt hoch und berühre warme Haut. Himmel, ist das seidenweich. Meine Sinne arbeiten auf Hochtouren.

Wir taumeln gemeinsam durch die Kellertür. Ich schaffe es sogar, hinter uns abzuschließen, ohne meinen Mund von Dylans zu lösen. Gar nicht so leicht, rückwärts zu gehen und sich die ganze Zeit zu küssen. Man muss sich vorsehen, nicht mit den Köpfen zusammenzustoßen. Ich überrage sie eine Stück, auch wenn sie fast an mich heranreicht. Also schnappe ich sie mir, hebe sie hoch und trage sie in mein Zimmer. Dort fallen wir zusammen aufs Bett. Sie zerrt an meinem Oberteil, und ich an ihrem, bis ich sie aus dem Shirt befreit habe. Der Raum scheint sich zu drehen.

Als ich das Licht ausknipse, sehe ich aus dem Augenwinkel meine Trophäen im Bücherschrank. Dylan hat sich schon jetzt ein eigenes Regal verdient. Für das größte Kusstalent. Für die tollsten Lippen … Für einfach alles.

Erste Liebe

Dylan

Ich suche mir Tommys Café aus, um Gray zu sagen, dass ich ihn liebe. Für so etwas sollte man immer den unpassendsten Platz wählen, dadurch wird die Überraschung größer. Nachdem wir die Highlights der Inneneinrichtung bewundert und diskutiert haben, ob ein Omelett mit Bacon und Schokostreuseln eher eklig oder spannend klingt, verkünde ich:

»Ich liebe dich und Spiegeleier zum Frühstück, aber dich ein bisschen mehr.«

Gray verschluckt sich und muss erst ein Glas Wasser hinterherschütten, bevor er wieder sprechen kann. Ich tue so, als würde ich sein ersticktes Husten nicht bemerken und quassele weiter über die Schule, den Fotokurs, wo ich am liebsten zum College gehen würde oder ob ich das Studium einfach weglasse und stattdessen durch die Welt reise.

Dann fange ich an, über meine Lieblingsorte rund um den Globus nachzudenken. Die meisten Leute würden so etwas wortlos tun, aber ich hatte schon immer Probleme mit dem inneren Monolog. Gray wedelt mit den Händen, damit ich mich bremse und zurückspule.

»Warte mal, was hast du eben gesagt?«, fragt er. Wir starren uns ein paar Sekunden über die Tischplatte an und das Wort Liebe hüpft wie ein Pingpongball zwischen uns hin und her.

Er braucht Sicherheit. Ich stelle mich dumm.

»Worüber?«, frage ich, nehme einen Schluck Orangensaft und

warte darauf, dass er es laut ausspricht. Aber er manövriert sich um das Wort herum, als würde er auf Zehenspitzen über Eis laufen.

»Was hast du gesagt, bevor du mit dem Schulthema angefangen hast?« Sein Blick ist ungeduldig und fast feindselig, als hätte ich gerade das tonnenschwerste Geschütz der menschlichen Sprache auf ihn abgeschossen. Aber für mich hat Liebe kein solches Gewicht. Ich habe schon vielen Jungs gesagt, dass ich sie liebe. Wenn man es fühlt, sollte man es auch aussprechen, damit möglichst viele etwas davon haben. Das Leben ist zu kurz, um Liebe ungenutzt zu verschwenden.

»Ich habe darüber geredet, dass Tommys Café die merkwürdigste Deko hat, die mir je untergekommen ist«, sage ich und werfe einen neuen Rundumblick auf die Wandgemälde mit Regenwaldmotiv, die kein bisschen zu dem Fünfziger-Jahre-Stil der Möbel passen.

Er macht eine ungeduldige Geste. »Ja, ich weiß. Darüber waren wir uns einig. Was hast du danach gesagt?«

Er legt das Besteck beiseite, als hätte er Angst vor einem neuen Erstickungsanfall. Sein Gesicht wird immer angespannter und seine Augen fragen: Hast du wirklich von Liebe gesprochen? Oder habe ich mir das nur eingebildet?

Ich sollte Mitleid haben und ihn nicht weiter aufziehen.

»Oh. Ich habe gesagt, dass ich dich liebe. Meinst du das?«, frage ich mit unschuldigem Pokerface.

Ihm fällt die Kinnlade herunter und er starrt mich an, als wären ihm sämtliche Worte im Hals stecken geblieben. Ich bestehe nicht auf einer Antwort. Wenn Gray von einem Gespräch überfordert ist, hört er einfach auf zu reden. Im Gegensatz zu mir hüllt er sich lieber in würdevolles Schweigen, statt panisch loszuquatschen. Das ist eine sehr lobenswerte Eigenschaft.

Ich nehme einen Bissen von meinem Spiegelei und einen langen Schluck Orangensaft. Da dieses Gespräch über unsere Gefühle wohl einseitig bleiben wird, kehre ich zu meinen Reiseplänen zurück. Aber es ist offensichtlich, dass Gray nicht zuhört. Sein Blick ist unruhig und voller Fragen.

Sie liebt mich?

Gray

»Gestern habe ich dich erschreckt, oder?«, fragt sie.

Dylan liegt an mich gekuschelt in der Hängematte, die wir im Garten befestigt haben. Meine Füße baumeln über den Rand und ich stoße mich am Boden ab, sodass wir hin und her schaukeln. Heute Nacht ist sie wieder zu Besuch gekommen … in ihrem Schlafshirt und den plüschigen Puschen (die natürlich beide einen Namen haben). Manchmal redet sie mit ihren Flauschpantoffeln, als wären sie Haustiere, und manchmal führen die Schuhe ausführliche Gespräche miteinander. Man könnte das als schizophren bezeichnen, aber ich sehe darüber hinweg.

Inzwischen schließe ich die Kellertür nicht mehr ab. Ich mag ihre unangekündigten Besuche, obwohl ich die ganze Nacht kein Auge zubekomme, wenn sie neben mir im Bett liegt.

Jetzt drücke ich Dylan enger an mich und sage, dass sie mich die ganze Zeit erschreckt, aber anscheinend brauche ich positive Schocks.

»Ich rede davon, was ich gestern im Café gesagt habe«, hakt sie nach. Ich muss schlucken und meine Kehle zieht sich zusammen, als wäre sie innerlich verknotet. Natürlich ist mir klar, wovon sie spricht. Sie meint drei ganz bestimmte Worte.

»Du weißt schon, dass ich dich liebe«, fährt sie fort. Anscheinend hat sie das Gefühl, dass ich es sonst nicht kapiere. »Ist es wirklich so schwierig, sich das sagen zu lassen?«

Ich schaue in Dylans Augen, die einen Schimmer von Mondlicht widerspiegeln. Mir ist unbegreiflich, wie sie dermaßen leicht darüber sprechen kann. Woher nimmt sie das nötige Selbstbewusstsein?

Gibt es so etwas auf Rezept? Dann hätte ich gerne eine ganze Flasche voll. Ihr muss doch klar sein, dass sich damit alles verändert.

»Vor allem ist es schwierig auszusprechen«, sage ich.

Sie richtet sich in der Hängematte auf und schaut mich an. »Okay, das habe ich noch nie kapiert. Wieso geraten Leute deswegen in Panik? Ist doch unlogisch. Ich meine, sollte man nicht eigentlich im siebten Himmel sein?«

»Aber es ist so *wichtig*. Wie vielen Menschen hast du das bisher gesagt?«

Dylan denkt darüber nach. Ein paar Sekunden verstreichen. Dann fast eine Minute. Gab es in ihrem Leben schon so viele?

»Ich bin ziemlich sicher, dass ich es öfter gesagt habe, als ich klein war. In der Grundschule zu einigen Dutzend Jungs, in der High School zu ungefähr zehn. Meinen Freundinnen erzähle ich es ständig. Vor ein paar Tagen hat mir ein Typ an der Tankstelle beim Ölwechsel geholfen und ich habe ihm gesagt, dass ich ihn dafür total liebe.«

Stirnrunzelnd starre ich sie an. So viel zu meinem männlichen Stolz. Eben war ich noch überzeugt, dass Dylan mich liebt, nur mich und niemanden sonst. Dieses Seifenblasenschloss zerplatzt nun vor meinen Augen in der Luft.

»Du erzählst also ständig Leuten, dass du sie liebst?«

Sie blinzelt verwirrt. »Klar. Warum nicht?«

»Na ja, ich finde, man sollte damit nicht um sich werfen, außer man meint es wirklich ernst.«

»Aber ich meine es ernst«, sagt sie. Diesmal bin ich verwirrt. Und verärgert. Ich frage Dylan, wie sie gleichzeitig mich und einen Typen an der Tankstelle lieben kann, mit dem sie kaum fünf Minuten gesprochen hat. Sie benutzt das Wort zu leichtfertig.

Dylan schaut zur Seite und denkt darüber nach.

»Aber es gibt verschiedene Abstufungen von Liebe, oder nicht?«, sagt sie. »Liebe zwischen Freunden, zwischen Verwandten, platonische Liebe, romantische Liebe … Und bei der Romantik sind die Formen auch unendlich. Da gibt es verzehrende Liebe, hingebungsvolle Liebe, verzweifelte Liebe und dieses vertrackte Hassliebe-Dings …«

Ich halte ihr mit der Hand den Mund zu und sage, okay, schon kapiert.

»Trotzdem kann man im Leben nur ein paar Menschen lieben«, sage ich.

»Warum?«, will sie wissen.

Keine Ahnung. Manche Dinge sind eben, wie sie sind. »Weil man daran nichts ändern kann.«

»Aber das macht keinen Sinn«, widerspricht sie. »Warum sollte man Liebe begrenzen? Sie ist das Einzige, was wir völlig umsonst an alle verschenken können.«

»Liebe ist nicht umsonst. Man muss sie sich verdienen.«

»Traurige Vorstellung«, sagt sie. »Ich weigere mich, nur eine Handvoll Leute an mich heranzulassen. Wieso können wir nicht jeden lieben?«

»Weil die meisten Menschen blöde Nervtöter sind«, sage ich und streiche ihr eine Haarsträhne aus dem Gesicht. Ich versuche sie zu küssen, aber sie lehnt sich zurück und schaut mich durchdringend an.

»Weißt du, was der Grund ist? Man bringt uns bei, dass wir Liebe nur in kleinen Portionen verschenken dürfen. Als Kind ist es okay. Da dürfen wir es sogar zu Wildfremden sagen. Aber irgendwann erzählt man uns plötzlich, das sei nicht richtig. Je älter wir werden, umso mehr igeln wir uns ein, und umso selbstsüchtiger bewachen wir unsere Gefühle. Was nur dazu führt, dass wir alle immer unglücklicher werden.«

Sie plumpst zurück in meine Arme. Ich sehe, wie die Gedanken durch ihre Augen flackern und Dylan mit neuer Energie aufladen.

»Da bin ich anderer Meinung«, versuche ich zu widersprechen.

»Aber irgendwie hast du natürlich recht«, plappert sie weiter. »Unser Alltagsverstand sagt uns, dass wir nur für wenige Menschen echte Gefühle haben können, und deshalb mauern wir unsere Liebe ein, als sei sie eine mystische heilige Quelle, die irgendwann austrocknen könnte. Aber je mehr man liebt, desto mehr Liebe erhält man zurück. Dazu muss man sich nicht mal anstrengen. Stimmt doch, oder?«

»Kann schon sein«, sage ich. »Aber vielleicht hört man auch auf, mit Liebe um sich zu schmeißen, wenn sie einem zum ersten Mal entrissen wurde. Weil es so weh tut, dass man sich davor schützen will, das Gleiche noch einmal zu spüren.«

Natürlich weiß sie, worauf ich anspiele. »Nur stellt man irgendwann fest, dass einem ohne Liebe der Grund fehlt, überhaupt zu leben«, sagt Dylan.

Sie lehnt sich an mich und ich halte sie in meinen Armen. Natürlich liebe ich Dylan. Ich bin völlig verrückt nach ihr. Aber gleichzeitig bin ich misstrauisch, weil ich nicht verstehe, wie sie so plötzlich in mein Leben schneien konnte, womit ich sie überhaupt verdient habe und wohin das alles führt. Jeden Tag warte ich darauf, dass Dylan morgens aufwacht und mich zum ersten Mal so sieht, wie ich wirklich bin. Nämlich nicht besonders heldenhaft und meilenweit entfernt von diesen romantischen Typen, die immer in Frauenfilmen vorkommen. Sie wird erkennen, dass sie bessere Kandidaten für ein Date bekommen kann als mich. Weil das schließlich die reine Wahrheit ist. Und was wird dann aus mir? Zermatschte Überreste auf dem Fußboden.

***

Ich beschließe, ihre Theorie zu testen. Wenn man mehr Liebe gibt, bekommt man auch mehr zurück, behauptet Dylan. Also warte ich ab, bis wir im Irish Pub mitten in einem Pacman-Spiel sind und dann gestehe ich ihr meine Liebe. Ich finde das nur fair, schließlich hat sie sich auch den merkwürdigsten Zeitpunkt der Welt ausgesucht. Ich klaue sogar ihre Formulierung, sodass der Satz nun folgendermaßen klingt: Ich liebe dich und Pacman, aber dich ein bisschen mehr. Als ich die Worte endlich herausgebracht habe, fühlt es sich kein bisschen gezwungen, peinlich oder schwierig an. Auch nicht so, als würde sich dadurch schlagartig mein Leben ändern. Sondern einfach nur richtig.

Dylan wendet die Augen nicht von dem Computerbildschirm ab. Sie ist kurz davor, meinen Rekord zu schlagen und so leicht lässt sie sich nicht ablenken. Sie lächelt nur in sich hinein und sagt, dass sie Pacman auch sehr lieb hat.

Erste Frage

Gray

Ein paar Tage später entdecke ich auf meinem Handy eine Nachricht von Coach Clark … Das ist der Baseball-Trainer an der Universität von New Mexico, der vor zwei Jahren versucht hat, mich anzuwerben. Die SMS besteht aus der Einladung, mit ihm Kontakt aufzunehmen, und seiner privaten Telefonnummer, über die er immer erreichbar ist. Zu meiner Überraschung klingt der Text, als wären wir ein prima Team und hätten eine gemeinsame Zukunft.

Ich rufe ihn auf dem Weg zum Job an und er klingt ehrlich erfreut, von mir zu hören. Erfreut … wegen mir … dem Jungen, der in letzter Sekunde sein Stipendium weggeworfen hat … dem Loser, der sein Team und seinen Trainer im Stich gelassen hat, weil er lieber zu Hause bei Mama und Papa bleiben wollte.

Wir beginnen mit Small Talk und er fragt mich, was ich in der Zwischenzeit getan habe. Nicht viel. In weniger als einer Minute fasse ich das letzte Jahr meines Lebens zusammen. Was soll man schon erleben, wenn man im Dunkeln hockt und sich versteckt? Eigentlich bin ich erst diesen Sommer wieder zum Leben erwacht, weil ein gewisses Mädchen mir eine gewaltsame Reanimation verpasst hat.

Er fragt, wie es mir geht. Dabei tänzelt er nervös um das Thema Amanda herum. Und zum ersten Mal kann ich ehrlich sagen, dass ich mich okay fühle. Mir geht es besser. Er freut sich, das zu hören.

Coach Clark erzählt mir von der letzten Saison, wo sie sich in der Rangliste der Collegeteams den achten Platz erkämpft haben.

Die meisten im Team sind jung, haben aber großes Potenzial und halten eng zusammen. Richtig tolle Jungs, sagt er.

Ich frage mich, warum er mir das alles unter die Nase reibt. Will er mir ein schlechtes Gewissen machen? Ist er heute Morgen mit dem falschen Fuß aufgestanden und hatte das plötzliche Bedürfnis, meinen Tag zu ruinieren? Vielen Dank auch.

Und dann rückt er aus heiterem Himmel damit heraus.

»Gray, wann hast du das letzte Mal einen Ball angefasst?«, fragt er.

Ich versuche gar nicht erst zu schwindeln. Wozu auch?

»Letzten Herbst. Danach habe ich kein einziges Mal gespielt«, sage ich.

Es entsteht eine lange, peinliche Pause. So kommt es mir jedenfalls vor.

»Bist du inzwischen bereit, es wieder zu versuchen? Wir brauchen einen guten Werfer.«

Ich bin zu geschockt, um zu antworten. Mein Puls beginnt zu rasen.

»Gray«, sagt er, »wenn du interessiert bist, dann ist das Angebot immer noch offen. Wir würden uns freuen, dich im Team zu haben.« Er erklärt, dass einer seiner Nachwuchsspieler sich letzte Woche die Schulter verletzt hat und operiert werden muss. Für die nächste Saison fällt er aus, vielleicht sogar für immer. Coach Clark braucht jemanden, der seine Position in der Mannschaft ausfüllt. Und er will mich.

Ich erinnere ihn, dass ich völlig außer Übung bin. Aber er behauptet, eine fehlende Saison würde niemanden dermaßen aus der Bahn werfen, dass ein Comeback unmöglich sei. Am Anfang will er mich hauptsächlich zum Krafttraining schicken und ich müsste den Winter über an meiner Kondition arbeiten. Wenn ich jeden Tag hart trainiere, bin ich im Frühling fit genug für die neue Saison.

Die Bewerbungsfrist für die Hochschulkurse ist noch nicht abgelaufen, sagt er. Ich könnte sogar ein freies Zimmer in einer

WG bekommen, die meine Teamkameraden auf dem Campus gegründet haben.

Ich bin sprachlos. Das ist alles viel zu einfach. Zu perfekt. Mein Leben läuft nie so problemlos.

Meine Finger fühlen sich an wie schlaffe Spaghetti und ich lasse fast das Handy fallen. »Ähm«, sage ich. Vielleicht träume ich nur, dass ich gerade mit Coach Clark spreche? »Das kommt alles ziemlich plötzlich«, stottere ich. »Und ehrlich gesagt kapiere ich nicht, wieso Sie mir eine zweite Chance geben.«

Er räuspert sich und meint, dass es manchmal seltsame Zufälle gibt. Am selben Tag, als sein Spieler ausgefallen ist, hatte er nämlich einen Brief auf dem Tisch liegen.

»Einen Brief?«, frage ich.

Darin stand, dass ich vielleicht bereit wäre, wieder mit dem Baseball anzufangen, falls das Team mich noch haben will. Meine Telefonnummer war beigefügt, so dass Coach Clark mich anrufen konnte. Eine Unterschrift hatte der Brief nicht.

»Ich nehme an, dass deine Eltern ihn geschickt haben«, sagt er.

Aber ich weiß genau, von wem der Brief stammt. Kopfschüttelnd sage ich: »Ja, kann schon sein.«

»Hör zu, Gray«, fährt der Coach fort. »Ich bin nicht sauer, dass du letztes Jahr das Stipendium abgelehnt hast. Niemand im Team macht dir deshalb einen Vorwurf. Und ich habe dich immerhin zwei Jahre lang im Auge gehabt. Du bist genau der Spieler, den ich für meine Mannschaft brauche.«

Mir fehlen die Worte. Meine Kehle ist wie zugeschnürt.

Etwas leiser fügt er hinzu: »Meine Mutter ist gestorben, als ich in deinem Alter war. Also kann ich mir vorstellen, was du durchgemacht hast. Du hast dich für deine Familie entschieden und das finde ich richtig. Damals bin ich auch eine Weile zu Hause geblieben und habe mein übriges Leben aufgeschoben. Aber irgendwann muss man sich wieder raus aufs Spielfeld wagen, verstehst du?«

Ich höre ihn schwer seufzen, als hätte er ein Thema angesprochen, das er sonst lieber vermeidet.

»Ja, schon klar«, sage ich.

Er will nicht gleich eine Entscheidung von mir. Ich soll erst darüber nachdenken und mit meinen Eltern reden. Bis nächste Woche habe ich Zeit für die Antwort. Wenn ich zum Team gehören will und bereit bin, dafür zu arbeiten, stehen mir alle Türen offen.

Nachdem das Gespräch beendet ist, starre ich aus dem Fenster auf eine Welt, die plötzlich ganz verwandelt aussieht. In nur fünf Minuten wurde sie total aus den Angeln gehoben. Als hätte ein Meteorit eingeschlagen und ein leuchtender Sternschnuppenregen prasselt auf mich herab. So blitzschnell kann sich das Leben ändern.

***

Am Freitagabend fahren Dylan und ich zur McKinley-Bar in der Stadt, wo heute Tag der Offenen Bühne ist. Dylan hat gehört, dass dort vor allem Kleinkünstler auftreten. Sie ist ein Fan von Livemusik und in Phoenix gibt es eine ziemlich lebendige Szene. Ich habe sie schon zu ähnlichen Auftritten im »Bash on Ash«, im »Boston« und im »Green Amigo« mitgenommen. Alle vier Bars haben den Vorteil, dass sie auch Leute unter einundzwanzig reinlassen. Man bekommt am Eingang bloß diese bunten Plastikarmbänder verpasst, damit jeder auf Anhieb sieht, dass man zu den Babys gehört.

Wir sitzen uns an einem Ecktisch gegenüber und hören zu, wie ein Mädchen mit akustischer Gitarre ›Show me‹ von The Cure singt. Sie ist ganz erträglich.

Dylan verkündet, dass sie den heutigen Abend mit Fragen verbringen will. Oookay. Fragen.

»Was soll das genau heißen?«, erkundige ich mich vorsichtig.

Sie erklärt, dass wir einander alles fragen können, was immer uns gerade in den Sinn kommt, solange es den anderen zum Grübeln bringt. Als Beispiel will sie wissen, welche Musik ich auf eine einsame Insel mitnehmen würde, wenn ich bei einem Schiffbruch nur fünf CDs retten könnte.

Danach soll ich mir eine Frage ausdenken. »Okay«, sage ich, »stellen wir uns vor, auf der einsamen Insel gibt es einen 84 Zoll Ultra Definition Fernseher mit DVD-Player.« Dylan verdreht die Augen. »Hey«, sage ich, »keine Kritik, solange ich an der Reihe bin. Also, wenn du fünf Filme mitnehmen könntest, welche würdest du dir aussuchen?«

So geht unser Spiel weiter, während ein Musiker nach dem anderen die Bühne betritt, an der Technik herumfummelt, dem Publikum für seine Aufmerksamkeit dankt, und wir nichts davon wirklich mitbekommen. In letzter Zeit verschwinden wir immer öfter in unsere eigene kleine Welt. Dort fühle ich mich so sicher wie noch nie.

»Wenn du mit einer berühmten Person einen Abend in einem Restaurant verbringen könntest – Tote ausgeschlossen –, wen würdest du nehmen?«

»Wenn du einen Song über dein Leben schreiben würdest, welchen Titel hätte er?«

»Wenn du dir einen VIP als Lebenspartner aussuchen müsstest, wer wäre die beste Wahl?«

»Wenn du in einem Laden umsonst shoppen könntest, welchen würdest du leer räumen?«

Dylan schlägt vor, dass wir das Spiel ein bisschen abwandeln. Sie holt ihr kleines Notizbuch aus der Tasche, schlägt eine leere Seite auf und schaut mich an.

»Wenn du beim ersten Treffen nur zehn Fragen stellen darfst, um herauszufinden, was für einen Charakter jemand hat, welche wären das?« Wir fangen an, abwechselnd unsere Vorschläge aufzuschreiben. Das Buch wandert hin und her, während wir diskutieren, Fragen streichen und andere mit Sternchen versehen. Am Ende sieht unsere Top-Ten-Liste so aus:

1. Wenn du abends nach Hause kommst, was soll dort auf dich warten?

2. Wie wird deiner Meinung nach die Welt in zwanzig Jahren aussehen?

3. Stell dir vor, du könntest eine einzige Person aus einem Buch zum Leben zu erwecken. Welche würdest du dir aussuchen?

4. Wenn du eine Sache vergessen könntest, die man dir beigebracht hat, was würdest du aus deinem Bewusstsein löschen?

5. Wie lautet dein persönliches Lebensmotto?

6. Welche Eigenschaften sollten deine Freunde haben?

7. Wenn du jetzt sofort an jeden Platz der Erde reisen könntest, wo wärst du am liebsten und was würdest du dort tun?

8. Stell dir vor, du könntest dir dein ideales Leben einrichten. Wie würde es aussehen?

9. Was bedeutet Familie für dich?

10. Wenn man dich nach deinem Tod nur aus einem einzigen Grund in Erinnerung behalten würde, welcher sollte es sein?

Dylan und ich fügen jeweils noch unsere persönliche Lieblingsfrage hinzu. Dylans lautet: Bist du ein Hunde- oder Katzentyp? (Sie behauptet, dadurch bekäme man einen entscheidenden Einblick in die Psyche.) Meine Frage lautet: Bist du strikter Vegetarier? (Wie soll ich eine entspannte Zeit mit jemanden verbringen, der jedes

Mal persönlich beleidigt ist, wenn ich mir ein Steak bestelle oder zum Frühstück Schinken esse?)

Als das Konzert endet, fahren Dylan und ich zum Gleisplatz. Wir sitzen unter dem Betonpfeiler und Dylan lässt Kaugummiblasen platzen. Sie hat sich eine Marke ausgesucht, die einen grinsenden Baseballspieler auf der Verpackung hat. Genüsslich streckt sie sich aus und legt den Kopf in meinen Schoß.

»Wenn du dir eine Superheldenkraft aussuchen könntest, welche hättest du gerne?«, will sie wissen.

»Gute Frage«, sage ich. »Ich würde mich fürs Teleportieren entscheiden.«

Ich frage zurück, welche sie wählen würde.

Sie schaut melancholisch zu mir hoch. »Ich würde die Zeit kontrollieren. Sie verlangsamen oder ganz anhalten, indem ich einen Hebel meiner Supermaschine umlege. Zum Beispiel jetzt in diesem Moment«, sagt sie.

Wir haben nur noch drei Wochen, bevor sie Phoenix verlässt. Zuerst fährt sie zurück nach Wisconsin, weil ihre Kusine heiratet. Wohin es sie danach verschlägt, weiß sie selbst noch nicht.

»Okay, jetzt bin ich an der Reihe«, sage ich. »Seit wann ist Coach Clark ein Brieffreund von dir?«

Dylan richtet sich auf und schaut mich schuldbewusst an. »Bist du sauer?«, fragt sie.

Ich kann sie nur anstarren. Ihretwegen habe ich eine zweite Chance bekommen, meinen Lebenstraum zu verwirklichen.

»Wieso sollte ich sauer sein?«

»Keine Ahnung«, sagt sie. »Weil ich mich eingemischt habe?«

»Ich bekomme mein Stipendium zurück und kann Baseball spielen. Dafür hasse ich dich total, Dylan.«

Ich erzähle ihr, was der Trainer mir angeboten hat, und auch von den übrigen Highlights: dass an der Uni noch genug Zeit ist sich einzuschreiben und ich sogar mit ein paar Leuten vom Team zusammenwohnen kann.

Dylan strahlt übers ganze Gesicht. Sie braucht nicht zu fragen, ob ich das Angebot annehme. Die Antwort steht mir ins Gesicht geschrieben.

»Jetzt muss ich das alles nur noch meinen Eltern beibringen«, sage ich. »Halleluja.«

Wir schweigen einen Moment, dann holt Dylan unsere Top-Ten-Liste heraus und stellt mir der Reihe nach unsere Fragen. Über die Antworten muss ich eigentlich nicht lange nachdenken. Sie haben nämlich alle mit ihr zu tun. Was sollte abends zu Hause auf mich warten? Eine nackte Dylan. Was bräuchte ich, um mein Leben ideal zu machen? Tagelangen Sex mit Dylan. Was ist mir wichtig? Sie und Pacman, aber sie ein bisschen mehr. Da ich Dylan aber nicht in Panik versetzen will, versuche ich stattdessen andere Wünsche zu erfinden. Ich suche nach Dingen, die ich liebe und begehre und die am Ende des Tages auf mich warten sollten, aber meine Antworten klingen falsch, angestrengt und trivial. Diese Erkenntnis macht mich furchtbar nervös.

Als wir am Ende der Liste angelangt sind, steigt die Sonne bereits über den Horizont.

Erste Entdeckung

Dylan

Ich wecke ihn, indem ich mit meinem Finger sein Profil entlangfahre. Die letzten Nächte habe ich fast alle bei ihm verbracht. Sehr praktisch, dass er nicht nur einen eigenen Eingang durch den Keller hat, sondern auch Eltern, die sich nach dem Abendessen nicht mehr für ihn interessieren. Meiner Tante habe ich die Wahrheit erzählt: Ich habe mich in einen blauäugigen Wüstensohn verliebt und will nicht nur jeden wachen Moment mit ihm verbringen, sondern auch jeden schlafenden.

Er öffnet die Augen und merkt mir sofort an, dass ich voller kribbeliger Energie stecke. »Okay, wie lautet das Programm für heute?«, fragt er.

»Wir machen einen kleinen Ausflug«, sage ich. Er setzt sich hin und das Laken rutscht von seiner nackten Brust. Gähnend streckt er die Arme, reibt sich die Augen und fährt sich mit den Fingern durch seine verwuschelten Haare. Er fragt, wohin es gehen soll.

»Sedona.«

Sedona ist eine Canyonstadt in der Nähe von Phoenix, die zwischen hohen Felswänden und pinkfarbenem Gestein verborgen liegt. Wenn man Richtung Norden fährt, verwandeln sich die braunen Wüstenhügel fast unmerklich, bis man sich in einem rosaroten Tal befindet. Man kommt sich vor, als sei man falsch abgebogen und an einem Ort gelandet, der gar nicht mehr auf der Erde liegt, sondern in Nachbarschaft des Planeten Mars.

Wir machen fünf oder sechs Fotostopps, bevor wir auch nur in die Nähe der Stadt kommen. Ich versuche das Panorama einzufangen, und Gray lässt mir Zeit, krittelt nicht an meiner Motivauswahl herum und hat kein Problem mit meinen kreativen Anfällen. Jetzt steht er gerade neben dem Wagen und wartet, während ich ein paar rote Felsen ins Visier nehmen, die sich vor dem knallblauen Himmel auftürmen. Ich schlage vor, dass ich aus meinen Phoenixfotos ein Buch machen könnte, um es seinem Vater als Bildband für den Wohnzimmertisch zu schenken.

»Du hast meinen Vater noch nicht einmal getroffen«, sagt er. »Wieso willst du ihm was schenken?«

Ich klettere aufs Autodach, um eine bessere Perspektive zu bekommen. Gray schaut zu, wie ich dort oben in die Hocke gehe. Dann warte ich, bis ein Kleinbus in der Ferne außer Sicht verschwunden ist.

»Du hast doch gesagt, er mag Reisefotografie«, stelle ich fest.

»Denkst du eigentlich immer nur an andere?«, fragt Gray.

»Quatsch. Ich kann total selbstsüchtig sein.«

Er behauptet, das sei schwer zu glauben. Ich schaue auf die kurvige Straße, die sich durch das rote Tal windet und im Schatten eines Felshangs verschwindet. Mir gefällt besonders, wie die Linie sich in die flimmernde Ferne davonschlängelt, als wäre sie lebendig. Am liebsten möchte ich ihr hinterherjagen.

»Vor allem denke ich an die Leute, die ich noch treffen werde«, sage ich, »und wo mich die Zukunft hin verschlägt.« Ich zoome eine Felsnadel näher heran, die rosa-weiß geringelt ist wie ein Lolli.

»Tja, das möchten wir wohl alle gerne wissen«, sagt Gray.

Ich drücke auf den Auslöser und springe vom Autodach. »Aber das Geniale ist ja gerade, dass ich es nicht weiß. Mein Leben war immer total voraussagbar«, erkläre ich. »Jetzt will ich einfach eine Weile von der Zukunft träumen.«

Gray schaut mich ein paar Sekunden nachdenklich an. Dann nickt er, dreht sich um und steigt wieder in den Wagen.

Als wir die Stadt erreichen, halten wir an einem Café, das den poetischen Namen ›Brew with a View‹ trägt. Es hat erdbraun getünchte Wände und hohe Glasfenster, von denen aus man auf den knallroten Bell Rock schaut. Ich lehne mich über den Tresen und frage den Kellner, ob er hier aus der Gegend kommt. Dann bitte ich ihn, uns einen Tipp zu geben, wo wir unseren Tag in Sedona verbringen sollen. Auf der Fahrt hierher habe ich Gray schon erzählt, dass ich aus Prinzip keine Reiseführer lese. Wie soll man echte Erlebnisse haben, wenn man sich inmitten einer Touristenmeute befindet? Das ist für mich kein Reisen, sondern eine andere Form des Schlangestehens. Wenn man die besten Plätze finden will, muss man die Einheimischen fragen.

Der Kellner grinst uns an. Seine Zähne leuchten weiß in einem von der Sonne gegerbten Gesicht. »Was wollt ihr denn sehen?«, fragt er.

Das Gleiche, was ich immer sehen will. »Einen Ort, den ich nie mehr vergesse«, sage ich. Der Kellner wechselt einen Blick mit Gray.

»Eine Optimistin«, stellt er fest.

»Glauben Sie mir, das ist noch untertrieben«, sagt Gray.

»Ich möchte wissen, wo die Geheimtipps liegen«, sage ich, »nicht die Touristenfallen.«

Der Kellner zögert einen Moment, dann schnappt er sich eine braune Papiertüte vom Tresen und zeichnet uns eine Karte. Wie ich über seine Schulter lese, führt der Weg zu einem Vortexstrudel in einer Felsformation, die Heather's Kliff genannt wird. Der Kellner erklärt uns, dass Touristen sich selten dorthin verirren, aber die Einheimischen den Ort zum Meditieren benutzen. Ich frage, ob wir mit Fahrrädern hinkommen, und er nickt. Nachdem ich mich bedankt habe, greife ich nach Grays Hand und wir spazieren los. Ich studiere die gezeichnete Karte.

»Was ist denn ein Vortexstrudel?«, frage ich laut vor mich hin. Ich hatte keine Antwort erwartet, aber Gray erklärt, dass damit

Energieknotenpunkte gemeint sind, von denen es in Sedona ungewöhnlich viele geben soll.

»Okay, und was ist ein Energieknotenpunkt?«, frage ich und erfahre, dass magnetische Ströme die Erde durchlaufen und ihre Bahnen sich angeblich an bestimmten Stellen kreuzen. Sedona ist ein solcher Ort. Die Leute behaupten, er habe heilende Kräfte.

Auf unserem Weg zum Fahrradverleih kommen wir an Shops voller Pendel und Kristalle, an esoterischen Buchläden, Reiki-Zentren und Akupunkturpraxen vorbei.

Ich frage Gray, ob er daran glaubt, und er zuckt mit den Schultern.

»Mit New Age kann ich nicht viel anfangen«, sagt er, fügt aber hinzu, dass Leute aus der ganzen Welt nach Sedona reisen, um hier zu meditieren oder zu beten. Er erklärt, dass Vortexe eine enorme spirituelle Kraft haben sollen. An diesen Orten fühlt man eine besondere Verbundenheit mit allem um sich herum, und wenn man lange genug still sitzt und in sich hineinlauscht, bekommt man vielleicht Antworten auf seine Fragen.

Wir gehen in den Buchladen »Goldene Worte« und ich kaufe ein Handbuch über die Vortexe von Sedona, das von einem Einheimischen verfasst wurde. Außerdem schenke ich Gray eine Fotopostkarte, auf der ein Auto zerquetscht unter einem riesigen Kaktus liegt. Für meine Mom kaufe ich einen Silberring und für meine Schwester ein Lesezeichen, auf dem der berühmte Cathedral Rock zu sehen ist, der wie eine rot leuchtende Kathedrale aussieht. Gray überreicht mir eine Postkarte vom Snoopy Rock, weil er den Namen mag.

Am »Black-Cow-Café« halten wir an, um uns ein paar Sandwiches zu kaufen und unsere Wasserflaschen für die Fahrradtour aufzufüllen. Die Umgebung von Sedona ist hügelig und auf den zehn Meilen zu unserem Ziel geht es stetig bergauf. Zwei Mal halten wir an, um etwas zu trinken, und ein Mal, damit ich eine Schlange fotografieren kann, die vor uns über die Straße kriecht. Je weiter wir von dem Ort wegkommen, desto bewusster fällt mir auf, wie still es hier ist. Ich höre nichts außer dem Geräusch unserer Pedale und den Gummireifen auf dem Asphalt. Es fühlt sich an, als befänden wir uns in einem tintenroten Traum. Der Kellner hat uns auf diesen Effekt vorbereitet – er meinte, wir würden überrascht sein, welche Stille in der Nähe eines Vortex herrscht.

Wir finden die Abzweigung, die er aufgezeichnet hat. Nur ein kleines grünes Schild markiert den Weg. Es ist von der Sonne ausgeblichen, sodass man gerade noch das Wort »Heather« erkennen kann. Wir biegen ab und folgen einem Pfad voller Geröll, bis wir auf einem sandigen Parkplatz ankommen, dessen Boden von den Besuchern glattgefahren wurde. Dort steigen wir von den Rädern und lehnen sie gegen einen Baumstamm, ohne abzuschließen. Wir machen uns keine Gedanken, ob jemand unsere Fahrräder stehlen könnte. Eigentlich machen wir uns überhaupt keine Gedanken.

Auf einem Schild neben dem Parkplatz steht: »Dies ist ein Ort der Stille. Bitte nehmen Sie Rücksicht.« Ich greife nach Grays Hand und wir folgen einem schmalen Pfad, der sich durch einen Tunnel aus Bäumen windet. Danach kommen wir an einem Kreis aus glatten, runden Steinen vorbei, die jemand auf dem Boden angeordnet hat. Linien durchschneiden ihn, sodass er aussieht wie eine Torte mit vielen Stücken. Flüsternd frage ich Gray, was der Kreis bedeutet. Er erklärt, dass man das Symbol als Medizinrad bezeichnet und zum Meditieren benutzt.

»Dadurch soll positive Energie entstehen«, sagt er. »Ich glaube, die indianischen Ureinwohner haben damit angefangen.« Die einzelnen Teile stehen für verschiedene Menschen und Volksgruppen, die friedlich zusammenkommen. Es geht darum, andere zu respektieren und eine harmonische Balance zu schaffen, sagt Gray. Ich schaue ihn überrascht an.

»Du hast doch gesagt, mit New Age kannst du nichts anfangen. Woher weißt du das alles?«

Er lächelt. »Amanda hat diese Gegend geliebt«, sagt er. »Wir sind jeden Sommer nach Sedona gefahren. Das Buch, das du dir vorhin gekauft hast … Amanda hatte das Gleiche in ihrem Regal.«

Meine Schultern sacken nach unten. »Warum hast du nichts gesagt? Wir hätten nicht hierher kommen müssen.«

Aber er meint, das sei schon okay und im Moment möchte er gar nicht woanders sein.

»Außerdem bin ich diesen Pfad noch nie gewandert«, sagt er und zieht mich weiter. Wir kommen an einem weiteren Schild vorbei, auf dem steht: »Wir bitten um Stille. Für Gebet und Meditation.« Von dem Weg führen verschiedene kleine Abzweigungen zu Aussichtspunkten, aber wir schlagen keinen davon ein, sondern gehen zusammen weiter geradeaus, bis sich der Baumbestand lichtet und eine warme, flache Felsebene vor uns liegt. Erst dort verlasse ich den Pfad und wage mich bis an den Rand des Hochplateaus, auf dem wir stehen. Ich atme tief ein und nehme die Stille auf. Hier draußen fühlt sich die Luft anders an – irgendwie leichter und mit knisternder Energie aufgeladen.

Wir sind umgeben von einem rostroten Canyon. Er ist von schwarzen und grauen Steinschichten durchzogen, die seltsame Muster bilden. Die Landschaft wirkt uralt und mir ist ganz philosophisch zumute. Ich starre auf die Schönheit, die uns umgibt, und fühle Ehrfurcht. Hier kommt man sich so winzig vor. Diese Felsen haben schon Tausende von Jahren vor meiner Geburt existiert und werden fortbestehen, auch wenn ich seit tausend Jahren verschwunden bin. In ihrer Nähe bin ich unbedeutend. Meine Probleme sind plötzlich so klein und unwichtig, dass sie sich einfach auflösen und vom Wüstenwind davongetragen werden.

Die meisten Menschen vergeuden ihr ganzes Leben mit Sorgen. Weil sie sich selbst viel zu wichtig nehmen, versuchen sie, gegen den Lauf der Dinge anzukämpfen: gegen die Zeit und das Altern, die Schwerkraft, den Tod. Sie sind so krampfhaft damit beschäftigt, alles zu planen und zu kontrollieren, dass sie vor lauter Stress vergessen zu leben. Ich bin entschlossen, nie einer von ihnen zu werden. Meine Zeit werde ich nicht verschwenden. Schließlich sind wir nur kurzzeitige Besucher und in dieser Landschaft aus Giganten haben wir nicht mehr Bedeutung als ein Sandkorn. Also können wir genauso gut die Reise und die Aussicht genießen und aufhören, uns Gedanken zu machen.

Ich fühle mich geradezu schwerelos. Meinen die Leute diesen Zustand, wenn sie Sedona einen magischen Ort nennen? Hat der Vortex mir meine Gedanken zugeflüstert?

Hauchdünne Schleierwolken berühren die obersten Spitzen der roten Zinnen und grüne Bäume wachsen im Schatten des Canyons unter uns. In der Stille höre ich nur meine Atemzüge. Wir setzen uns auf die warme Steinebene, ziehen die Schuhe aus und essen unsere Sandwiches. Dabei flüstern wir uns manchmal etwas zu, aber vor allem lassen wir die Atmosphäre auf uns wirken und respektieren das Schweigen. Den Rest des Nachmittags liegen wir auf dem Felsplateau herum und dösen zufrieden in der Sonne. Selbst Gray gibt irgendwann mit gedämpfter Stimme zu, dass Heather's Kliff eine heilsame Energie ausstrahlt.

Gray

Abends essen wir in einem Restaurant, das Red Planet heißt und sich ganz um das Motto Marsmenschen dreht. Die Kellnerin begrüßt uns als Erdlinge und reicht uns eine Plastikspeisekarte, die aussieht, als würde sie im Dunkeln leuchten. Ich bestelle mir ein Alien-Attack-Sandwich, spiralförmige Tornado-Fritten und einen Mondmilch-Shake. Dylan entscheidet sich für einen Neptun-Burrito. Wir trinken mit neongrünen Strohhalmen, während fluoreszierende Alienköpfe von der Decke auf uns herabstarren. Unser Tisch sieht aus wie ein Satellit und unsere Sitzplätze wie halbierte Plastikeier. Elektromusik wabert um uns herum, als wären wir in einem Super-Mario-Spiel gefangen.

Dylan findet das Restaurant cool. Ich finde es freakig. Wir einigen uns auf einen Kompromiss und nennen es frool.

Von den Stunden in der Sonne sind wir beide erhitzt und Dylan hat einen Hauch von Röte auf den Wangen und der Nasenspitze. Ob ihre Lippen wärmer sind als sonst? Ich brenne darauf, es herauszufinden. Bestimmt hat sie interessante Streifen am Körper, wo die Bräune aufhört. Man könnte die Linien mit dem Finger entlangfahren.

Als wir Sedona verlassen, ist der Abendhimmel von so tiefem Blau, dass es fast schwarz wirkt. Die roten Felsinseln verschwimmen in der Ferne zu grauen Formen und sehen aus wie Dinosaurier, die sich zum Schlafen zusammengerollt haben. Während wir durch die Landschaft fahren, fragt Dylan, worüber ich am Heather's Kliff nachgedacht habe. Wir haben Stunden dort verbracht, und ich war ganz verblüfft, dass Dylan so lange schweigen kann. Sie hat zwar selten still gesessen – abwechselnd war sie damit beschäftigt, in ihr Notizbuch zu schreiben und die Pfade rund um den Vortex mit ihrer Kamera zu erkunden –, aber dabei hat sie kaum etwas gesagt.

Ich schaue aus dem Fenster und zögere mit der Antwort. Soll ich zugeben, woran ich den ganzen Tag gedacht habe? Wann immer Dylan sich auf den warmen Felsen zurückgelehnt und die Augen geschlossen hat, um die Sonne zu genießen, hing mein Blick an ihr. Und ich hatte eigentlich nur ein Thema im Kopf: Sex. Ist sie interessiert? Wann? Mit mir? Wir schlafen jede Nacht im gleichen Bett. Ich habe sie nackt gesehen. Aber weiter geht Dylan nie. Dabei schenkt sie mir bereitwillig alles andere. Ihre Geheimnisse. Ihre Seele. Doch das reicht mir nicht länger. Ich will sie mit Haut und Haaren und das Warten macht mich ganz verrückt.

Inzwischen denke ich alle zwei Sekunden daran, mit ihr Sex zu haben. Eine völlig gesunde männliche Reaktion, sage ich mir. In meiner Schreibtischschublade wartet eine Packung Kondome, die ich vor zwei Jahren gekauft habe. »Mit Liebesnoppen für anspruchsvolle Ladys«. Ungeöffnet. Ungeduldig auf den Einsatz wartend.

Ich behaupte, dass ich an gar nichts gedacht habe. Zum Meditieren soll man schließlich seinen Geist leeren.

»Und du?«, frage ich zurück. Sie zögert ebenfalls, aber dann antwortet sie, dass sie über meine Familie nachgedacht hat. Ich kann fühlen, wie die Stimmung im Wagen umschlägt. Dylans Stimme klingt ungewöhnlich ernst.

Automatisch gehe ich in Abwehrstellung. Wenn man sich auf Leute einlässt, bilden sie sich immer gleich ein, dass sie das Recht haben, sich in persönliche Probleme einzumischen. Das will ich nicht. Und ich brauche es auch nicht. Am allerwenigsten jetzt.

Erster Streit

Dylan

Ich platze mit der Frage heraus, bevor ich es mir anders überlege. »Hattet ihr therapeutische Hilfe, nachdem Amanda gestorben ist?« Ein paar Sekunden schleppen sich in Zeitlupe dahin.

»Wie bitte?«, fragt Gray mit scharfer Stimme. Ich warte auf den Gegenangriff. »Wo kommt diese Idee denn plötzlich her? Natürlich war ich nicht in Therapie!«, sagt er, als wäre es eine peinliche Schwäche, sich Hilfe zu holen. Als würde ihn das irgendwie abstempeln.

»Und deine Eltern?«, frage ich und bemühe mich um einen harmlosen Plauderton. Für ihn klingt es anscheinend nach einem Verhör.

»Nein«, sagt er kühl. »Ich weiß nicht. Kann ich mir kaum vorstellen.« Er starrt mich von der Seite an, und obwohl ich mich auf die Straße konzentriere, fühle ich seinen brennenden Blick. »Wir brauchen keinen Therapeuten«, sagt er. »Und außerdem ist die Psyche meiner Familie bestimmt nicht dein Problem.«

Schluss. Ende der Diskussion. Aber so einfach gebe ich nicht auf. Mit ruhiger Stimme versuche ich Wasser aufs Feuer zu gießen und erkläre, warum es seiner Familie helfen würde, mit jemandem zu reden und zu lernen, wie man mit einem solchen Schicksalsschlag umgehen kann. Dadurch würde für seine Eltern auch die Übergangsphase leichter werden, wenn Gray in eine andere Stadt zieht.

Er holt zischend Atem, als habe er Schmerzen. »Hast du diesen tollen Tipp aus einem Kirchenflyer?«

»Nein«, sage ich ruhig.

»Was weißt du schon darüber, wie man mit dem Tod umgeht?«, giftet er mich an. »Ausgerechnet du willst jemanden in Therapie schicken …«, fährt er fort, als sei ich hier die Verrückte. »Willst du behaupten, ich hätte Depressionen?«

»Davon habe ich kein Wort gesagt. Obwohl das auch kein Grund wäre, sich zu schämen. Schließlich musstest du mit einer furchtbaren Tragödie fertig werden. Ich meine nur, dass es in Ordnung ist, sich Hilfe zu holen, wenn man sie braucht.«

»Ich muss keinen Seelenklempner bezahlen, nur damit jemand mir erzählt, dass mein Leben bald wieder okay ist.«

Ich hole tief Luft und entgegne, dass genau darin das Problem liegt. Sein Leben ist nämlich nicht okay, ganz egal wie sehr er versucht, diese Tatsache unter den Teppich zu kehren.

»Manchmal braucht man professionelle Hilfe, um mit bestimmten Dingen fertig zu werden«, sage ich.

Gray hebt abwehrend die Hände. »Bestimmt bilde ich mir dieses Gespräch nur ein«, sagt er und verschränkt die Arme eng über der Brust.

»Es gibt Spezialisten für so etwas. Manche haben schon mit Hunderten von Leuten gearbeitet, denen es ähnlich ging wie euch«, sage ich. »Sie können euch Tipps geben, wie eure Familie besser mit der Situation zurechtkommt.«

Er durchbohrt mich mit Blicken, als seien meine Vorschläge eine Beleidigung. »Ich brauche keine guten Ratschläge. Mir geht es prima.«

»Eigentlich mache ich mir eher Sorgen um deine Eltern«, sage ich.

»Wieso das denn?«, will er wissen.

»Fühlt es sich nicht gut an, endlich über Amanda reden zu können?«

Er antwortet mit einem kurzen Nicken.

»Dann würde es deinen Eltern bestimmt auch helfen.« Ich

halte meine Stimme ruhig und beiläufig. Mir ist klar, dass ich eine Grenze überschritten habe, indem ich mich plötzlich in seine Familienprobleme einmische. Aber geht es nicht genau darum, wenn einem jemand wichtig ist? Manchmal lacht man miteinander, umsorgt und inspiriert sich … und manchmal teilt man Schmerz und Wut und versucht, einen Teil der Last auf die eigenen Schultern zu nehmen. Jemanden in seinen Glücksmomenten zu lieben ist einfach. Ihn auch an seinen schlechten Tagen zu lieben, ist viel wichtiger.

»Hör auf, dir Gedanken um meine Eltern zu machen. Du kennst sie doch nicht mal. Warum kaufst du ihnen überhaupt Mitbringsel und denkst dir Überraschungen für sie aus? Das ist total seltsam. Niemand sonst hat den Drang, unbekannte Menschen zu beglücken. Vielleicht solltest du selbst mal zur Therapie gehen.«

Mir ist klar, dass er nur versucht, das Gespräch umzulenken. Seine Attacke ist nicht wirklich so gemeint. »Dich kenne ich aber schon«, sage ich, »und du machst dir Sorgen um deine Eltern. Deshalb bist du doch immer noch in Phoenix, oder nicht?«

Er presst die Lippen zusammen und braucht eine Weile, um zu antworten. Die nächsten Worte schreit er mir regelrecht ins Gesicht. »Sie brauchen keine Therapie und sie gehen dich nichts an, also hör damit auf!« Ich ignoriere auch diesen zarten Hinweis. Da ich mich jetzt schon so weit aus dem Fenster gelehnt habe, sage ich mir: ganz oder gar nicht!

»Ich finde nur, dass man manchmal ein Ventil braucht. Für deine Eltern gilt das bestimmt auch. Vielleicht könntet ihr zu dritt hingehen.«

»Was kann ein Therapeut schon machen? Uns erzählen, wir sollen ein Traumtagebuch führen und unser inneres Kind finden?«

»Nein.«

»Oder eine schwere Trauerstörung diagnostizieren, die sich am besten mit einer Flasche Glückspillen heilen lässt? Vielen Dank auch.«

Ich muss mich anstrengen, weiterhin ruhig zu bleiben, als ich ihm in die Augen schaue: »Sich professionelle Hilfe zu holen, ist kein Zeichen von Schwäche. Oder von totaler Verzweiflung. Dein Problem ist, dass du ein viel zu großes Drama daraus machst.«

»Ja, schon gut. Können wir jetzt das Thema wechseln?«

»In Wirklichkeit wäre es nicht nur mutig, deine Eltern zur Therapie zu begleiten, sondern auch das Selbstloseste, was du tun kannst«, fahre ich fort. »Hast du darüber schon mal nachgedacht? Wenn du sie so sehr liebst, dass du dich nach dem Unfall für sie verantwortlich gefühlt hast, solltest du sie jetzt nicht im Stich lassen. Hier dreht es sich um mehr als nur um dich.«

Da fängt er wieder an, mir ins Gesicht zu schreien. »Was weißt du schon darüber? Du hast doch keine Ahnung, wie es uns geht! Ich lasse bestimmt keinen Seelenklempner in meinen Gefühlen rumwühlen, für den ich nur eine x-beliebige Tragödie bin. Mal wieder ein Teenager, der seine Schwester verloren hat. Noch eine Familie, die mit dem Tod nicht klarkommt. Aber hier geht es nicht um irgendeine Person.«

Er haut mit der Faust gegen das Armaturenbrett.

»Wir reden von meiner Schwester«, schreit er. »Wir reden von Amanda! Mein Leben wird nie wieder sein wie früher. Ich brauche mir nicht von einem Wildfremden anzuhören, dass man loslassen und an die Zukunft denken muss. Wenn du Amanda gekannt hättest … dann würdest du kapieren, warum das nicht geht.«

»Erklär mir, warum«, sage ich.

»Weil sie es verdient hat, dass wir alle sie vermissen. Jeden Tag. Auch wenn wir den Schmerz kaum aushalten. Sie hat es verdient.«

Meine Kehle fühlt sich ganz eng an und es fällt mir schwer, luftzuholen. »Okay, das nächste sage ich nur ein einziges Mal, weil ich dich liebe und glaube, dass du es hören musst.«

Ich schaue in seine Richtung, aber er hat den Kopf stur geradeaus gewandt. Sein Kiefer ist angespannt und seine Augen sind geschlossen.

»Du musst dein eigenes Leben leben, Gray. Du kannst dich nicht weiter an der Vergangenheit festhalten. Deine Schwester kommt nicht mehr zurück. Niemand verlangt, dass du sie vergisst«, sage ich, »aber Amanda ist gestorben … und du nicht.«

Gray sagt, wenn ich nicht sofort den Mund halte, schlägt er die Faust durchs Autofenster.

»Klar, wie du willst.« Meine Stimme ist ganz heiser. Ich beiße mir auf die Lippen, damit sie aufhören zu zittern, und schaue starr auf den Mittelstreifen der Straße vor mir.

Gray dreht die Musik auf und zieht sich die Kapuze seines Sweatshirts ins Gesicht. Sie blockt alles ab, was er nicht sehen oder hören will, und wie am Anfang versucht er, völlig darin zu verschwinden.

Erstes Vergeben und Vergessen

Gray

Mir geht es bestens.

Aber ich kann meine Gedanken einfach nicht abstellen. Selbst sechs Stunden später gelingt mir das nicht.

Dabei geht es mir wirklich bestens.

Warum musste sie ausgerechnet damit anfangen? Wir hatten einen fantastischen Tag. Einen fantastischen Sommer. Und sie sucht sich den einzigen wunden Punkt aus, bei dem ich garantiert wild um mich schlage. Ich weiß, dass ich ihr wehgetan habe. Man konnte es an ihrer Stimme hören. Dabei hat sie nur gesagt, was nötig war, auch wenn ich es nicht hören wollte. Sie war um mich besorgt. Ich bin so ein Idiot.

Aber mir geht es bestens.

Ich rolle mich im Bett herum und starre aus dem Fenster. Man kann den Mond am Himmel stehen sehen. Friedlich und ganz weit weg. Da oben möchte ich auch gerne sein. Jetzt sind es schon sechs Stunden seit unserem Streit. Ich vermisse Dylan. Normalerweise würde sie sich um diese Zeit an mich kuscheln. Mein Bett fühlt sich zu groß an, um allein darin zu liegen. Es scheint mich regelrecht zu verschlucken.

Ich richte mich auf und strampele die Decke weg. Dann ziehe ich eine kurze Hose über meine Boxershorts und schlüpfe in ein Paar Flipflops. Ich gehe in die wüstenheiße Nacht hinaus. Es dürften immer noch fast vierzig Grad sein, selbst um drei Uhr morgens. Das trockene Gras knistert wie Stroh unter meinen Sandalen.

Die Straßen, durch die ich zu ihr fahre, sind dunkel und verlassen. The Killers dröhnen aus meiner Musikanlage durch das geöffnete Fenster in die Nacht. Wenn ich mich auf die Musik konzentriere, muss ich nicht über mein schlechtes Gewissen nachdenken. Am liebsten würde ich wieder mit dem Rauchen anfangen. Vergiftete Atemzüge für meine vergifteten Gedanken. Ich hasse das Gefühl, dass ich meine Worte nicht zurücknehmen kann. Ich würde Dylan nie schlagen oder ihr wehtun, aber mein verbaler Angriff hat bestimmt genauso geschmerzt. Wie soll man nach so etwas schlafen können? Das Sandmännchen mag keine Leute mit schlechtem Gewissen. Solange ich mich nicht entschuldigt habe, wird es einen verächtlichen Bogen um mich machen.

Ich parke den Wagen bei der Villa und starre auf die dunklen Fenster. Dann stelle ich den Motor ab, gehe um das Haus herum und hebe ein paar Kiesel von der Gartenlandschaft rund um die Terrasse auf. Ich werfe den kleinsten gegen ihr Fenster, wo er hörbar abprallt. Das mache ich übrigens nicht zum ersten Mal. Steinchenwerfen ist unser altmodischer Telefonersatz.

Beim nächsten Kiesel geht in ihrem Zimmer ein gedämpftes Licht an. Dylan zieht den Vorhang zurück und ich sehe ihre dunkle Silhouette am Fenster.

Natürlich weiß sie, wer hier unten steht. Sie braucht nicht zu fragen oder überhaupt mit mir zu sprechen. Möglich, dass sie störrisch und nachtragend ist und mich wütend auf Abstand hält. Ich schließe die Augen und schicke ein Stoßgebet zum Himmel. Das Leben ist zu kurz, um lange beleidigt zu bleiben. Wir haben nur noch ein paar Wochen zusammen. Während ich darauf warte, ob sie zu mir herunterkommt, feile ich noch einmal an meiner Entschuldigung.

Aber sie macht es mir leicht. Kurz darauf sitzen wir auf der Gartenbank, sie hat den Kopf auf meinen Schoß gelegt und hört meiner vorbereiteten Rede zu. Ich sage, dass sie absolut recht hatte. Als einziger Mensch in meinem Leben war sie mutig genug, mich mit der Wahrheit zu konfrontieren. Das ist nicht nur ein Spruch, um sie zurückzugewinnen, sondern ich meine es total ernst. Ich erzähle, dass ich eine Stunde damit verbracht habe, im Internet alle Therapeuten durchzugehen, die Phoenix zu bieten hat. Als Nächstes habe ich vor, mit meinen Eltern zu sprechen. Um in die Gänge zu kommen, brauchte ich aber erst einen kräftigen Tritt. Ich bin dankbar, dass sie mich genug liebt, um mir auch unangenehme Dinge zu sagen.

Sie liegt halbwach in meinem Schoß und im Mondlicht strahlt ihr Gesicht eine engelhafte Ruhe aus. Ich streiche mit dem Finger über ihre glatte Haut, die sich wie warmes Porzellan anfühlt. Als Letztes sage ich, wie leid es mir tut, dass ich ausgeflippt bin. Ich habe nichts von dem gemeint, was ich ihr an den Kopf geworfen habe. Dylan richtet sich schläfrig auf und blickt mich mit halb geöffneten Augen an.

»Ich liebe dich, Gray«, sagt sie, »und ich finde es bewundernswert, dass du dich um deine Eltern kümmerst. Aber wenn du deswegen in Phoenix feststeckst, wo du jede Minute hasst, dann hilft das niemandem.«

»Ja, ich weiß«, sage ich, lasse den Kopf gegen die Lehne sinken und starre in den Himmel. Man kann Worte einfach an sich vorbeirauschen lassen. Wirklich auf sie zu hören, ist viel schwerer.

»Du kannst kein Ersatzleben für deine Eltern führen. Und du bist auch nicht für ihr Glück verantwortlich. Daran müssen sie schon selbst arbeiten. Jetzt hast du erst einmal die Pflicht, für deine eigenen Bedürfnisse zu sorgen. Das ist schwer genug.«

Ich nicke.

»Wenn deine Schwester hier bei uns sitzen würde, was hätte sie ihrer Familie wohl zu sagen?«

Ich seufze und meine Nasenwurzel prickelt von unterdrückten Tränen. Amanda würde mich aus dem Haus jagen, damit ich an die Uni gehe. Unserer Mom würde sie einen Vortrag halten, warum man vor Problemen nicht weglaufen kann, indem man sich mit

Arbeit zuschaufelt. Unserem Dad würde sie sagen, dass er mit den ganzen Geschäftsreisen aufhören und sich endlich wieder nach Hause trauen soll.

»Weißt du, was ich an dir echt bewundere?«, sagt Dylan. »Deinen Lebensmut. Du lässt dich nicht unterkriegen. In Wirklichkeit bist du stärker, als du dir selbst zutraust. Aber das glaubst du nicht, außer man stößt dich mit der Nase darauf.«

Ich schüttele den Kopf und sage, dass sie übertreibt. Sie sieht in Menschen immer nur das Beste.

»Mein Vater hat uns sitzen lassen, als ich klein war«, sagt Dylan.

»Was?« Ich kann kaum glauben, dass sie das in all der Zeit nicht erwähnt hat. Aber Dylan behauptet, das sei nicht so wichtig, weil sie sich nämlich kaum an ihn erinnert. Sie war vier, als er abgehauen ist. Vor ein paar Jahren hat er sich bei ihr gemeldet. Er hat gesagt, wie leid es ihm tut und dass er wieder ein Teil der Familie werden möchte. Er habe endlich mit dem Trinken aufgehört und beschlossen, für sie und ihre Schwester da zu sein. Das war sein einziger Anruf. Danach hat sie nie wieder etwas von ihm gehört. Aber Dylan behauptet mit einem Schulterzucken, das sei schon okay. Ihre Mutter hat wieder geheiratet und der neue Mann war als Vater einfach perfekt.

Sie sagt, dass sie mit dem Thema nur angefangen hat, weil sie immer so beeindruckt davon war, wie ihre Mutter sich durchgekämpft hat, nachdem sie sitzen gelassen wurde. Daraus hat Dylan gelernt, dass man bei Schicksalsschlägen zwei Möglichkeiten hat: Man kann sich als hilfloses Opfer fühlen und einfach aufgeben. Oder man kann hoffen, dass sich das Durchhalten lohnt, weil das Leben bestimmt noch wundervolle Überraschungen bereithält.

»Meine Mom hat die Zähne zusammengebissen und es überlebt«, sagt Dylan. »Klar war sie wütend und hat sich Vorwürfe gemacht, weil sie den Kerl überhaupt geheiratet hat. Aber mit Selbstmitleid hat sie sich nicht lange aufgehalten. Sie hat die Vergangenheit hinter sich gelassen und sich auf die Zukunft konzentriert. Genauso gut hätte sie eine verbitterte Single-Mom werden können, die ihren Töchtern beibringt, nicht an Liebe und Familie zu glauben, weil man doch nur verraten und verletzt wird. Aber auf die Idee ist sie nie gekommen.«

Dylan meint, wenn man sich als Opfer betrachtet, kommt man im Leben nicht weit.

»Aber so bist du ja nicht«, fügt sie hinzu.

»Woher willst du das wissen?«, frage ich.

Sie zuckt mit den Schultern. »Weil du mir erlaubt hast, an dich ranzukommen.«

Ich nicke und greife nach ihrer Hand. Dylan lehnt den Kopf auf meine Schulter, und zusammen schauen wir zu, wie die Sonne über den Horizont kriecht und den Himmel über uns zum Leuchten bringt. Ich habe das Gefühl, zum ersten Mal zu verstehen, warum sich Dylan wie ein sonderbarer Schutzengel in mein Leben verirrt hat. Und ich beginne sogar zu glauben, dass ich sie verdient habe.

Erste Konfrontation

Gray

Ich entdecke meine Eltern im Wohnzimmer. Seit Monaten habe ich sie nicht mehr zusammen im selben Raum gesehen. Also denke ich: jetzt oder nie! Ich marschiere hinein und stelle mich zwischen ihnen auf. Mein Dad sitzt im Sessel und versteckt sich hinter seiner Zeitung, Mom zensiert Schulaufsätze. Im Fernsehen laufen die Lokalnachrichten. Eine verschwundene Studentin, die vermutlich in Tempe entführt wurde, fünf pleite gegangene Läden in Phoenix … So etwas hebt doch gleich die Stimmung.

Dylan und ich haben die Szene geprobt. Sie hat die Rolle meiner Eltern übernommen und mir verschiedene Möglichkeiten vorgespielt. Mal war sie wütend, mal verletzt, dann misstrauisch oder hysterisch. Sie hat mich stundenlang üben lassen.

Ich setze mich auf die Couch, die gegenüber meiner Mom und schräg von meinem Dad steht, sodass wir eine Art schräges Dreieck bilden. Dann warte ich ab, ob mich jemand bemerkt. Aber das geschieht nicht. Ich betrachte das Gesicht meines Vaters, das ein Stück über den Zeitungsrand schaut. Er hat zugenommen, seit Amanda gestorben ist. Mehr Dienstreisen, also auch mehr Fast Food. Seine Haare sind dünner geworden und haben graue Strähnen bekommen. Mom dagegen ist dünner als früher. Ihr Gesicht wirkt ausgemergelt, die Haut ist fahl. Mir wird klar, dass wir alle unbemerkt vor uns hin gestorben sind.

Dann schießt mir ein Gedanke durch den Kopf: Warum bin ich eigentlich hier und verzichte auf mein eigenes Leben, wenn sie mich nicht einmal sehen? Dylan hat recht. Damit helfe ich absolut niemandem. Mein Herz schlägt schneller und pumpt Zivilcourage durch meine Adern.

Ich räuspere mich, und als sie zu mir aufschauen, mache ich den Mund auf und lasse die Worte einfach heraus. Ich erzähle ihnen alles. Ich verlange, dass wir zusammen zur Therapie gehen, weil ich es satt habe, im Schatten von Amandas Tod zu leben. Ständig hängen die Erinnerungen wie ein Schleier über uns, und wir benutzen sie, um uns vor der Welt zu verstecken. Amanda hätte bestimmt nicht gewollt, dass wir uns zu ihren Ehren benehmen, als würden wir selbst am Rand des Grabes stehen. Meine Schwester ist tot, aber wir sind am Leben, also wird es Zeit, dass wir uns auch so verhalten.

Beide starren mich an, als habe ein fremdes Wesen den Körper ihres Sohnes übernommen. Ich habe bisher nie versucht, mich gegen sie durchzusetzen. In meiner Familie sind Auseinandersetzungen nicht üblich. Als Kind zeigt man Respekt und gehorcht. Eltern sind Autoritätspersonen, die man nicht infrage stellt. Aber bisher hatte ich ja auch immer Amanda. Bei ihr konnte ich meinen Ärger rauslassen, wenn mir etwas nicht passte. Sie war meine Familie. Amanda hat eine Atmosphäre von Lebendigkeit um sich verbreitet, die überhaupt erst eine Verbindung zwischen mir und meinen Eltern schuf. Ohne sie verdorrt unsere Familie wie eine Topfpflanze, der man die Wurzel abgerissen hat.

Mein Vater lässt die Zeitung sinken. Er verschränkt die Arme und fragt, was plötzlich in mich gefahren ist.

»Ich will wieder Baseball spielen«, sage ich. Dann wiederhole ich mein Telefongespräch mit Coach Clark und liste die Gründe auf, warum ich sein Angebot annehmen will. Ich sage, dass ich mir nie verzeihen könnte, wenn ich ein zweites Mal ablehne.

Mein Vater schweigt. Meine Mutter schaut skeptisch. Eine quälende Minute vergeht, bevor jemand den Mund aufmacht.

»Du hast ziemlich lange nicht gespielt«, sagt Mom.

Ich sage, dass es mir nicht nur um Baseball geht. Ich will mein Leben zurück. Zur Uni gehen. Neu anfangen. Wieder eine Zukunft haben.

»Das kommt von dem Mädchen, dem du neuerdings nachläufst, oder?«, sagt Dad. »Sie zieht weg und du willst ihr folgen.«

Ich kann nur ungläubig den Kopf schütteln. Dann sage ich, dass ich schließlich ein Stipendium habe. Natürlich will ich die Chance nutzen. Was ist daran so schwer zu verstehen? Vorsichtshalber verschweige ich, dass ich Dylan tatsächlich bitten will, mit mir nach Albuquerque zu kommen. Ich bin ziemlich sicher, dass sie zustimmt.

Meine Mutter sagt, dass ich mir die Sache zu leicht vorstelle. Meine Probleme werden sich nicht von selbst lösen, nur weil ich vor ihnen nach New Mexico flüchte. Ich presse die Lippen aufeinander und bin heilfroh, dass Dylan auch diese Situation mit mir geübt hat. Sie hat schon geahnt, dass meine Mutter die Nerven verlieren und mir vorwerfen würde, ich wolle davonlaufen. Lieber soll ich mit Mom zusammen unglücklich sein, als sie mit ihrem Leid allein zu lassen. Trauer macht egoistisch. Als Dylan das Flucht-Argument ausprobiert hat, habe ich als Antwort die Faust gegen die Wand geschlagen. Diesmal reagiere ich etwas erwachsener.

Ich lasse meine Eltern wissen, dass ich mich nicht vor meinen Problemen drücken will und genau weiß, wie schwer es werden wird. Dann atme ich tief durch und stehe von der Couch auf.

»Ich habe nicht vor, euch um Erlaubnis zu bitten«, sage ich. »Meine Entscheidung steht fest.« Beide starren mich an. Mein Vater runzelt die Stirn und meine Mutter fängt an zu weinen.

»Aber mir würde es unheimlich viel bedeuten, wenn ich wüsste, dass ich eure Unterstützung habe«, füge ich hinzu. »Und ich bin sicher, dass ich nur tue, was Amanda sich von mir gewünscht hätte.«

Beide schweigen. Da rücke ich mit meiner letzten Forderung heraus.

»Ich will, dass wir zusammen zur Familientherapie gehen, bevor ich wegziehe«, sage ich und klatsche einen Zettel auf den Tisch. Er enthält die Adressen der drei Spezialisten, die mich bei meiner Recherche am meisten überzeugt haben. Dann warte ich ab, ohne mich zu rühren. Stumm wiederhole ich immer wieder, dass ich das Richtige tue. Jemand in unserer Familie muss den Mut aufbringen, etwas zu verändern.

Meine Mutter mustert den Zettel wie ein giftiges Insekt, das sie am liebsten zu Brei treten würde. Noch vor ein paar Tagen hätte ich genauso reagiert. Mein Vater starrt mit versteinerter Miene und leerem Blick zu Boden. Wenigstens schreien wir uns nicht an. Ich gehe aus dem Zimmer, weil ich nachfühlen kann, was sie jetzt brauchen. Nämlich dasselbe, was ich nach Dylans überraschender Attacke nötig hatte: Zeit.

***

Wir hocken auf dem Betonfundament der unfertigen Villa am Camelback Mountain. Hierher sind wir schon öfter zurückgekehrt, um den Blick aus unserem Speisesalon zu genießen, bevor er in einen Fitnessraum für einen Profi der Arizona Cardinals oder der Diamondbacks verwandelt wird. (So lautet unsere aktuelle Vermutung, wem das Baugrundstück gehört.) Heute Abend haben wir uns eine Picknickdecke mitgebracht, die wir auf dem Beton ausbreiten. Ich versuche, nicht daran zu denken, dass unsere gemeinsamen Tage immer weniger werden, sondern konzentriere mich auf nützlichere Dinge – zum Beispiel eine Idee, wie ich Dylan dazu überreden kann, mit mir zu kommen.

Ich frage sie, wie sie sich ihr Leben in fünf Jahren vorstellt.

»Keine Ahnung«, sagt sie und gibt zu, dass sie sogar Schwierigkeiten hat, für die nächste Woche im Voraus zu planen. Fünf Jahre sind eine unendlich lange Zeit.

Mein Fuß trommelt nervös auf den Boden. »Aber willst du nicht irgendwann sesshaft werden und Wurzeln schlagen?« Ich hege die Hoffnung, dass ihre Wurzeln in derselben Stadt sein werden wie meine. Oder wenigstens im selben Staat. Am liebsten wäre es mir, wenn es New Mexico würde.

»Jedenfalls nicht in näherer Zukunft«, sagte sie.

Ich probiere es mit einer neuen Taktik. »Was ist mit Berufsplänen? Du musst schließlich mit irgendwas Geld verdienen.«

Dylan lehnt sich zurück, stützt die Ellbogen auf und denkt darüber nach.

»Geld ist ganz praktisch, aber auf meiner Liste steht es nicht weit oben. Ich habe bestimmt nichts gegen schnelle Autos, schicke Klamotten und Gourmetrestaurants. Trotzdem finde ich den Himmel immer noch beeindruckender und von Canyons, Bergen, Wäldern kann ich nie genug bekommen. Ich will meine Zeit lieber nutzen, um Erinnerungen und Freunde zu sammeln, als teuren Schnickschnack.«

Wider Willen muss ich lächeln. So viel zu meinem Versuch, mit Dylan ein bodenständiges Gespräch zu führen. Ich genieße bewusst jeden verbleibenden Augenblick mit ihr, weil das Ende immer näher rückt. Sie hat keine Ahnung, wie faszinierend sie auf mich wirkt. Wie genial, unberechenbar und magnetisch. Noch immer kann ich kaum glauben, dass sie gerade mich dazu auserwählt hat, ihr staunendes Publikum zu sein.

Ich frage Dylan, woran sie denkt, wenn sie allein ist.

»Du meinst, woran ich am häufigsten denke?«, fragt sie. Lächelnd schaut sie mir in die Augen. »An dich, Gray.« Dann lehnt sie sich vor, nimmt eine meiner Hände und studiert sie so eingehend, als seien die Linien darauf eine Schatzkarte, die zu einer verborgenen Welt führt. Sie zählt auf, dass sie an meine Lippen denkt, an meine Augen und meine dünnen langen Beine.

Ich protestiere, dass ihre eigenen Beine vielleicht dünn sind, meine jedoch drahtig durchtrainiert.

Lächelnd sagt sie, dass sie besonders meine breiten Hände liebt.

Die Muster der Adern an meinen Fingern erinnern sie an Kletterpflanzen. Sie beginnt, die blauen Linien mit der Fingerkuppe nachzufahren und mein Herz schlägt wie wild. Dylan sagt, dass sie außerdem meine langen Wimpern liebt, meine Zehen und das Haarbüschel auf meiner Brust.

»Gibt es etwas an mir, das du nicht magst?«, frage ich, weil ich entschlossen bin, daran zu arbeiten. Mein Ziel ist, irgendwann wenigstens halb so perfekt zu sein wie sie. Aber Dylan schaut mich nur ungläubig an und antwortet, dass sie absolut alles an mir liebt. Ich frage mich, wie das möglich sein kann. Aber dann denke ich, dass sie vielleicht recht hat. Genau so sollte es sich anfühlen.

»Was war eigentlich deine Spontan-Aktion für den heutigen Tag?«, erkundige ich mich. Das frage ich sie immer wieder gerne.

»Heute hatte ich eher einen spontanen Gedanken.«

Ich warte auf die Auflösung.

»Mir ist durch den Kopf geschossen, was wohl die beste Art wäre, geboren zu werden. Also habe ich darüber nachgedacht«, sagt sie, als sei das ein ganz normales Thema. »Wenn ich mir aussuchen könnte, wie ich auf die Welt kommen will, was würde ich wählen? Schließlich ist das der einmalige, große Auftritt unseres Lebens. Den sollte man schon richtig würdigen. Ich habe mir vorgestellt, wie es sich anfühlt, aus einem Ei zu kriechen. Wäre doch cool, oder? Man stemmt sich gegen die Schale, streckt die Arme und Beine, bis die Wände um einen herum splittern ... Das wäre ein denkwürdiger Anfang. Viel besser als die Panik, mit der wir Menschenbündel heulend und brüllend an die Luft gequetscht werden.«

»Klingt wirklich nicht ideal«, stimme ich zu.

»Wenn ich mir eine Geburt aussuchen könnte, wäre ich gerne ein Regentropfen«, sagt Dylan. »Ich würde in einer Wolke entstehen, schwerelos ins Fallen kommen und dann immer schneller auf die Erde runtersausen, bis ich in einem Wald lande. Da würde ich wachsen wie eines dieser Kohlkopfkinder aus den Achtzigern.«

Ich unterbreche sie nicht, weil sie sich jetzt in einen ihrer schrägen Trancezustände hineinsteigert.

»Ein Storch würde mich als winziges Baby abholen, mich in ein Frotteetuch wickeln und zu meinem neuen Zuhause fliegen. Auf dem Weg würde er mir Geschichten von der Welt erzählen, vom Meer, vom Karneval in Rio, von Liebe und Familie. Der rhythmische Schlag seiner gewaltigen Flügel würde mich in den Schlaf wiegen, und wenn ich aufwache, halten meine Eltern mich in den Armen. Sie schauen voll Staunen auf das Wunder, das ihnen geschenkt wurde.«

Als sei das nicht genug, erzählt sie mir danach von einer zweiten spontanen Idee.

»Ich habe überlegt, welches Tier ich gerne wäre. Aber je länger ich gegrübelt habe, desto klarer ist mir geworden, dass ich am liebsten ein Mensch bin.«

Das überrascht mich. Ich hatte auf einen Vogel getippt. Zumindest auf ein Wesen mit Flügeln. »Wieso?«

»Weil Menschen es einfach am besten haben«, sagt sie. »Zum Beispiel sind wir Zweibeiner. Wenn ich auf allen vieren laufen müsste, wäre ich viel kleiner … und ich könnte nie wieder Hand in Hand mit dir gehen. Einen Fotoapparat könnte ich auch nicht bedienen. Klingt doch langweilig.«

So habe ich die Sache noch nie gesehen, muss ich zugeben.

»Außerdem ist es enorm wichtig, ein Landtier zu sein. Im Wasser würde es mir überhaupt nicht gefallen. Keine Spaziergänge in der Sonne. Keine Autofahrten ins Blaue. Ich könnte nicht mehr rennen oder Rollerblades fahren und den Wind in den Haaren spüren. Außerdem bin ich im Schwimmen eine ziemliche Niete«, fügt sie hinzu.

»Oder stell dir vor, wir wären nachtaktiv. Dann würden uns die ganzen Sonnenuntergänge entgehen. Wir würden das Gefühl nicht kennen, wenn im Sommer die Sonne auf der Haut brennt und wir uns entspannt zurücklehnen, um die Wolken am Himmel zu beobachten. Als Mensch hat man auch am meisten im Kopf. Wer will schon das winzige Gehirn einer Katze? Kein Philosophieren, Analysieren, Schreiben, Lesen, Träumen. Das kann ich mir gar nicht vorstellen.«

»Und dieses Gespräch wäre uns auch entgangen«, bemerke ich. »Ein echter Verlust.« Sie sieht, wie ich die Augen verdrehe, und will mir einen Knuff geben. Aber ich fange ihre Hand ab, ziehe sie an mich und drücke Dylan einen Kuss auf den Mund, bevor sie sich lange sträuben kann.

Erste Erleuchtung

Dylan

Den Freitagabend verbringe ich in Grays Keller, wo der Fernseher läuft. Da ich es langweilig finde, einfach nur zuzuschauen, wird Fernsehen bei mir meistens interaktiv. Also schalten wir die Werbung auf stumm und übernehmen selbst die Vertonung. Wir verwandeln das angepriesene Shampoo in ein Mittel gegen Kopfläuse. Und aus der Reklame für Kentucky Fried Chicken machen wir einen Spot des Gesundheitsamtes, der vor Fettsucht warnt.

Danach schlendere ich in Grays Schlafzimmer und er folgt mir, als wäre er mit einem unsichtbaren Faden an mich gefesselt. Das Gefühl kann ich verstehen, denn mir geht es ähnlich. Ich drücke diverse Knöpfe an seiner Stereoanlage und beschließe, dass wir jetzt gemeinsam Musik hören.

Er spielt mir seine Lieblingsstücke vor, die alle eine akustische Gitarre enthalten. Gray erklärt mir, warum die Gitarre das beste Instrument überhaupt ist: Sie kann für sich allein stehen und braucht keine andere Begleitung. Auf ihr kann man jeden Song spielen oder komponieren, der einem einfällt. Gitarrenmusik kann schreien, weinen, trommeln, lachen und jedes denkbare Gefühl ausdrücken, als sei das Instrument zur Hälfte menschlich.

Er legt das Album *Heartbreaker* von Ryan Adams auf, wir schalten das Licht aus und legen uns zwischen den Lautsprechern auf den Boden. Die nächsten Stunden hören wir der Musik zu. Sonst tun wir nichts. Wir lauschen auf die verschiedenen Rhythmen und das sorgfältig komponierte Zusammenspiel der Instrumente. Der

Teppichboden schluckt die Bässe, die grelleren Töne der Mundharmonika und den Pulsschlag der Trommeln. Grays Fingerkuppen tanzen gegen meine, und ich versuche, das Gefühl in meinem Gedächtnis festzuhalten. Ich bin entspannt, aber zu high, um einzuschlafen. Die Musik fällt wie Regen auf uns nieder, fließt honigschwer über unsere Haut und dringt in unsere Knochen. Wir stellen uns vor, was der Komponist bei den Songs gedacht hat. Wir erforschen gemeinsam die Textzeilen und hören, was die Musik uns sagt.

Ein besseres Date hatte ich noch nie.

Irgendwann stehe ich auf, knipse die Schreibtischlampe an und studiere die Pinnwand, an der Gray seine Konzerttickets gesammelt hat. Laut lese ich die Bands vor.

»Black Crowes, The Killers, The Roots, Atmosphere, U2, Beastie Boys, Bob Dylan, Ryan Adams, Tom Petty, Paul Simon, Red Hot Chili Peppers, Counting Crows, The Flaming Lips … Wo hast du die denn alle gesehen?«

Er sagt, die meisten Konzerte waren in Phoenix, einige in Las Vegas. Ein paar auch in Los Angeles. Meine Augen bekommen ein manisches Funkeln.

»L. A. wollte ich schon immer sehen«, verkünde ich und bin überrascht zu erfahren, dass man mit dem Auto in nur sechs Stunden dort ist. Ich blicke auf Gray hinunter, der auf dem Teppich liegt und die Arme hinter dem Kopf verschränkt hat. Dabei versuche ich mein Grinsen zu bezähmen, aber er errät auch so, was ich denke. Die Sommerkurse an der Uni sind vorbei, und wir wissen beide, dass er dieses Wochenende nicht im Videoladen arbeiten muss.

»Wann soll es losgehen?«, fragt er, ohne den Blick von der Zimmerdecke zu wenden.

»Gleich morgen früh?«, frage ich.

»Du bist total verrückt«, stellt er fest.

Ich nicke zustimmend und krabbele auf dem Teppich wieder

an seine Seite. Klar, weiß ich doch, will ich sagen, aber da greifen seine Hände nach mir. Plötzlich liege ich oben auf ihm drauf und seine warmen Lippen verschließen mir den Mund, bevor ich antworten kann.

***

Wir starten zu einer menschenunwürdigen Uhrzeit (behauptet Gray), aber ich kann nun einmal nicht schlafen, wenn ganz Los Angeles darauf wartet, entdeckt zu werden. Bei der ersten Tankstelle machen wir einen Stopp, um Benzin aufzufüllen und einen Kaffee hinunterzustürzen, der uns für die lange Fahrt wachhalten soll. Dann geht es los in Richtung Westen, quer durch die Mojave-Wüste.

Wir erreichen L. A. am frühen Nachmittag und fahren direkt zum Santa Monica Beach, wo wir uns ein Hotelzimmer nehmen. Da wir uns die Kosten teilen, können wir uns sogar ein Zimmer mit Strandblick leisten. Wir stehen auf dem schmalen Balkon und starren auf die rauschenden Wellen, als wären sie Teil einer fremden Welt. Wenn man den ganzen Sommer in einer Wüstenstadt verbringt, hat das Meer einen seltsamen Effekt. An den besonders heißen Tagen in Phoenix beginnt man sich einzubilden, die ganze Welt sei verdorrt und Regen nur ein Mythos. Nun plötzlich eine Wasserfläche zu sehen, die endlos bis zum Horizont reicht, fühlt sich an, als sei die Realität auf den Kopf gestellt.

Ich ziehe mich im Badezimmer um, und als ich herauskomme, blinzelt Gray verwirrt, als würde er mich kaum noch erkennen. Die Kinnlade fällt ihm herunter, während seine Augen über mein Outfit wandern.

Ich lasse die Hände über meine seidig umhüllten Hüften gleiten. »Was denn? Ist doch nur ein Kleid«, sage ich. Aber natürlich verstehe ich seine Reaktion – immerhin ist das Kleid kurz, schwarz und bringt meine Kurven zur Geltung. Mom und meine Schwester haben mich letztes Jahr mit vereinten Kräften gezwungen, das Kleid zu kaufen. Sie haben es damals als den perfekten Männerköder bezeichnet. Ich trage es heute zum ersten Mal und anscheinend hatten sie recht. Wenn ich Grays Gesichtsausdruck korrekt deute, will er im Moment nur eines: mir das Kleid gleich wieder vom Leib reißen. Ich habe meine Haare glatt gekämmt und etwas Lidschatten, Eyeliner und Lippenstift aufgetragen. Im Vergleich zu meinem üblichen Look ist das eine radikale Verwandlung.

»Du hast ein Kleid??«, fragt Gray.

Ich werfe ihm einen ungläubigen Blick zu. Was für eine Frage! »Jedes Mädchen braucht ein kleines Schwarzes«, verkünde ich, als sei das ein Naturgesetz. Dann nehme ich ihn bei der Hand und zerre ihn aus dem Zimmer, bevor er beschließt, über mich herzufallen. Das können wir uns für später aufheben.

Wir überqueren den Ocean Drive, der von Restaurants und Souvenirshops gesäumt ist, und einen Fahrradweg, auf dem sich Inlineskater und Jogger drängeln. Dann stehen wir auch schon im sonnenwarmen Sand. Möwen lassen sich vom Wind tragen und sehen aus wie Wellenreiter auf einer unsichtbaren Strömung. Wir waten ein Stück in das kühle, schäumende Wasser hinein und spazieren am Strandsaum entlang bis zum Santa Monica Pier. Dort schlendern wir zwischen den Straßenkünstlern herum, beobachten Leute und fragen Wildfremde, ob sie uns knipsen können. Wir stellen uns in verkrampften Fotoposen auf – Gray hinter mir stehend und die Arme um meine Taille schlingend – und lächeln künstlich in die Kamera wie ein Pärchen beim Abschlussball.

Danach setzen wir uns wieder in Grays Wagen und fahren in die City, damit er mir die berühmteste Straße von L. A. vorstellen kann … den Sunset Boulevard. Wir essen Sushi und schauen dem dichten Verkehrsstrom zu, der an uns vorbeikriecht. Gray zeigt mir den Viper Room, das Roxy Theatre und die Whiskey Bar und erzählt von den Bands, deren Auftritte diese Locations bekannt gemacht haben.

Wir schlendern an Armani- und Prada-Boutiquen vorbei. Im »Book Soup« bestaunen wir die deckenhohen Regale voller Filmdrehbücher. Wir setzen uns in eine Ecke und lesen uns mit verteilten Rollen die Anfangsszene von *Pulp Fiction* vor. Danach geht es weiter zur Sky Bar, dem Comedy Store und dem House of Blues. Wir zeigen auf jeden Porsche, Ferrari und die endlosen Stretch-Limousinen und tun so, als hätten wir zwischen den Passanten irgendwelche Promis entdeckt.

Als Nächstes fahren wir zum Hollywood Boulevard, um uns das Chinese Theatre anzuschauen. An der Ecke zur Orange Street bestellen wir zwei Vanilla-Mocca-Shakes im Café Coffee Bean. Wir fotografieren die Sterne im Straßenpflaster und kaufen CDs von Straßenmusikanten. In einem Souvenirshop schenken wir uns gegenseitig einen Oscar aus Plastik. Ich bekomme die Trophäe für ›Beste Regie‹ und er für die ›Beste Sprechrolle‹.

Hand in Hand spazieren wir in der Gegend um das Kodak Theatre herum, wo es vor Touristen und Leuten auf Shoppingtour nur so wimmelt. Wir bestaunen den blinkenden Lichterglanz der altmodischen Kinos und die Laserstrahlen, die über uns im Himmel rotieren wie verrückte Planetenbahnen.

Als wir beide erschöpft sind, fahren wir zurück nach Santa Monica, aber ich bestehe darauf, noch einen Blick auf das nächtliche Meer zu werfen. Also machen wir einen Abstecher zum Strand. Der perfekte Platz am Ende eines perfekten Tages.

Und dort taucht ein Gedanke in meinem Kopf auf, der mich unterbewusst schon eine Weile beschäftigt hat.

Erstes Mal

Gray

Die Wellen heben sich weiß vom dunklen Horizont ab, türmen sich auf und schmettern wie zornige Fäuste auf den Strand. Dylan und ich sitzen im Sand und genießen das kostenlose Schauspiel. Wir schweigen beide. Ich lege den Arm um ihre Schulter, lehne mich dichter und küsse an ihrem Kiefer entlang. Als Nächstes wandere ich langsam ihren Hals hinab. Sie erschauert und sagt, dass ich den umwerfenden Meerblick verpasse. Das bremst mich überhaupt nicht, denn ich finde Dylan viel umwerfender. Meine zweite Hand ruht auf ihrem Oberschenkel, und als ich sie vorsichtig unter Dylans Rock gleiten lasse, spüre ich, wie sie eine Gänsehaut bekommt.

Ihr Atem wird schneller und ich lächele in mich hinein. Bisher war ich bei Mädchen immer irgendwie gehemmt. Ich hatte weder die nötige Übung noch genug Selbstvertrauen. Aber mit Dylan ist alles anders.

»Ich möchte dir ein Geschenk machen«, sagt sie plötzlich. Ihre Augen schauen mich wild und ein bisschen high an. Gleichzeitig entdecke ich einen ungewohnten Hauch von Ernst darin. Ich kitzele ihren Hals mit meiner Nasenspitze und sage, dass ich mich über jede Überraschung von ihr freue. Vielleicht ein Buch über Traktoren, nachdem ich den Vokuhila-Ratgeber durchgelesen habe? Ich warte auf eine schlagfertige Antwort, und als keine kommt, schaue ich Dylan an. Sie lächelt nicht und mir wird klar, dass es um etwas Wichtiges geht.

»Was willst du mir denn schenken?«, frage ich.

Geheimnisvoll sagt sie, man könne es nur ein einziges Mal weggeben … an eine einzige Person. Mein Herz beginnt zu rasen und meine Augenbrauen schießen nach oben.

»Ach ja?«, bringe ich hervor.

»Ja«, sagt sie lächelnd.

»Bist du sicher?«, frage ich.

»Gray, ich liebe dich«, sagt sie, »mehr als sonst einen Menschen auf der Welt. Deshalb werde ich mir hinterher bestimmt keine Vorwürfe machen. Im Gegenteil, ich würde es bereuen, wenn wir es nicht tun. Also, möchtest du das Geschenk haben?«

Ich schnappe mir ihre Hand, ziehe sie auf die Füße und muss mich anstrengen, sie nicht im Laufschritt zum Hotel zu zerren. In meinem Kopf dreht sich alles und meine Gedanken purzeln wild durcheinander: Habe ich gleich Sex? Ich habe gleich Sex! Ach du Scheiße, ich habe gleich Sex. Dazu braucht man Kondome, richtig? Aber wo bekommt man die jetzt her? Warum habe ich die verdammten Kondome nicht mitgenommen?!

Wir marschieren mit langen Schritten über den Sand, doch das Hotel scheint nur zentimeterweise näher zu kommen, als wolle es mich zum Wahnsinn treiben. Dylan liest wieder einmal meine Gedanken und verkündet, dass sie Kondome eingepackt hat. Am liebsten würde ich sie hochheben und im Kreis herumwirbeln, denn das ist die zweitbeste Nachricht meines Lebens. Aber ich habe es zu eilig, ins Hotel zu kommen.

»Das war nicht sehr ladylike von mir, oder?«, fragt sie.

Ich grinse und sofort breitet sich auch auf ihrem Gesicht ein beruhigtes Lächeln aus. »Gar nicht ladylike. Genau deshalb liebe ich dich so.«

Sie sagt, dass sie schon eine Weile über Sex nachgedacht hat, aber auf den richtigen Moment warten wollte, um mich zu überraschen.

Okay, das ist gut. Ich hatte schon befürchtet, das Ganze sei eine ihrer spontanen Ideen. Aber wenn sie sich die Sache länger überlegt hat, kann ich sicher sein, dass sie es wirklich will. Wir betreten die Eingangshalle, und ich versuche, den Mann am Empfang nicht breit anzugrinsen. Die Versuchung ist groß, lauthals zu krähen: »Ich habe gleich Sex! Mit dieser umwerfenden Frau! Sie will mit mir Sex haben. Ich musste nicht mal fragen. Sie wollte einfach Sex. Mit mir! Kaum zu fassen, oder?« Ich atme mehrmals tief durch und versuche nicht daran zu denken, dass dieser Moment das Highlight meines Lebens ist. Mich mit dem Empfangschef abzuklatschen, würde wahrscheinlich keinen coolen Eindruck machen.

***

Durch den Flur steuern wir auf den Fahrstuhl zu, der uns in den dritten Stock bringt. Wir gehen Hand in Hand und meine Finger sind schweißnass, während sich ihre völlig entspannt anfühlen. Gibt es eigentlich nichts, was dieses Mädchen aus der Ruhe bringt?

Ich habe Schwierigkeiten, die Magnetkarte in den Türschlitz zu stecken, aber schließlich gelingt es mir. Eine Meeresbrise lässt die Vorhänge ins Zimmer wehen. Ich hänge das ›Bitte, nicht stören‹-Schild an die Klinke, bevor ich grinsend die Tür schließe. Das wollte ich immer schon mal tun.

Dann drehe ich mich um und schaue Dylan an. Sie steht nur ein paar Schritte entfernt und mustert mich mit einem kleinen Lächeln. Ab diesem Moment wird es heikel. Wie geht es denn nun weiter? Soll ich mich wild auf sie werfen? Oder möchte sie es lieber langsam und vorsichtig? Ziehe ich mich selbst aus, oder warte ich, bis Dylan das übernimmt? Vielleicht sollte ich aufhören, wie ein ahnungsloser Idiot herumzustehen, bevor sie ihre Meinung ändert.

Sie setzt sich aufs Bett und schaut mich unverwandt an. Dabei zieht sie sich in Zeitlupe die Schuhe von den Füßen. Oh, Gott. Seit wann ist Dylan so unverschämt sexy? Und wieso rühre ich mich nicht? Ich komme mir vor wie eine zwei Meter große Salzsäule.

Krächzend behaupte ich, dass ich auf Toilette muss, und flüchte ins Bad. Ich ziehe die Tür zu und versuche zu pinkeln, aber mein Penis steht schon senkrecht in die Höhe. Na toll. Ich bin sicher, dieses kleine Detail ist ihr nicht entgangen. Dabei haben wir uns noch nicht mal geküsst. Kopfschüttelnd gebe ich mir Mühe, ein paar Tropfen loszuwerden. Dann ziehe ich die Hose wieder hoch, sodass mein Ständer weniger offensichtlich ist. Ich starre mich selbst im Spiegel an und halte kurz mein Gesicht unter kaltes Wasser, um mich abzuregen. Mein Gesicht ist hitzig rot.

Ich konzentriere mich auf eine entscheidende Aufgabe. Durchhalten, Gray. Du musst möglichst lange durchhalten. Nicht zwei schnelle Stöße und Schluss. So ein Loser bist du nicht. Du hast deinen Körper im Griff.

Sieh es als sportliche Herausforderung.

Denk an die Tabelle der Baseball-Liga.

Zähl alle Süßigkeitsmarken auf, die du kennst.

Denk nur nicht daran, wie sich ihr Körper anfühlt. Denn sobald das passiert, ist die Show vorbei.

Okay, ich höre mich an wie ein Motivationstrainer. Schluss mit den Anfeuerungsreden. Ich atme tief durch. Jetzt ist der Moment. Geh da raus und mach, wozu du geboren wurdest.

Ich öffne die Badezimmertür und Dylan sitzt immer noch auf dem Bett. Sie hat die Beine gekreuzt, lehnt sich auf ihren langen Armen zurück und versprüht ein so entspanntes Selbstbewusstsein, dass man damit Aufklärungsbroschüren bebildern könnte. Ich bin ein bisschen neidisch. Neben ihr auf dem Bett liegen die Kondome. Ich schaue auf die Packung und beiße mir auf die Lippen. Ob sie mir eines davon überstreifen will? Okay, das stelle ich mir seltsam vor. Vielleicht weiß sie nicht richtig, wie es funktioniert, und ich muss ihr alles Schritt für Schritt erklären wie mein Biolehrer in Sexualkunde? Ich starre Dylan an und zögere. Wieso bin ich so nervös? Komm schon, Gray! Benutz deine animalischen Instinkte.

»Bist du wirklich sicher?«, frage ich noch einmal.

Ich will nicht, dass sie sich gedrängt fühlt. Manche Mädchen entscheiden sich im letzten Moment anders. Geraten in Panik. Das kann ich gut verstehen. Sie müssen uns schließlich in sich reinlassen, nicht umgekehrt. Und beim ersten Mal kann der Schmerz größer sein als die Lust. Ich will Dylan nicht wehtun. Bei dem Gedanken verliere ich fast die Nerven und lasse die ganze Sache bleiben.

Da steht Dylan vom Bett auf und kommt auf mich zu. Sie legt die Arme um meinen Hals und gibt mir einen Beruhigungskuss. Er beginnt ganz zart, aber dann öffnet sie ihre Lippen und ich höre schlagartig auf zu denken. Plötzlich weiß ich nur noch, wie sie sich anfühlt und wie sie schmeckt. Meine Finger graben sich in Dylans Hüften und ich spüre den Kleiderstoff zwischen den Fingern, zerre und knete, bis ich ihn fast von ihrem Körper reiße. Wir fallen rückwärts aufs Bett.

Ich brauche mir um nichts Sorgen zu machen. Schließlich bin ich hier bei Dylan. Sie und ich … das ist von vornherein perfekt. Egal, was passiert. Diese Erkenntnis gibt mir das nötige Selbstvertrauen, um endlich aktiv zu werden, sie schwungvoll auszuziehen und ihr zu zeigen, wie sehr ich sie liebe.

Erster Atemzug

Dylan

Wir liegen auf dem Bett ausgestreckt, splitternackt und unbedeckt, denn die Decken haben wir auf den Boden gestrampelt. Unsere Körperwärme ist genug. Ich atme immer noch heftig. Gray ebenfalls. Sonst höre ich nichts, außer meinem trommelnden Herzschlag. Das Zimmer ist dunkel, nur vom Licht der Straßenlaternen erhellt.

Ich seufze wohlig, total entspannt und absurd glücklich. Gray streicht mit der Hand durch meine Haare. Ich schiebe mein Gesicht an die Stelle unterhalb seines Halses, wo eine perfekt passende Mulde ist. Sein anderer Arm liegt um meine Taille und hält mich fest, als wolle er mich nie wieder loslassen.

Wir sprechen ein bisschen darüber, was gerade passiert ist. Ich gebe zu, dass es zuerst wehgetan hat, aber dann habe ich mich entspannt, und plötzlich war es wundervoll. Ich hebe den Kopf und wir schauen beide in Richtung des Weckers.

»Du hast fast fünf Minuten durchgehalten«, stelle ich fest und Gray zuckt zusammen.

»Ich hatte gehofft, so genau würdest du das nicht merken«, sagt er.

»Nicht gut?«, frage ich und er lacht.

»Nein«, sagt er. »Eher peinlich. Aber ich habe schon jedes bisschen Disziplin gebraucht, um mich so lange zu beherrschen.«

Gray versichert mir, dass Sex mit jedem Mal besser wird, und wir sind uns einig, dass wir gerne noch öfter üben wollen. Er bietet an, einen Trainingsplan aufzustellen, und beginnt zu fantasieren:

Am Morgen starten wir mit Aufwachgymnastik, danach folgt Sex, dann ein Frühstück mit energiereichen Kohlehydraten, anschließend Sex. Am Abend einige Dehnübungen vor dem Sex und ein gründliches Abkühlen, gefolgt von Sex. Zum Schlafengehen eine Portion Eiscreme mit Schokolade und erholsames Durchschlummern bis zum morgendlichen Sexprogramm.

Ich streife mit den Lippen seine warme Schulter. »Schön zu wissen, dass du denkst wie jeder normale gesunde Mann.«

***

Gray wäre damit zufrieden, den nächsten Tag vollständig im Bett zu verbringen, aber die strahlende Sonne lockt mich nach draußen. Als er endlich aus dem Bad kommt, erzähle ich ihm, dass ich einen Wanderpfad im Zentrum von Los Angeles gefunden habe.

»Die Frau am Empfang hat ihn empfohlen«, sage ich.

Gray ist der Meinung, jetzt habe ich endgültig den Verstand verloren.

»In L. A. ist es nicht mal üblich, überhaupt zu Fuß zu gehen. Vom Wandern ganz zu schweigen«, sagt er.

Aber ich bin entschlossen, es auszuprobieren, also fahren wir in den Westen der Stadt. Nördlich des Hollywood Boulevard liegt ein Park in den Hügeln, der sich Runyon Canyon nennt. Wir finden auf der Vista Street einen Parkplatz und marschieren den steilen Pflasterweg zum Eingang hoch. Menschentrauben kommen und gehen, alle genießen den wundervollen Sonnentag. Gray starrt mit offenem Mund auf die perfekten, eingeölten Körper um uns herum. Ich bin ziemlich sicher, dass wir weit und breit die einzigen Leute in schlabberigen T-Shirts sind.

»Bist du sicher, dass man den Park benutzen darf, wenn man kein Supermodel ist?«, fragt Gray. Doch ich bin zu begeistert von den vielen herumwuselnden Hunden, um auf die Menschen zu achten.

Wir wandern einen Schotterweg hinauf, der sich langsam über das Stadtpanorama erhebt. Ab und zu bleiben wir stehen und betrachten die Hochhäuser, die wie eine Fata Morgana in den hitzeflimmernden Smoghimmel ragen. Gray zeigt mir die Bürotürme von Westwood, die Filmstudios von Century City und das Hiphop-Ghetto South Central. Am höchsten Punkt haben wir einen guten Blick auf die Multimillionärsvillen, die sich in den Hollywood Hills zusammendrängen. Ich fotografiere den berühmten Hollywood-Schriftzug, der aussieht, als wäre er von ewigem Rampenlicht beschienen. Als ich mich umdrehe, um den Weg wieder zurückzugehen, hält Gray mich am Arm fest und zeigt auf ein offenes Parktor am Ende der Wanderstrecke. Wir gehen hindurch und stellen fest, dass wir am Mulholland Drive stehen.

Gray erklärt, dass es sich dabei um die bekannteste Aussichtsstraße in L. A. handelt. Sie windet sich in engen Kurven über die Hügel und verbindet die Villengebiete mit der City.

»Wir können hier später mit dem Auto langfahren«, schlägt er vor. »Einen besseren Blick auf die Stadt bekommt man nirgends.« Er will zurück durch das Tor gehen, aber da packe ich ihn am Shirt.

»Ich will die Aussicht lieber zu Fuß erleben. Jetzt gleich«, sage ich.

Wir stehen direkt an einer Kurve und schauen zu, wie ein Auto nach dem anderen mit überhöhter Geschwindigkeit um die Ecke biegt. Gray schüttelt den Kopf und erklärt, er sei die Strecke schon oft gefahren und habe noch nie einen Fußgänger gesehen.

»Wieso nicht?«, frage ich, gerade als ein Mercedes vorbeiprescht und mir fast das Knie abrasiert. Ich springe zurück und der Fahrer wird nicht etwa langsamer, sondern hupt uns an und steckt den Kopf aus dem Fenster.

»Ihr solltet mit dem Kiffen aufhören!«, brüllt er.

Gray nickt dem Typen zu. »Danke für den Tipp«, ruft er zurück und winkt. Ich winke ebenfalls mit breitem Grinsen.

»Niemand kann uns verbieten, eine Aussichtsstraße entlangzugehen«, sage ich störrisch, obwohl gerade ein weiteres Auto haarscharf an uns vorbeischießt.

Gray verdreht die Augen und gibt auf. Seine vernünftigen Einwände haben nie eine Chance gegen meine verrückten Ideen. Er bietet an, meine klobige Kamera zu tragen. Dann läuft er los und ich hinterher. Die Straße ist so steil, dass man automatisch immer schneller wird. Autos schrammen gefährlich nah an uns vorbei. Ich muss beim Rennen lachen und kann nicht wieder aufhören, weil niemand außer uns hirnverbrannt genug für so eine Aktion wäre (oder weil ich von den ganzen Abgasen high bin).

Wir finden bald heraus, warum der Mulholland Drive für Fußgänger wirklich nicht geeignet ist. Es gibt keinen noch so schmalen Bürgersteig, zum Teil fehlen sogar die Seitenstreifen. Jogging auf der Autobahn wäre gesünder.

Als wir eine Aussichtsplattform am Straßenrand erreichen, halten wir eine Weile an, um wieder zu Atem zu kommen. Gray zeigt mir den Highway 101, dessen dichter Verkehr sich unter uns entlang schiebt. In der Ferne sieht man die Hollywood Bowl, wo Gray schon ein paar Live-Konzerte miterlebt hat. Dann zieht er mich weiter und wir rennen wieder los. Dabei winken wir den Autos und Touristenbussen zu. Ich bekomme Seitenstechen, weil ich wieder gleichzeitig laufe und lache. Gray ruft über die Schulter, dass wir noch ein paar Meilen vor uns haben.

Irgendwann pendeln wir uns auf ein gleichmäßiges Tempo ein. Ich beginne im Lauftakt *Like a Rolling Stone* zu singen und Gray schmettert den Refrain mit. Meine Beinmuskeln brennen, Schweiß läuft mir über die Brust. Als der Mulholland Drive endlich zu Ende ist, geht er nahtlos in den Cahuenga Boulevard über. Diese Parallelstrecke zum Highway 101 ist schnurgerade und die Autofahrer benutzen ihn als Schnellstraße. Wir drücken uns eng an den Rand, denn noch immer ist kein Bürgersteig in Sicht. Manche Wagen rasen mit 120 km/h an uns vorbei. Ich weiß kaum, ob ich kreischen oder lachen soll. Als Gray fragt, ob alles okay ist, fehlt mir die Luft zum Antworten.

Eine Auffahrt zum Highway schneidet uns den Weg ab, und uns bleibt nichts übrig, als sie zu überqueren. Natürlich ist niemand bereit, für zwei Verrückte zu bremsen, die eine mehrspurige Straße als Joggingstrecke benutzen. Aber irgendwann ergibt sich eine winzige Lücke im Verkehr und Gray und ich rennen um unser Leben.

Wir schaffen es bis zur anderen Seite und als Belohnung erwartet uns bald darauf ein breiter Seitenstreifen, den wir als Bürgersteig benutzen können. Am Eingang zur Hollywood Bowl spenden Eukalyptusbäume Schatten. Gray hält an und sagt, ich soll ein Blatt zwischen den Fingern knicken und daran riechen. Wir nehmen beide eine ganze Handvoll und atmen den minzefrischen, süßlichen Duft ein. Nach den Abgasen ist das eine angenehme Abwechslung.

Als wir an der Franklin Street vorbei sind, geraten wir in einen Stau und laufen an Spuren voller ungeduldig wartender Autos vorbei. Reifen quietschen und Hupen dröhnen. Ich schaue mir die vielen Leute an, die an diesem herrlichen Sommertag in ihren kleinen Metallkästen sitzen, und fühle mich unendlich frei. Eigentlich benehmen sie sich viel verrückter als wir. In die verdutzten und empörten Blicke, die sie uns zuwerfen, mischt sich bestimmt eine gehörige Portion Neid.

Als wir uns dem Hollywood Boulevard nähern, gibt es zum ersten Mal seit Ewigkeiten einen Bürgersteig. Ich nehme meine restliche Energie zusammen und sprinte los, als müsse ich bei einem Wettrennen gewinnen. Gray ist entschlossen, mich zu überholen, und wir sausen im Zickzack um die Touristen herum. Ich schreie: »Da vorne ist Cher!«, und Gray schreit zurück, dass wir gerade an Alec Baldwin vorbeigekommen sind. Die Leute drehen sich um und starren. Als wir den Hollywood Boulevard erreicht haben, sind wir beide überhitzt und schweißnass.

Wir beenden unseren Wettstreit, kaufen zwei Wasserflaschen

und schlendern zwischen den Touristen herum. Auf dem Weg begegnen uns Captain Jack Sparrow, Spiderman und der Hulk. Ich lasse mich mit jedem von ihnen fotografieren. Mittags verdrücken wir ein paar Sandwiches und dann zieht Gray mich in einen Musikladen, wo wir Stunden damit zubringen, uns durch mehr CDs zu arbeiten, als ich in meinem ganzen Leben gesehen habe.

Ich frage Gray, warum ihm Musik so wichtig ist. Er schaut mich an und seine blauen Augen leuchten wie der Himmel. Sein Gesicht ist erhitzt, seine Frisur verwuschelt, und es gibt ganz bestimmt niemanden in L. A., der perfekter aussieht. Er greift nach einer Haarsträhne, die mir in die Stirn gefallen ist, zwirbelt sie zwischen den Fingern zusammen und versucht sie zurück in meinen Pferdeschwanz zu stecken. Bei seiner Berührung macht mein Magen einen Hüpfer. Grays Blick sagt deutlich, woran er gerade denkt. Sex. Bestimmt kommt ihm dieser Gedanke heute zum hundertsten Mal. Er hat schon den ganzen Tag so ein inneres Leuchten. Mir geht es ähnlich. Ständig erinnere ich mich an gestern Nacht. Und an heute früh. Und an heute etwas weniger früh. Hoffentlich tun wir es bald wieder. Na gut, zuerst sollten wir wohl duschen.

»Gray«, sage ich, und er blinzelt sich in die Realität zurück. Grinsend fahre ich fort: »Hör auf, an Sex zu denken, und gib mir eine Antwort auf meine Frage.« Er wird rot und behauptet, dieses Thema sei ihm überhaupt nicht in den Sinn gekommen.

»Klar«, kontere ich. »Man sieht dir an der Nasenspitze an, wenn dein Schniedel das Kommando übernimmt.«

Er zuckt mit den Schultern und wendet sich der Frage zu, warum ihm Musik so viel bedeutet. »Schwer zu erklären«, meint er. »Weil sie manchmal das ganze Leben verändern kann.« Ich sage, er soll mir ein Beispiel geben.

Während er die Alben durchgeht, philosophiert er, dass Musik jede Stimmung schlagartig verändern kann. Sie lässt Erinnerungen lebendig werden und alles greifbar erscheinen, was man sich erträumt.

»Ich bin total überzeugt, dass einige Musiker magische Kräfte haben«, sagt er. »Leute wie Bob Dylan, die Beatles oder Paul Simon.« Von bestimmten Songs wird man wie mit einer Zeitmaschine in die Vergangenheit oder die Zukunft geschleudert. Musik kann Tote erwecken, in Trance versetzen und süchtig machen.

Er zieht ein U2-Album hervor und zeigt auf die Titelliste.

»Ich kann noch so schlecht drauf sein, ein einziger Song genügt, um alle negativen Gedanken aus meinem Kopf zu verjagen. Solange die Musik läuft, ärgere ich mich über nichts und höre auf, mir Sorgen zu machen. Solche Songs sind besser als Medizin. Danach fühlt man sich wie neu.«

Er entscheidet sich für fünf heruntergesetzte CDs und ich kaufe ein Best-of-Album mit Lovesongs für zwei Dollar. Als wir wieder auf der Straße sind, lege ich die CD auf den Boden. Gray fragt mich, was das soll, aber ich nehme ihn stumm bei der Hand und führe ihn zu einer Bank auf der anderen Straßenseite. Wir setzen uns hin und schauen zu, wie Leute vorbeischlendern und die CD neugierig betrachten. Eine Frau mit zwei Kindern bleibt stehen, hebt sie aber nicht auf. Schließlich kommt ein Mann vorbei, der sich bückt und die CD näher anschaut. Er sieht aus wie ein Geschäftsmann im korrekten Anzug, hat graues Haar und wirkt müde. Seine Frisur ist durcheinandergeraten. Er schaut sich um, zuckt mit den Schultern und steckt die CD in seine Aktentasche. Ich lächele zu Gray hoch und sage, vielleicht kann der Mann gerade jetzt ein paar Lovesongs gebrauchen. Vielleicht verändert die Musik sein Leben.

Wir gehen zurück zum Auto und versorgen uns in einem Drive-In mit Fastfood. Grays Wagen hat ein kleines Schiebedach und wir setzen uns so, dass uns die Sonne von oben bescheint, während wir essen und Musik hören. Von der Joggingtour sind unsere Muskeln verspannt und die Haut ausgetrocknet, also haben wir einen Grund, uns gegenseitig ausgiebig einzucremen und die Beine zu massieren. Dann fahren wir zurück ins Hotel und Gray protestiert nicht dagegen, unglaublich früh ins Bett zu gehen. Er dürfte ahnen, was ihn dort erwartet. Ich will ihn fragen, ob ihm der Tag gefallen hat, doch er kommt mir zuvor und sagt, so viel Spaß wie heute hätte er noch nie gehabt.

Gray

Nach unserer L. A.-Tour laufe ich noch tagelang mit dem federnden Schritt herum, der weithin verkündet: Ich hatte Sex! Dieser Gang ist ziemlich unverkennbar. Man schwebt wie auf Wolken und hält den Kopf ein ganzes Stück höher als sonst. Man grinst die ganze Zeit auf penetrante Art und zwinkert wildfremden Leuten zu, als müsste man Sternenstaub aus den Augen blinzeln. Man geht aufrecht und stolz, mit geradem Rücken und breiten Schultern, denn einem ist klar, wie unglaublich sexy man ist. Schließlich hat man den handfesten Beweis: Ein Mädchen war mit einem im Bett.

Und was denkt man währenddessen? Na klar. Wann bekomme ich die nächste Runde Sex?

Das Beste an diesem Zustand ist, dass einen nichts runterziehen kann. Worte gleiten an einem ab. Die Leute sind einem egal. Niemand geht einem auf die Nerven. Man steckt mental in einer kugelsicheren Weste und ist total von sich überzeugt. Eigentlich müsste jemand einen roten Teppich ausrollen und Horden von Reportern müssten einen bestürmen, um das Geheimnis dieses Erfolgs zu erfahren. »Wie haben Sie das nur gemacht? Wieso hat diese fantastische Frau gerade Sie ausgewählt?«

Die ganze Welt ist wieder im Lot. *Sexual Healing*. Marvin Gaye hatte mit seinem Song absolut recht.

Erste Lebenslust

Gray

In einer Woche endet Dylans Ferienzeit bei ihrer Tante. Ich weigere mich, darüber nachzudenken. Das ist immer noch einfacher, als mir einzugestehen, dass alle meine Wünsche nichts an dieser Tatsache ändern werden.

Natürlich könnte ich mich in Trauer vergraben, weil Dylan weggehen wird. Vielleicht sollte ich mich innerlich zurückziehen. Schließlich ist es ziemlich sinnlos, mich jeden Tag mehr in Dylan zu verlieben, wenn demnächst alles vorbei ist. Wer tut sich so einen Schmerz schon freiwillig an? Ich hatte in meinem Leben ja wohl genug Trauer und Leid.

Andererseits … wenn ich vorher gewusst hätte, dass Amanda bald stirbt, wäre ich dann auf Distanz gegangen? Um es für mich leichter zu machen? Was für ein bescheuerter Gedanke. Natürlich hätte ich so viel Zeit mit ihr verbracht wie möglich. Ich hätte jede Minute festgehalten und ganz bewusst genossen. Die letzten Tage hätte ich als Chance verstanden, ihr zu zeigen, dass ich sie liebe und wie sehr sie mein Leben bereichert hat. Ich hätte ihr gesagt, wie erstaunlich ich alles an ihr finde. Wenn man Menschen kennt, die einen berühren, glücklich machen, zu Höhenflügen inspirieren, dann ist jeder Moment mit ihnen heilig, weil man nie wissen kann, wie viel gemeinsame Zeit man noch hat.

Also verbringen wir unsere gesamte Zeit miteinander. Ich bin vom Aufwachen bis zum Schlafengehen mit Dylan zusammen. Nur zur Arbeit reiße ich mich los. Wir streichen gemeinsam Wände für ihre Tante Diane-Dan. Wir gehen auf Wandertouren durch die Stadt. Mir ist beides recht, denn am Ende dieser Aktivitäten müssen wir unter die Dusche, und wenn wir erst einmal nackt sind, endet es mit Sex. Himmlischem Sex. Psychedelischem Sex. Suchtgefährdendem Sex. Ich kann an gar nichts anderes mehr denken. Je mehr ich bekomme, desto mehr brauche ich. Außerdem werde ich immer geschickter darin. Inzwischen habe ich herausgefunden, wie ich Dylan berühren muss, damit ihre Beine zittern, ihr Rücken sich krümmt und ihr Atem sich in ein stoßweises Stöhnen verwandelt. Es stimmt wirklich, dass Sex mit jedem Mal besser wird. Übrigens hat mir nie jemand gesagt, dass es genialer sein kann, ein Mädchen zum Orgasmus zu bringen, als selbst einen zu haben. Aber ich bin froh, dass ich diese Entdeckung auf eigene Faust machen konnte.

Zuhause bin ich fast gar nicht mehr. Meine Eltern behandeln meinen »Gefühlssturm« (so hat Dylan die Konfrontation zwischen meine Eltern und mir getauft) genauso wie der Name schon sagt: als hätte eine unerwartete Orkanböe unser Leben durcheinandergeschüttelt, die aber glücklicherweise schnell wieder abgezogen ist. Nur eine Laune der Natur. Vorbei und vergessen. Unsere Familie ist wieder zu der alten Vermeidungsstrategie zurückgekehrt, die so herrlich ungefährlich ist. Ehrlich gesagt kotzt es mich an. Unsere Unterhaltungen in den letzten Tagen hatten die emotionale Tiefe von Zeitungsschlagzeilen. Kurz – informativ – ohne Story dahinter. Früher haben mir solche Scheingespräche ausgereicht, aber Dylan hat mir beigebracht, mehr von Menschen zu erwarten.

***

Am Samstagnachmittag entdecke ich meine Eltern beide im Wohnzimmer. Die mörderische Hitze hat sie nach drinnen flüchten lassen. Ich bin auf dem Weg zu Dylan, um ihr einen neuen Wanderpfad zu zeigen. Anscheinend hat sie den Weg zum Silly Mountain noch nicht selbst entdeckt. Mein Vater wirft mir einen seltsamen Blick zu, als ich in den Raum komme. So als würde er sich tatsächlich freuen, mich zu sehen. Vielleicht will er ausnahmsweise über etwas anderes reden als das Wetter und den Termin seiner nächsten Geschäftsreise?

Er sagt mir, dass Coach Clark gestern angerufen hat, um das Stipendium zu besprechen. Dann räuspert er sich. Seine Miene zeigt eine gewisse Verblüffung.

»Er hat behauptet, dass du bereits fest zugesagt hast.«

Ich nicke, denn das habe ich tatsächlich. Außerdem habe ich eine Liste guter Gründe, die ich auf Dad abfeuern kann. Ich bin erwachsen. Sie können mich nicht aufhalten. Ich brauche ihr Geld nicht. Mir wird ganz sicher nichts passieren. Die Ausbildung ist kostenlos. Wir leben in einem freien Land. Ich bestimme über meine Zukunft. Eigentlich sollten sie mit gutem Beispiel vorangehen und ihr eigenes Leben in den Griff bekommen.

Aber Dad will sich gar nicht mit mir streiten.

Ich sehe Erleichterung in seinem Blick. Und noch etwas, das mir ganz fremd vorkommt. Er wirkt glücklich. Tatsächlich sieht er glücklicher aus als in den ganzen Monaten seit Amandas Tod.

»Du bist einverstanden, dass ich nach New Mexico gehe und Baseball spiele?«, frage ich.

»Natürlich«, sagt er. Dad steht auf, geht auf mich zu und legt mir die Hände auf die Schultern. Er sagt, meine Entscheidung sei genau richtig, und er sei sehr stolz auf mich, weil ich die Initiative ergriffen habe. Ich starre ihn an und merke dabei zum ersten Mal, dass wir inzwischen gleich groß sind.

»Wirklich?«, frage ich.

»Du hattest recht. So eine Chance wirft man nicht weg.«

Ich nicke und mein Blick huscht in Moms Richtung. Sie starrt stumm zu Boden.

»Sieht ganz so aus, als würde ich in Zukunft öfter Dienstreisen nach Albuquerque machen«, sagt Dad. Nach einer kurzen Pause fügt er hinzu, dass er schon länger über eine Familientherapie nachgedacht habe. Er konnte sich nur nicht vorstellen, dass ich bei so etwas mitmachen würde. Als ich das Thema selbst angeschnitten habe, war er regelrecht geschockt.

Ich zucke mit den Achseln. Stimmt, man tut schon erstaunliche Dinge, wenn jemand an einen glaubt. Mein Vater versichert noch einmal, dass er sich freut, wenn ich wieder mit Baseball anfange. Nichts könnte ihn und Mom stolzer machen, als mich auf dem Spielfeld zu sehen.

»Ich habe schon ein paar Termine mit einem Therapeuten vereinbart«, sagt er. »Vielleicht ein bisschen überstürzt, aber so können wir noch zusammen hingehen, bevor du wegziehst.«

Damit bin ich total einverstanden und das sage ich ihm auch. Als ich diesmal in Moms Richtung schaue, hat sie die Hände im Schoß gefaltet und nickt mir langsam zu. Sie seufzt und klingt, als würde jeder Atemzug ihr schwerfallen. Von uns allen leidet sie am meisten. Sie ist an Amandas Tod zerbrochen. Seit dem Unfall hat sie sich immer mehr in sich selbst zurückgezogen. Wenn ich sie sehe, denke ich an ein verglimmendes Stück Papier im Kaminfeuer, das sich an den Rändern zusammenkrümmt, sich einrollt und verschrumpelt, bis es am Ende ganz verschwunden ist. Ich hatte Angst, dass irgendwann nur noch Dunkelheit und Asche von ihr übrig bleiben würden.

Jetzt laufen ihr die Tränen über die Wangen und sie ringt rasselnd nach Luft. Ich ertrage es kaum, sie so leiden zu sehen, und würde alles tun, damit es aufhört. Die Leute sagen, dass Zeit alle Wunden heilt, aber inzwischen weiß ich, dass Trauer sich zu immer neuen Wellen auftürmt und die Gefühle sich im Kreis drehen. Du wachst eines Morgens mit ungewohnter Energie auf, als hätte sich die Dunkelheit verzogen, und gehst an die Aufgabe, ins normale Leben zurückzukehren. Aber dann passiert irgendeine Kleinigkeit, durch die du an deine Trauer erinnert wirst. Es genügt schon ein Song im Radio, ein Filmtitel, ein Foto … und der Schmerz überfällt dich aus heiterem Himmel, tritt dir in die Rippen, wo dein

Herz sein sollte, und ertränkt dich in einer Flut aus Erinnerungen. Ein erbarmungsloser Kreislauf, der dich auspowert und dir die Kraft zum Kämpfen nimmt, weil es sich anfühlt, als würdest du in jeder neuen Runde härter zu Boden gehen. Du fühlst dich grün und blau geschlagen und irgendwann bist du zu erschöpft, um dich noch einmal aufzurappeln und es wieder zu versuchen. Du bleibst einfach liegen. Das ist mit meiner Mom passiert.

Jetzt steht sie auf, kommt auf mich zu und fällt mir regelrecht in die Arme. Zuerst bin ich so überrascht, dass ich mich nicht rühren kann. Dann ziehe ich ihren dünnen, zitternden Körper an mich und halte sie ganz fest, während sie in mein T-Shirt weint.

»Es tut mir so leid, Gray«, sagt sie und bringt die Worte kaum heraus, weil die Tränen ihr die Luft abschnüren. »Du hast mich gebraucht und ich war nicht da. Aber ich liebe dich mehr als alles auf der Welt. Das weißt du doch, oder?«

Ich nicke und sage, dass ich sie genauso lieb habe.

»Kannst du mir verzeihen?«, stößt sie schluchzend hervor.

Ich muss schlucken. Natürlich verzeihe ich ihr. Ich versichere meiner Mom, dass ich nie auf sie wütend war. Kein kleines bisschen.

»Und ich verlasse euch nicht, ich gehe einfach nur aufs College«, sage ich. »Wir bleiben immer eine Familie. Ehrenwort.«

Inzwischen weinen wir alle. Zum ersten Mal seit Amandas Tod sind Tränen eine Erleichterung, anstatt zu ersticken, blind zu machen und alles nur zu verschlimmern. Die Trauer herauszulassen fühlt sich an wie ein Erwachen. Eine rituelle Reinigung. Ein kleiner Schritt nach vorn.

***

Ich kämpfe meinen Stolz nieder und rufe bei meinem Ex-Besten-Kumpel Brandon Stack an. Wenn ich ernsthaft vorhabe, alle mit meinem grandiosen Comeback zu verblüffen, brauche ich so viel Training, wie ich kriegen kann. Ich erzähle ihm von New Mexico und er freut sich unglaublich für mich. Er überschüttet mich mit Glückwünschen, lobt das Team über alle Maßen und sagt, Coach Clark sei der beste Trainer weit und breit. Wir reden stundenlang. Er ist begeistert von der Idee, mich wieder fit zu machen, bevor ich wegziehe. Zwar gibt es im Moment kein offizielles Training, aber er trifft sich trotzdem regelmäßig mit ein paar Teamkollegen. Ich kann jederzeit dazukommen. Dankbar nehme ich an. Er sagt, wie toll er es findet, dass ich mich gemeldet habe. Bevor ich recht weiß, wie mir geschieht, habe ich meinen besten Freund zurück.

Ich dachte, er würde verbittert reagieren und mir vorwerfen, dass ich ihn fast ein Jahr lang geschnitten habe. Ich hatte erwartet, dass er mich am ausgestreckten Arm verhungern lässt, weil ich es mit ihm genauso gemacht habe. Aber nichts davon ist geschehen. Seit Ewigkeiten habe ich ihn auf Abstand gehalten und mir eingebildet, er sei arrogant geworden und würde nur noch an sich selbst denken. In Wirklichkeit war ich derjenige, dem alle anderen egal geworden sind. Ich habe mir eingeredet, mein ganzes Leben sei eine Tragödie und meine Zukunft ein Haufen Scherben, während Brandon Stack der glückliche Goldjunge ist, dem jede Tür offensteht. Lange Zeit war ich so am Boden, dass mich selbst der Gedanke an Freundschaft zu viel Energie gekostet hat. Wie sollte ich Interesse an Menschen aufbringen, wenn ich mich anstrengen musste, überhaupt weiterzuatmen? Im Nachhinein bin ich überrascht, dass ich wenigstens ab und zu schlafen konnte, ohne Tabletten einzuwerfen.

Während ich zu Dylan fahre, wird mir ganz schwindelig von den vielen Veränderungen in meinem Leben. Ich versuche immer noch, mit dem Gedanken klarzukommen, dass ich glücklich sein darf. Die Zukunft fühlt sich wieder aufregend an und trotzdem muss ich kein schlechtes Gewissen haben.

Nun fehlt zur Vollendung nur noch eine Person, die mein Leben perfekt macht, sodass alle es wie ein Kunstwerk bestaunen können.

Dylan hat mich völlig verändert. Und in vier Tagen reist sie ab.

Wenn man das Gefühl hat, dass die Welt nur noch aus einer Person besteht, wie kann man sie gehen lassen? Wie kommt man über einen Menschen hinweg, den man nie vergessen wird? Dafür gibt es nur eine Lösung. Ich kann nicht erlauben, dass sie aus meinem Leben verschwindet. Ich muss Dylan überzeugen, dass sie mit mir nach New Mexico zieht.

Erstes Carpe Diem

Gray

Wir hatten den ganzen Morgen Sex und ich schaffe es noch immer nicht, länger als bescheuerte acht Minuten durchzuhalten. Dylan ist das egal, aber mir nicht. Dieses Mal soll sie genug Zeit haben, es richtig zu genießen. Mein Ehrgeiz ist geweckt.

Ich schließe die Augen und versuche, mich auf Baseball-Statistik zu konzentrieren. Komm schon, Gray, das ist nur eine Frage der Willenskraft. Wie lautet die Aufstellung der Arizona Diamondbacks? 1. Position: Adam LaRoche. 2. Position: Kelly Johnson, 3. Position: Mark Reynolds.

Ich keuche. Fast wäre es passiert. Nein, ich halte durch. Wo war ich eben? 3. Position. Alles … klar. Wie heißt der Shortstop? Egal, solange ich hier nicht mit einem Schnellschuss stoppe. Okay, der Fänger ist Miguel Montero. Left Field: Gerardo Parra. Mittelfeld: Chris Young. Right Field: Justin Upton.

Nur drei Minuten länger. Okay, du bist noch im Spiel, Gray, du schaffst es! Drei Minuten. Du willst punkten, also reiß dich zusammen.

»Dylan, warte, nicht so schnell.«

»Wieso?«

»Ich versuche durchzuhalten.«

Ihre feuchte Wange presst sich an meine und ihr heißer Atem kitzelt in meinem Ohr. »Denk an den hässlichsten Lehrer deiner Schulzeit«, sagt sie. Dann leckt sie mein Ohrläppchen.

Ich muss lachen. Okay, geniale Idee. Hässliche Lehrer … Da

brauche ich nicht lange zu überlegen. Mr Frederickson. Fünfte Klasse. Uäh. Ich habe nie kapiert, wie er mit diesem Bierbauch noch auf seinen Füßen stehen konnte. Er besaß genau drei Poloshirts, die immer Fettflecken hatten. Und zwar überall. Noch schlimmer waren die dunklen Stellen unter seinen Armen. Wenn man seinen Mundgeruch abbekam, konnte man tot umfallen. Falls die CIA mal wieder Terrorverdächtige foltern will, sollte sie Mr Frederickson benutzen. Ich habe mich damals das ganze Schuljahr nicht gemeldet, weil ich Panik hatte, dass er sich vor mir aufbaut und mich in eine Atemwolke hüllt, die alkoholisch entflammbar ist.

Hey, guter Gedanke. Es funktioniert.

Achte Klasse. Mrs Kelly in Englisch. Atombusen. Immer ohne BH. Man konnte ihre Nippel durch den Stoff pieksen sehen.

Uh, verdammt. Gleich ist es soweit.

Nein! Denk an eine Liste. Irgendeine. Eine Liste von Orten, die du Dylan noch zeigen willst, bevor sie abreist. Wanderwege. Wandern ist gut. Aber die Luft ist heiß. Viel zu heiß.

»Gleich …«, röchele ich.

Wir wandern. Auf einem Wanderweg. Nur auf welchem, verflixt, auf welchem?

»Wanderweg«, stöhne ich.

»Was?«

»Nichts!«

Wir wandern im Sunset Crater Nationalpark. Schwarze Asche. Aktive Vulkane. Roter Sand. Lavaströme. Eruptionen. Brodeln. Anschwellen. Sich ergießen. Ich sinke in die feurige Tiefe. Nein! Noch nicht. Nur eine Minute länger.

Winterkälte. Zwanzig Grad unter Null. Eiszapfen. Wassereis. Eiscafé. Vanilleduft. Schlagsahne. Cremetorten. Zuckersüße, sahnig weiche, himmlisch gute …

Jetzt ist alles vorbei. Ich gebe auf. Meine Finger graben sich in Dylans Hüften. Meine Zehen krümmen sich und lassen abrupt los. Dann liege ich zitternd, schwitzend und völlig fertig neben Dylan, die noch nicht mal in der Nähe eines Orgasmus ist. Ich hechele nach Atem und könnte schwören, dass ich schwebe.

»Gib mir nur ein paar Minuten. Einmal kann ich noch«, behaupte ich. Ich drehe sie herum, damit meine Finger mit ihr spielen können, aber sie lehnt sich weg und sagt, ein bisschen Abkühlung könnte nicht schaden. Sie nimmt einen großen Schluck aus dem Wasserglas auf meinem Nachttisch und reicht es mir. Ich trinke es leer, was allerdings ein bisschen dauert, da ich immer noch nach Luft schnappe. Das Laken ist nass. Die Decken haben wir schon vor Stunden weggestrampelt. Kissen und Kondomhüllen liegen auf dem Fußboden verstreut. Das ganze Zimmer riecht nach Sex, nach dampfender, salziger Haut. So muss es im Himmel sein.

Meine Stirn ist schweißnass. Dylans Beine sind klebrig. Unsere Körper haften aneinander. Ich muss meinen Arm von ihrem abziehen wie Tesafilm. Alles ist klamm, feucht und saugnapfig. Ich finde es perfekt. Sie schlingt ihr Bein um mich, ich lege den Kopf auf ihre Brust und grinse. Ihr Herz hämmert genauso wie meines und ihre Lungen keuchen genauso nach Luft. Ich stütze mich auf den Ellbogen und schaue in ihre Augen, die nur Zentimeter entfernt sind.

»Ganz schön intensiv«, stelle ich fest und klinge noch immer etwas zitterig.

»Keine schlechte Art, den Tag zu verbringen«, sagt sie.

Ich nicke entschieden. Mein Blick ruht auf ihr und mein Gehirn sendet chaotische Signale aus, die durch meine Adern pulsen. Mein Körper scheint sich aufzulösen. Es fühlt sich an, als würden mir die Lungen im Hals stecken, das Gehirn in der Brust und das Herz in den brennenden Handflächen.

»Das ist echt zu viel«, bringe ich schließlich heraus und deute mit einer Handbewegung auf die Lücke zwischen unseren Körpern. »Zu perfekt.«

Sie drückt die Finger auf den Matratzenstoff. »Ich finde es ein bisschen hart für meinen Geschmack.«

Ich verdrehe nur die Augen. »Doch nicht das Bett. Ich meine

uns beide. Mir kommt es vor, als würden wir uns schon immer kennen. Ehrlich, sollte Sex am Anfang nicht irgendwie schwieriger sein?« Unsere verschwitzten Körper sind der beste Beweis. Splitternackt und kein bisschen verklemmt liegen wir nebeneinander.

Sie erinnert mich daran, was für ein nervöses Wrack ich beim ersten Mal war. Offenbar habe ich ausgesehen, als würde ich mir gleich in die Hose machen. Dylan behauptet, sie fand das niedlich.

Mit schmalen Augen frage ich: »Warst du etwa nicht nervös?«

Sie schüttelt den Kopf. »Nein«, meint sie. »Ich wusste, wenn wir beide zusammen sind, kann es nur genial werden.« Die Selbstverständlichkeit, mit der sie das sagt, ist wirklich kaum zu fassen.

Ich streiche mit dem Finger ihr Schlüsselbein entlang und erzähle Dylan, wie es war, mit anderen Mädchen auszugehen. Sex hatte ich zwar noch nie, aber ich war ein paar Mal dicht davor. Jedes Mal wurde das Mädchen furchtbar schüchtern und begann sich alle möglichen Gedanken zu machen. Diese Nervosität steckte mich an, und ich wusste selbst nicht mehr, wie weit ich gehen sollte. Schließlich will man sich nicht den Ruf verderben. Zurückhaltung ist wichtig. Man sollte sich nicht unter Wert verkaufen, aber auch nicht zu viel verlangen und als gieriger Lüstling abgestempelt werden. Bisher haben sich solche Dates immer angefühlt wie die ersten Schritte auf dünnem Eis. Vorsichtig und steif tasten sich beide voran, um bloß nicht zu fallen und sich lächerlich zu machen. Und beide haben schreckliche Angst, nicht gut genug zu sein und hinter den Erwartungen zurückzubleiben. Ich dachte immer, das sei normal.

Aber mit Dylan fühlt sich der Sex einfach genauso an wie der Rest unserer Beziehung: wunderbar intensiv und ungezwungen.

Dylan kämmt mit den Fingern durch meine Haare.

»Das Leben ist kurz«, sagt sie. »Ich will meine Zeit nicht mit Schüchternheit und Scham verschwenden. Wir sind alle nur Menschen, also ist niemand von uns perfekt, und gerade das sollten wir genießen.«

»Dafür braucht man aber das nötige Selbstbewusstsein«, stelle ich fest, »und das haben die wenigsten.«

Sie zuckt mit den Schultern und meint, in der Liebe kann es einem egal sein, was andere Leute denken. Natürlich hat jeder von uns Fehler. Aber in den Augen des geliebten Menschen sind wir genau richtig und deshalb müssen wir uns nicht länger an unser blödes Ego klammern.

»Woran denkst du beim Sex?«, frage ich neugierig.

Sie starrt an die Decke und sagt Ashton Kutcher.

»Hä?«, mache ich. Dylan verdreht die Augen und knufft mich.

»Ich denke an dich, Gray«, sagt sie und fährt fort, dass es ein Riesenglück war, mir über den Weg zu laufen, und sie jede Sekunde auskosten will. Ihre Antwort überrascht mich, weil ich beim Sex genau das Gleiche empfinde. Vielleicht passiert das automatisch, wenn man nicht länger an seine eigenen Bedürfnisse denkt, sondern für den anderen da sein will. Man sieht nur noch den Partner und verliert die Selbstzweifel aus dem Blick. Ich atme tief durch.

»Was hältst du davon, mit mir nach New Mexico zu kommen …?«, lasse ich zum ersten Mal meine Wünsche durchblicken.

Dylan sieht mich an und es entsteht ein erdrückendes Schweigen. Ihr forschender Blick macht mir Angst, deshalb versuche ich, meine Frage in einen Scherz zu verwandeln.

»Laut meinem Trainingsplan müssen wir noch eine ganze Menge üben«, sage ich.

Sie lacht. Es schmerzt ein bisschen, auch wenn ich das Thema selbst heruntergespielt habe. Ist ihr nicht klar, wie ernst es mir ist?

»Gray, du brauchst keine Übung«, geht sie auf mein Geplänkel ein. »Du bist ein Naturtalent.« Dann schaut sie mir fragend in die Augen. »Und wie war ich?«

Jetzt hat sie mich wirklich überrascht. So eine Frage hat Dylan mir noch nie gestellt. Meine früheren Freundinnen wollten ständig wissen, wie hübsch und klug ich sie finde und warum ich sie lieber mag als alle anderen. Nur Dylan schien solche Bestätigungen nicht nötig zu haben. Aber jetzt betrachtet sie mich fragend und wartet auf meine Antwort. Ihr Gesicht hebt sich golden schimmernd gegen das weiße Bettlaken ab. Sex mit ihr ist betäubend und berauschend zugleich. Wie eine Mischung aus Beruhigungsdroge und göttlicher Erleuchtung. »Unbeschreiblich«, sage ich.

Dylan besteht darauf, dass ich es versuche.

Also lehne ich mich auf dem Bett zurück und gebe mir Mühe, die Erfahrung in Worte zu fassen.

»Manchmal ist es ein totales High, als würde man Fallschirmspringen ... als ob man schwerelos in der Mitte eines Sees treibt ... man steht direkt neben einem Feuer, das Funken sprüht ... man spaziert in der Sommersonne und rollt sich anschließend im Schnee. Es ist wie ein Erdbeben, Hagelsturm, Vulkanausbruch, Gewitter und Tornado gleichzeitig, aber dann wird plötzlich alles ganz still. Das Gehirn schaltet sich ab und die Welt ist total friedlich. Auf dem Höhepunkt ist der Kopf explodiert, nur der restliche Körper ist noch da, und alles glüht vor Hitze.« Ich klappe hastig den Mund zu, bevor noch mehr Unsinn herauskommen kann. Als ich den Blick hebe, schaut Dylan mich ungläubig an.

»Was?«, frage ich.

Sie blinzelt verblüfft. »Und du hast behauptet, dass du kein Talent für Lyrik hast«, sagt sie schließlich. Ich grinse. Anscheinend habe ich nur die richtige Inspiration gebraucht. Woher soll man denn schon Material zum Schreiben nehmen, wenn man gar nicht richtig lebt?

Sie lehnt sich auf den Ellbogen zurück.

»So viel fühlst du, wenn ich bei dir bin?«, fragt sie und ich nicke. »Tja, herzlichen Glückwunsch«, sagt sie.

Ich frage, was das nun wieder heißen soll.

»Sieht ganz so aus, als hätte ich endlich deine Schutzmauern weggeballert«, sagt sie. Ich lächele, denn damit hat sie recht. Und außerdem bin ich durch das ganze Sexgerede bereit für die nächste Runde.

Dylan

An einem späten Nachmittag schlendern wir wieder durch den Park mit dem Springbrunnen und führen Boba aus. Um diese Uhrzeit gibt es hoffentlich genug Schatten, damit der Hund sich keinen Herzinfarkt holt.

Gray erzählt, dass er mit dem Packen für den Umzug angefangen hat. Außerdem hat er Brandon angerufen. Ab morgen wird er jeden Tag zusammen mit der Mannschaft trainieren. Als Nächstes will er sich darum kümmern, welche Studienkurse er im Herbstsemester zur Auswahl hat. Ich bin so begeistert, dass ich fast abhebe vor Glück. Kaum zu glauben, wie sein Leben noch vor ein paar Monaten ausgesehen hat: nur Scherben und Käfigstäbe. Und jetzt hat er wieder eine Zukunft. Sie ist grenzenlos wie der Wüstenhorizont und mitten hindurch führt eine solide Straße geradewegs ins Blaue. Endlich wagt er sich in die Welt hinaus, zu der er so lange den Kontakt verloren hatte, und ich gönne es ihm von ganzem Herzen.

Als ich sage, wie begeistert und aufgeregt ich bin, dreht Gray sich zu mir um. Er hebt das Kinn und streckt die Schultern.

»Ich will, dass du mitkommst«, sagt er. Keine Frage, sondern eine klare Ansage. Als hätte er nicht den geringsten Zweifel, dass ich zustimme. Aber statt vor Freude in die Luft zu springen, sinke ich ins Bodenlose. Ich habe Mühe, mich auf den Beinen zu halten.

Am liebsten würde ich wegschauen, aber Grays Blick bohrt sich in meinen und hält mich störrisch fest. Der Moment ist gekommen. Wir können das Thema nicht länger umgehen oder auf die leichte Schulter nehmen. Dazu fehlt die Zeit. In zwei Tagen reise ich ab.

Ich gehe einfach weiter, sage nichts und schiebe die Antwort hinaus. Dabei kann ich spüren, wie Gray neben mir in Panik gerät. Verständlich, denn wenn ich aufhöre zu reden, ist das meistens ein schlechtes Zeichen.

»Die Idee ist mir nicht erst jetzt gekommen«, sagt er. »Ich habe jeden Tag darüber nachgedacht, seit Coach Clark bei mir angerufen hat.«

Gray stellt mir seinen Plan für unsere gemeinsame Zukunft vor. Ich könnte mit ihm nach Albuquerque ziehen und mir einen Teilzeitjob suchen. Dann hätte ich genügend Zeit zum Fotografieren und für ein paar Unikurse.

Ich schweige immer noch und so kann Gray sich einreden, dass ich über seinen Vorschlag nachdenke. Er verspricht, dass ich von Albuquerque begeistert sein werde. Die Stadt liegt in einem Canyon mitten zwischen roten Felsen, Wüste und Bergen. Der Traum aller Fotografen. Jede Menge Wanderwege.

»Wir können zusammen die Umgebung entdecken«, sagt er. Ich lächele, aber es fühlt sich unnatürlich an und erreicht meine Augen nicht.

»Vielleicht kaufe ich uns einen Hundewelpen«, versucht er mich weiter zu überreden und zählt Rassen auf. Soll es lieber eine dänische Dogge sein, ein Weimaraner, ein schokobrauner Labrador oder ein goldlockiges Zwergwasauchimmer? Mein Wunsch ist ihm Befehl. Mir steigen Tränen in die Augen. Je länger Gray redet, desto stärker wird der Schmerz in meiner Brust. Ich kann es kaum ertragen, ihn zu enttäuschen, aber was bleibt mir anderes übrig?

»Oder wir könnten Boba adoptieren«, sagt er jetzt. »Ich schenke ihn dir als Einzugsgeschenk anstelle von Brot und Salz. Den Hund mit dem erstaunlichsten Körpergeruch der Welt. Aber das Beste an Albuquerque ist«, endet er schwungvoll, »du hast mich!«

Zum ersten Mal in meinem Leben bin ich sprachlos. Gray will mir wirklich seine ganze Zukunft zu Füßen legen. Aber genau darin liegt das Problem. Es ist *seine* Zukunft, nicht meine. Ich könnte nie den Träumen eines anderen folgen. Das muss er doch einsehen, oder? Kann er nicht verstehen, dass ich siebzehn Jahre lang darauf gewartet habe, endlich mit meinem eigenen Leben anzufangen?

Als die Stille drückend wird, beginnt Gray ohne Punkt und Komma vor sich hin zu reden. Lieber schwatzt er sinnlos weiter, als eine Antwort zu hören, die er nicht ertragen kann.

»Stell dir nur vor, was bei unseren nächsten Roadtrips alles in Reichweite liegt«, sagt er. »Utah, der Grand Canyon, Colorado, Las Vegas …«

Dann sagt er, in Vegas könnten wir sogar heiraten. Ich bleibe wie angewurzelt stehen und starre ihn an.

»Du machst Witze.«

»Ich meine es völlig ernst«, behauptet er. »Dylan, ich liebe dich. Kapierst du nicht, um was es hier geht? Genau auf dich habe ich gewartet. Wir beide passen so perfekt zusammen, das kann nur Schicksal sein. Ich möchte jeden Tag meines Lebens mit dir verbringen und dir dein Traumhaus auf dem Camelback Mountain bauen. Okay, dazu muss ich erst Millionär werden«, fügt er hinzu.

Ich habe einen Kloß im Hals.

Das hier ist die Chance unseres Lebens, sagt Gray, auf die andere Leute Jahrzehnte vergeblich warten. Uns wurde ein fantastisches Glück geschenkt. So etwas lässt man sich nicht durch die Finger gleiten, nur weil das Timing schlecht ist. Was wir mit unserer Zukunft anfangen, ist schließlich unsere Entscheidung. Wir sind die Herren über Zeit und Raum!

»Gray …«

»Wenn du mich heiraten willst, kann ich dich hier und jetzt um deine Hand bitten. Oder wir können erst shoppen gehen und Ringe aussuchen. Was immer dir lieber ist.«

»Hast du ernsthaft vor, mir einen Antrag zu machen?«, frage ich und hoffe inständig, dass er den Kopf schüttelt und lacht. Ich schicke ein Stoßgebet an alle Heiligen, die für Geistesverwirrung und emotionales Chaos zuständig sind.

Mit erhobenem Kopf sagt Gray einfach Ja. Genau das hat er vor. Sein Blick taucht tief in meinen.

»Dylan, willst du mich heiraten?«, fragt er.

Ich kann ihn nur anstarren. Meine Füße sind vor Schock wie festgefroren. Boba zerrt an der Leine und reißt mir fast die Schulter aus. Er beginnt mich den Weg entlang zu schleifen, als würde er sich für Grays Antrag fremdschämen. Ich stelle zu meiner eigenen Überraschung fest, dass ich weder mit Freude noch Erstaunen reagiere, nicht einmal mit Schock. Stattdessen werde ich wütend. Fuchsteufelswild.

»Das ist doch total lächerlich!«, sage ich. Ich werfe ihm vor, dass er einfach nur Angst vor Veränderung hat. Deshalb will er sich bei seinem Umzug an etwas Bekanntes klammern.

Er widerspricht und redet wieder von Liebe. Für ihn gibt es auf der Welt nichts Wichtigeres als mich. Seine Stimme wird kratzig.

»Ich will dich nicht verlieren«, sagt er.

Da weiß ich plötzlich, welche Antwort ich ihm geben muss. Ich bleibe abrupt stehen und sage: »Man kann nur verlieren, was einem gehört. Ich bin nicht dein Besitz, Gray.«

Gray

Ich starre sie an, während ihre Worte langsam in mein Bewusstsein dringen.

Ihr Blick ist zornig und traurig zugleich. So habe ich ihre Augen noch nie gesehen und es raubt mir fast den Atem. Erst jetzt wird mir klar, dass sie niemanden an ihren Schmerz heranlässt. Ich durfte in ihrer Gegenwart alles sein – wütend, verletzt, einsam, depressiv –, aber sich selbst hat sie keine Traurigkeit erlaubt. Den ganzen Sommer nicht. Ihr Blick lässt mich verstummen. In ihren Augen schimmert es feucht und wer will schon einen Engel zum Weinen bringen? Ich weiß bereits, wie ihre Antwort lautet, als ich einen letzten Versuch unternehme.

»Willst du nicht wenigstens darüber nachdenken?«, frage ich und hoffe, dass ich nicht wie ein verzweifelter Stalker klinge. Da kann sie nämlich ganz beruhigt sein: Ich werde mich nicht an ihr festklammern, nur weil ich ohne sie nicht leben kann. Aber ich weiß, dass ich sie will. Mehr als alles andere auf der Welt. Deshalb finde ich es völlig logisch, dass sie mit mir nach Albuquerque zieht.

»Natürlich habe ich auch schon darüber nachgedacht«, sagt sie. »Und ich verstehe, warum es für dich perfekt klingt. Aber erst muss ich herausfinden, wer ich bin, Gray. Wie soll ich mein Leben mit jemandem teilen, wenn ich mich selbst noch total unvollständig fühle?«

So klingt es also, wenn einem der Himmel auf den Kopf fällt. Ich runzele verständnislos die Stirn. »Heißt das, ich reiche dir nicht?«, frage ich streitsüchtig.

Daraufhin kann sie die Tränen nicht länger zurückhalten.

Sie erklärt, dass sie immer davon geträumt hat, zu reisen und die Welt zu sehen. Diesen Sommer hat sie das erste Mal über den Tellerrand geschaut. Sie steht noch ganz am Anfang. Phoenix sollte der Beginn ihrer Reise sein. Sie ist bestimmt nicht hierhergekommen, um sich zu verlieben.

»Aber du liebst mich doch, oder?«, stelle ich fest. Sie zuckt zusammen, als hätte ich sie geschlagen. Manchmal ist nichts verletzender als ein einfacher Satz.

»Ja, ich liebe dich«, sagt sie. »Das heißt trotzdem nicht, dass ich bereit bin, mein Leben für dich aufzugeben. Du verlangst, dass ich meine Reise abbreche, bevor sie richtig angefangen hat, und gleich auf dem ersten Parkplatz für immer Halt mache. Willst du das wirklich? Soll ich aufhören, ich selbst zu sein? Das hier ist mein Leben! Wenn ich jetzt mit dir nach New Mexico ziehe, dann verwirkliche ich deinen Traum. Aber nicht meinen. Ich werde mich immer fragen, was ich verpasst habe. Wahrscheinlich werde ich dir die Schuld dafür geben. Das ist für uns beide nicht fair.«

Mein Gehirn weigert sich, ihr zuzuhören. Sie sagt die Wahrheit, aber gerade deshalb ersticke ich fast vor Wut. Muss Dylan so logisch sein? Plötzlich predigt sie Vernunft und ich denke nur wirres Zeug. Ich komme mir total verrückt vor. Verrückt nach Dylan.

»Und wohin soll die Reise gehen?«, frage ich feindselig.

Zuerst zu der Hochzeit ihrer Kusine, sagt sie, und dann Richtung Westen. Sie will eine Weile in Kalifornien leben.

»Ich habe mich per Telefon für einen Job als Kellnerin beworben. Bei einem Café in Shasta City. Sie haben mich genommen und ich kann nächsten Monat anfangen.«

Dylan hat tatsächlich den Nerv, dabei zu lächeln. Am liebsten würde ich sie erwürgen.

»Und wann hast du das alles beschlossen?«, will ich wissen.

»Den Job habe ich erst seit ein paar Tagen«, sagt sie. »Ich habe mich auf Stellen beworben, nachdem du das Stipendium angenommen hast.«

Sie spaziert weiter, während sie von ihren Träumen redet. Zuerst will sie am Fuße eines Berges leben, dann an der Küste. Eine Weile will sie sich in einer Großstadt niederlassen, wo man kein Auto braucht, sondern mit der Bahn zur Arbeit kommt. Sie stellt sich eine winzige Wohnung mitten in der City vor, einen knarrenden Dielenfußboden und zugige Fenster mit alten Holzrahmen. Sie will Spanisch lernen und nach Mittelamerika reisen. Oder ganz runter vom Kontinent. Sie will einen Sommer in Italien verbringen und als Rucksacktouristin die Ostküste von Australien entlang trampen. Was sie auf keinen Fall will, ist ein Leben ohne Zukunftsvisionen.

Mit hängendem Kopf stehe ich da. Mein Herz fällt ins Bodenlose und reißt mein Leben mit sich in die Tiefe. Natürlich kann

Dylan nicht anders, als ihren Träumen nachzujagen. Wieso musste ich mich ausgerechnet in ein Mädchen verlieben, das schwerer zu halten ist als der Wind? Ich kann nicht verlangen, dass sie in einer Unistadt herumsitzt und auf mich wartet. Sie würde jede Minute hassen. Und sie würde mir ganz zu Recht die Schuld geben, wenn ich ihre Träume in den Schmutz trete.

Hastig blinzele ich die peinlichen Tränen fort, die mir in die Augen steigen.

Wir gehen weiter den Weg entlang und Boba trottet hechelnd zwischen uns her. Mir kommt es vor, als würde ich durch tiefes Wasser waten. Jeder Schritt ist anstrengend. Wir haben aufgehört zu reden und mein Kopf ist ganz leer. Was soll man auch sagen, wenn man nicht genug bieten kann, um den anderen zum Bleiben zu bewegen? Was soll man tun, wenn man die Liebe seines Lebens gefunden hat, und das Timing alles kaputtmacht? Wie begreift man, dass selbst ein perfektes Paar an gewöhnlichen Hürden scheitern kann? Wie soll man gegen das Schicksal ankämpfen?

Erstes Versprechen

Dylan

Heute Morgen bin ich abgereist.

Statt zu schlafen, hatte Gray die ganze Nacht an einem Abschiedsgeschenk für mich gebastelt: zehn selbst gebrannte Mix-CDs. Er musste selbst zugeben, dass er damit vielleicht ein bisschen übertrieben hat. Zuerst waren es nur zwei oder drei, dann entschied er, gleich eine runde Handvoll daraus zu machen. Nachdem fünf Stück fertig waren, wurde ihm klar, dass die Rapsongs fehlten. Natürlich konnte er mich nicht ohne Hip-Hop-CD abreisen lassen. Und so ging es weiter. Immer, wenn er fertig war, wurde noch ein letzter Mix mehr daraus. Ihm fiel ein, dass er Led Zeppelin und Lenny Kravitz vergessen hatte. Von Jimi Hendrix war auch noch nichts dabei. Außerdem konnte ich unmöglich fahren, ohne eine Sammlung der ultimativen Roadtrip-Songs mitzunehmen: Tom Petty, The Eagles, Bruce Springsteen, John Mellencamp … Um die Landschaft des Westens richtig zu würdigen, braucht man die passende Untermalung. Ohne *American Girl*, *Easy Feeling*, *Born to Run* und *Jack and Diane* ist das wie ein Film, dem der Soundtrack fehlt, behauptet Gray.

Die Titel der CDs erinnern an unsere Ferienerlebnisse. Sie heißen *Mulholland für Jogger*, *Santa Monica* und *Camelback Mountain*. Eine hat den Namen *Unterwegs mit Boba* und enthält ausschließlich sehr langsame Songs. Gray erklärte mir, das absolut Wichtigste beim Zusammenstellen einer CD sei der Titel, weil davon die ganze Stimmung abhängt.

Bei dem letzten Mix, den er mir gebrannt hat, kommt in jedem Lied das Wort ›Liebe‹ vor. Den mag ich am meisten.

Wie versprochen überreichte ich Gray ein Fotobuch für seinen Vater, in dem ich unseren Sommer eingefangen habe. Eine Sammlung eingefrorener Erinnerungen: Schnappschüsse von Kakteen, Wanderwege in der Wüste, aufgereihte Motorräder mit blitzendem Chrom an der Mill Avenue, Stimmungsbilder von Sedona und sogar ein paar touristische L. A.-Motive. In dem Buch befindet sich auch das Foto von den zwei Geckos, die in der Sonne sitzen und sich unterhalten. Das ist eines meiner Lieblingsmotive, schließlich habe ich Gray dadurch kennengelernt. Schon merkwürdig, dass uns ein Paar Eidechsen zusammengebracht hat.

Für Gray hatte ich auch ein Geschenk. Viereckig, flach und in Zeitungspapier eingewickelt. Ich habe ihm verboten, es vor meiner Abreise zu öffnen. Gray hatte sogar daran gedacht, für die zehn CDs eine Transporthülle beizufügen, die sich an der Sonnenblende festschnallen lässt. Er will mir die Daumen drücken, damit Gürkchen die zweitausend Meilen auf dem Highway durchhält. Außerdem gab er mir den freundschaftlichen Rat, immer auf der rechten Spur zu bleiben, wenn ich nicht von ausgebremsten Schnellfahrern gelyncht werden will. Damit dürfte er recht haben.

Wir haben uns früh am Morgen verabschiedet, als die Sonne noch tief am malvenfarbenen Himmel stand. Die Luft war ungewöhnlich kühl. Gray trug eine Jacke … zum ersten Mal, seit ich ihn kenne, was bereits eine Distanz zwischen uns aufzubauen schien. Wir waren uns einig, die Abschiedsszene möglichst kurz und schmerzlos hinter uns zu bringen. Vergleichbar damit, wie man ein Pflaster oder einen Hautfetzen abreißt.

Gray nahm mich in die Arme und drückte mich so fest, dass ich seine Rippen spüren konnte. Er atmete den Geruch meiner Haut ein, und mein Herz hob und senkte sich mit jedem seiner Atemzüge.

Ich konnte die Tränen nicht unterdrücken und er wischte sie von meinen Wangen. Schon vorher war mir klar gewesen, dass es nicht leicht werden würde. Aber ich hatte nicht gewusst, dass ein Abschied körperlich wehtun kann, als würde sich eine Schlinge ums Herz legen.

Ich sagte Gray wieder und wieder, dass ich ihn liebe. Und er sagte mir dasselbe. Er ließ mich wissen, dass sein ganzes Leben durch mich anders geworden war. Mir fehlten die passenden Worte dafür, wie sehr er meines verändert hatte. Aber ganz am Ende machte er eine unfaire Bemerkung. Er sagte, wenn ich ihn wirklich lieben würde, hätte mich nichts davon abhalten können, bei ihm zu bleiben.

»Du bleibst ja auch nicht«, erinnerte ich ihn. »Du ziehst genauso weg wie ich.« Das war kein Vorwurf, denn um unser Leben richtig beginnen zu können, mussten wir nun einmal unsere Zelte abbrechen und uns auf den Weg machen.

»Ich möchte dich wiedersehen«, sagte er nur.

Also versprach ich es ihm.

Zum Schluss wiederholte er noch einmal, dass er mich liebt. Ich musste an den Kaktus denken, den wir auf unserer ersten Wanderung gesehen hatten. Man konnte direkt in Grays Innerstes schauen.

Ich sagte, er solle dieses Gefühl festhalten und an so viele Menschen wie möglich verschenken. Dann würde ich mein Versprechen einlösen und zurückkehren. Aber er schüttelte den Kopf. Eine andere Liebe würde er niemals finden, behauptete er. Davon war er ernsthaft überzeugt und das machte mir Angst.

»Ich bin bestimmt nicht die einzige Liebe deines Lebens«, beteuerte ich, »nur die erste.«

Gray

Ich sitze in meinem Zimmer und starre auf Umzugskartons voller unnützem Kram. Lauter Müll, den ich nicht will. Wie heißt noch der Song von U2? *All I want is you.*

Ich sehe wieder die Szene vor mir, wie Dylan sich ins Auto setzt und davonfährt. Der rostige knallorange Volvo verschwindet in der Ferne. Er gleicht einem verblassenden Sonnenuntergang. Mir kommt es vor, als hätte ich noch immer ihre Tränen an den Fingern. Sie sind heiß wie Wüstenregen.

Es tut verdammt weh. Scheiße, warum muss Liebe immer so wehtun?

Ich weiß nicht, wann ich Dylan wiedersehen werde. Sie chattet nicht. Sie hat kein Internet-Profil. Sie ist vermutlich der einzige Teenager ohne Handy. Vernetzt, digitalisiert und verdrahtet zu sein, passt nicht zu ihr. Genauso wenig wie ein fester Ort in Zeit und Raum. Sie lässt sich nicht festnageln. Die grausame Ironie ist, dass ich an Dylan genau die Eigenschaften liebe, die sie für mich unerreichbar machen.

Ich starre auf das Fotobuch für meinen Vater, das Dylan zusammengestellt hat. Wenn sie sich etwas vornimmt, zieht sie es auch durch. Manchmal ist diese Zielstrebigkeit geradezu erschreckend. Meinem Dad dürfte das Geschenk ziemlich bizarr vorkommen. Ein Mädchen, das er nie getroffen hat, lässt ihn die Welt durch ihre Augen sehen. Aber so ist Dylan nun einmal.

Ich greife nach dem Geschenkpaket, das sie mir überreicht hat. Als ich das Papier aufreiße, halte ich ein gerahmtes Gedicht in den Händen. Ich lese den Titel und muss lächeln.

Ode an die Grünhäutigen.

Sie hat mir das Gedicht geschenkt, das wir bei unserem ersten Ausflug zusammen geschrieben haben.

Neben dem Text klebt ein Foto von unserer Wanderung. Ein einsamer Saguaro steht aufrecht und stolz in der Wüstensonne. Er hat die Arme ausgestreckt, als wolle er den Wind einfangen und den Himmel berühren. Ich lese die Zeilen, und obwohl ich die Hälfte davon selbst geschrieben habe, erinnert mich jedes Wort an Dylan:

Mein Phoenixkaktus
Mein turmhoher Saguaro
Stark, einsam und frei
Voll schweigender Weisheit
Du lebst zweihundert Jahre
Mir aber bist du zu pieksig
Wenn ich auf dich falle
Tätowierst du mich
Mit nadelspitzen Wunden
Als wäre ich das Opfer
Einer verrückten Omi
Die mit Sticknadeln angreift
Trotzdem bewundere ich
Deine in die Luft gestreckten Arme
Auf anderen Armen
Auf anderen Armen
Auf anderen
Denn ich mag Arme
Doch deine sind pieksig
Drückst du mich an die Brust
Sterbe ich vor Liebe
Und zwar buchstäblich
Ich werde dich immer bewundern
Aber nur aus der Ferne
Ich will dir Wasser geben
Aber du brauchst mich nicht
Vielleicht ist das der Gund
Warum ich dich so mag?

Sie ist fort. Es fühlt sich an, als wäre mein Herz stofflos und leer. Aber trotzdem hatte Dylan recht. Sie hat mir nie gehört. Jetzt halte ich mich an einer letzten Hoffnung fest. Ich habe ihr gesagt, dass ich sie wiedersehen will. Und sie hat es mir versprochen.

Erste Reifezeit

Einen Monat später

Gray

Hallo, Gott, habe ich dir irgendwie in die Suppe gespuckt? Langsam bekomme ich das Gefühl, du hast Spaß daran, mir das Leben zu vermiesen. Schrillt oben im Himmel eine Warnsirene, sobald ich mal ein bisschen Glück habe? Achtung, Gray geht es zu gut! Das muss sich doch ändern lassen! Würgen wir ihm mal richtig einen rein!

Anscheinend bin ich nicht dazu bestimmt, glücklich zu sein. Mieses Karma, schätze ich.

Ungefähr so hörten sich meine Gedanken an, während ich Richtung Osten nach New Mexico unterwegs war. Den Rest der Zeit versuchte ich mein Gehirn zu betäuben, indem ich Bands wie Ludacris, Rage Against the Machine und Limp Bizkit aufdrehte. Erstens hatten sie die gleiche feindselige Einstellung zum Leben wie ich und zweitens reichten die dröhnenden Bässe, um mich auf dem öden, gleichförmigen Highway nicht einschlafen zu lassen.

Ich hatte den Kofferraum mit allem Lebenswichtigen gefüllt – Stereoanlage, Baseballhandschuh, Musik, Gitarre, Computer – und ein paar Taschen voll Kleidung dazugepackt. Kurz hatte ich darüber nachgedacht, meinem Dad das Fotobuch zu stehlen und mitzunehmen. Der Grund war nicht, dass ich mich ständig mit Erinnerungen an den Sommer quälen wollte. Ich hatte nur keine andere Möglichkeit, an ein Bild von Dylan zu kommen. Das einzige Foto von ihr befand sich in Dads Buch. Ich hatte es selbst in Phoenix aufgenommen. Sie steht zwischen Boba und der Statue eines Mannes, der mit ausgestrecktem Finger ins Nichts zeigt. Dylan tut so, als würde der Mann auf sie deuten. Während sie herumalbert, sieht sie absolut hinreißend aus. Die Sonne bringt ihre Haare zum Leuchten, man kann ihr breites Grinsen und jeden Zentimeter ihres schlanken Körpers sehen.

Auf dem Campus bin ich in eine WG mit vier Zimmern gezogen. Das Haus ist nur zehn Minuten von dem Fitnesscenter der Uni entfernt, wo das Baseballteam täglich Krafttraining macht. Auch das Lobo Field, auf dem wir unsere Übungsspiele haben, liegt ziemlich nah. Die richtigen Wettkämpfe während der Saison finden dann in einer Arena im Isotopes Park statt. Die Uni teilt es mit der ziemlich bekannten Profimannschaft von Albuquerque.

Meine drei Mitbewohner Miles, Todd und Mark (der den Spitznamen Bubba trägt) gehören alle zum Uniteam. Todd und Bubba haben beide eine feste Freundin. Die Mädchen tauchen ständig auf, wollen was unternehmen, zusammen für die Uni lernen oder einfach nur rumhängen. Aber die Jungs lassen sie abblitzen, als hätten sie kaum Interesse. Miles dagegen wünscht sich verzweifelt eine Freundin und ist als einziger noch Single. Tja, so läuft das schließlich immer im Leben.

Mir reicht es schon, in einem Haus zu wohnen, wo es Bewegung und Lärm gibt. Leute miteinander reden zu hören, ist eine nette Abwechslung zu meinem gewohnten Alltag.

Mein Zimmer befindet sich hinten in der dritten Etage. Es hat weiße Wände, die nach frischer Farbe riechen, und altmodische Möbel. Anscheinend war der Bewohner vor mir ein Fan von Antiquitäten. Ist mir aber egal. Was ich brauche, ist einfach ein Neuanfang ohne lästige Erinnerungen. Zu meinem Zimmer gehören ein großes Bett und ein niedriger Holztisch, unter den ich kaum die Beine schieben kann. In einer Ecke steht eine Kommode und darüber hängt ein Spiegel. Ich habe ihn abgenommen und stattdessen ein Bob-Dylan-Poster an die Wand gepinnt, das Amanda mir von einem Konzert mitgebracht hat. Meinen Gitarrenkasten habe ich neben der Tür an die Wand gelehnt. In nur einer Stunde habe ich mein gesamtes Leben ausgepackt.

Was ich an meinem Zimmer am besten finde, ist die Außentür zur Feuertreppe. Der Architekt war anscheinend der Meinung, man könne nie wissen, ob jemand auf der Flucht aus dem brennenden Gebäude vielleicht eine Verschnaufpause einlegen möchte. Deshalb besitze ich nun eine Balkonplattform mit Blick nach Südwesten. Man kann über die Dächer hinwegschauen und hat Ruhe vor dem Rest der Welt. Der Ort ist wie eine Oase. Dort kann ich allein sein, wenn ich will … was bei mir eindeutig häufiger der Fall ist als beim typischen Durchschnittsstudenten. Ich brauche Platz zum Atmen. Hier kann ich meine inneren Batterien wieder aufladen. Mich strengt es an, ständig mit anderen zusammen zu sein. Die meisten Leute wollen die ganze Zeit beachtet werden, ohne etwas zurückzugeben. Okay, ein paar Ausnahmen gibt es natürlich.

Ich habe ständig Muskelkater, weil mein Körper seit über einem Jahr keine Anstrengung mehr gewohnt ist. Coach Clark hat nicht übertrieben, als er mich vorgewarnt hat, wie intensiv das Training werden würde. Er trifft sich fast jeden Tag mit mir und überzeugt sich persönlich, dass ich ausreichend Gewichte stemme, Liegestütze mache, Seilspringe, Werfen übe, um den Platz renne und Schläger schwinge. Er lässt mich für meine Faulenzerei büßen, aber ich finde den körperlichen Schmerz fast angenehm. So weiß ich, dass ich endlich wieder ein Ziel habe und meine Zukunft in den eigenen Händen halte. Außerdem machen die Endorphine mich wunderbar high. In diesem Zustand fühlt man sich unverwundbar, als würde man ewig leben. Ungefähr wie nach dem Sex. Na ja, längst nicht so gut.

Obwohl ich der Neue im Team bin, haben mich alle aufgenommen wie einen lang vermissten Bruder. Todd ist der einzige, der bisher Amanda erwähnt hat. Ich habe den Eindruck, er ist ein bisschen sensibler als die üblichen Sportlertypen, zumindest gibt er offen zu, dass er gerne mit der Mädchenclique seiner Freundin schmalzige

Reality-Sendungen guckt. Er hat mir gesagt, wie leid es ihm tut, und dass ich jederzeit zu ihm kommen kann, wenn ich jemanden zum Reden brauche. Außerdem hat er mich zur Bibelstunde eingeladen.

Das ganze Team weiß, warum ich erst jetzt, ein Jahr später, aufgetaucht bin. Ich nehme es ihnen nicht übel, dass sie das Thema vermeiden. Schließlich passt Amandas Tod kaum zu dem üblichen Gesprächsstoff im Umkleideraum. Aber ich bin Todd dankbar für sein Angebot. Falls mir alles zu viel wird, kann ich darauf zurückkommen. Ich hoffe, dass ich Todd nicht brauchen werde.

Die Mädchen auf dem Campus würden mir gerne jeden Wunsch von den Augen ablesen. Ich bin Frischfleisch und sie geben überdeutlich zu verstehen, dass sie an mir knabbern möchten. Besonders Amber McCaphrey – Studentin im zweiten Semester und Mitglied des Volleyballteams – schwänzelt ausgiebig um mich herum. Kaum war ich eingezogen, hat sie mir einen Willkommensbesuch abgestattet und mir eine Campusführung angeboten. Sie zeigte mir die Unigebäude, die Bibliothek, ihr Wohnheim und ihr Einzelzimmer mit Bett. Idealerweise sollte jede Tour so enden, oder? Aber mein Kopf ist zu voll, um an Amber zu denken, und in meinem Herzen ist kein Platz für sie. In ihrer Nähe wird mir erst richtig bewusst, wie sehr ich Dylan vermisse. Anstatt mir zu helfen, meinen Liebeskummer zu vergessen, macht Amber es nur schlimmer.

Die anderen im Team halten mich für irre, weil ich mir Amber entgehen lasse. Sie hat Beine, die gar nicht mehr aufhören, und einen perfekten Beachvolleyball-Körper: schlank, groß samt knackigem Hintern, der am besten nur in Stretchhöschen stecken sollte. Aber leider weiß sie das alles sehr genau. Sie benutzt ihr Arsenal an sexuellen Waffen, um zu bekommen, was sie will. Ihre Ultraminiröcke sind der beste Beweis dafür. Selbst beim Sport trägt sie Make-up und hat die Haare gestylt.

Sie beherrscht auch das Anschmiegspiel, das ich schon erwähnt habe … flirten durch die psychologisch richtige Körperhaltung. Darin ist sie sogar extrem gut.

Aber sie strengt sich zu sehr an. Wann immer sie an irgendeiner Spiegelfläche vorbeikommt, zupft sie ihre Frisur zurecht. Sie riecht wie eine Parfumflasche. Nichts an ihrem Aussehen ist dem Zufall überlassen. Für die meisten Leute wirkt sie wie die perfekte Schönheit. Nur für mich nicht. Denn in meinen Augen ist ein Mädchen erst dann perfekt, wenn es so ausgelassen über sich lachen kann, dass ihm sein Aussehen egal ist.

Ich halte kaum eine Stunde durch, ohne mich zu fragen, wo Dylan jetzt steckt, wem sie ihre verrückten Geschichten erzählt, und wer sie an meiner Stelle zum Lachen bringt. Dann muss ich diese Gedanken jedes Mal schnell wegschieben, bevor ich etwas in Stücke schlage.

***

Nachdem ein Monat vergangen ist, erscheint es mir langsam an der Zeit, sie anzurufen. Übrigens zum ersten Mal überhaupt. Erst in diesem Moment wird mir nämlich klar, dass wir beide noch nie miteinander telefoniert haben. Wir haben uns verliebt, hatten Sex, kennen unsere Lebensgeschichten, aber wir haben uns nie angerufen. Mit Dylan läuft wirklich alles anders herum als normal.

Ich habe sie förmlich gezwungen, mir ihre Festnetznummer in Wisconsin zu geben, bevor sie abfuhr. Sie wollte mir allen Ernstes einreden, dass wir es dem Schicksal überlassen sollten, ob wir uns wieder begegnen. Nun gut, sie darf gerne an ihre optimistischen Tagträume glauben, solange mir mein praktischer Realismus bleibt. Ich weiß, dass man der Vorsehung nicht zu sehr vertrauen sollte. Das Schicksal bringt dich vielleicht auf den richtigen Weg oder sorgt dafür, dass du eine bestimmte Person kennenlernst. Aber den Rest musst du schon selbst in die Hand nehmen. Der Flügelschlag eines Schmetterlings kann einen Sturm entfachen, aber wenn der Falter nur faul herumsitzt, passiert überhaupt nichts.

Ich hole den Zettel heraus, auf den Dylan die Adresse in

Wisconsin und die Telefonnummer gekritzelt hat. Nachdenklich klopfe ich mit der Papierkante gegen den Nachttisch. Dann setze ich mich ins Bett, lehne mich mit dem Rücken an die Wand und tippe die Nummer ein. Eine schlichte Zahlenreihe kann mich mit der Person verbinden, die noch immer die Welt für mich bedeutet.

Es klingelt vier Mal und ich will schon auflegen, als eine Frau sich meldet. Sie wirkt ein bisschen atemlos. Ihre Stimme klingt älter als Dylans.

»Hallo, ich bin ein … Freund von Dylan«, sage ich, auch wenn mir diese Bezeichnung nicht ganz richtig erscheint. Aber ein passenderes Wort fällt mir nicht ein. Lover? Sexpartner? Das klingt eher peinlich. Wir haben nie versucht, unserer Beziehung einen Stempel aufzudrücken.

»Oh«, sagt sie, »bestimmt bist du Gray.« Treffer versenkt. Gleich beim ersten Versuch. Jetzt weiß ich, woher Dylan ihr untrügliches Bauchgefühl hat.

»Ja, genau«, sage ich und zögere, denn ich habe mir vorher nicht überlegt, wie dieses Gespräch eigentlich laufen soll. Am liebsten würde ich sie mit Fragen bestürmen, wo Dylan steckt, mit wem sie ihre Zeit verbringt, ob sie über mich spricht und mich vermisst, aber ich will nicht wie ein liebeskranker Jammerlappen klingen. Selbst wenn ich eine ganze Menge Geld dafür geben würde, die Antworten zu wissen.

»Ich bin Dylans Mutter«, sagt die Frau leichthin, »und ich habe mich schon gefragt, wann du wohl anrufst. Du hast dich ganz schön lange zurückgehalten. Einen vollen Monat, oder?«

Einen Monat und sechs Tage. Kam mir vor wie eine Ewigkeit. Aber das braucht niemand zu wissen.

»Hm«, sage ich.

»Dylan hat so viel von dir erzählt. Ich habe das Gefühl, als würde ich dich kennen«, sagt sie. Ich stütze den Ellbogen aufs Knie und beginne mich zu entspannen. Dann höre ich sie plötzlich rufen: »Serena, am Telefon ist der Junge, mit dem Dylan zusammen ist.« Mein Magen zieht sich zusammen, denn so eindeutig hat sich Dylan nie ausgedrück. Dann klickt es in der Leitung und ein junges Mädchen schaltet sich in das Gespräch ein.

»Hi, bist du Gray?«, fragt sie. Als ich das bestätige, stößt sie einen spitzen Schrei aus, ruft: »Wow, du hattest Sex mit meiner Schwester!«, und legt wieder auf.

Mein Gesicht läuft rot an. Ich halte den Hörer vom Ohr weg, lege den Kopf in den Nacken und murmele: »Oh, mein Gott.« Kann dieses Gespräch noch schlimmer werden? Ich höre Dylans Mom im Telefon reden und entscheide mich widerwillig, den Hörer wieder ans Ohr zu drücken.

»Oh, Gray«, sagt sie in mütterlichem Tonfall und entschuldigt sich für Serena, die zwar schon sechzehn ist, sich aber zurzeit wie sechs benimmt. Sie behauptet, ich bräuchte nicht verlegen zu werden. Da Dylan mich liebt, gehöre ich zur Familie, und wir können offen über alles reden.

Als ob mich das beruhigen würde.

Dann stürzt sie sich tatsächlich weiter auf das Thema und meine Hoffnung auf ein harmloses Gespräch ist endgültig vorbei. Sie sagt, dass Dylan völlig verrückt nach mir sein muss, wenn sie Sex will, denn bisher sei sie damit immer ziemlich vorsichtig umgegangen. Soweit ihre Mom weiß, hat Dylan bisher nur einen Jungen außer mir geküsst, nämlich einen Teenager aus der Nachbarschaft namens Spud Seebly.

»Und der ist zwar ein netter Junge, hatte damals aber eine Zahnspange, also mal ehrlich: Wie gut kann der Kuss schon gewesen sein?«

»Äh«, sage ich und wünsche mir verzweifelt, sie würde über etwas anderes reden als meinen Sex mit ihrer Tochter. Außerdem hat der Name mich echt sprachlos gemacht. Spud Seebly? Was für Warmduscher kommen auf die Idee, ihr Kind so zu nennen? Es sollte wirklich ein Gesetz gegen peinliche Eltern geben.

»Dylan ist nicht zufällig da, oder?«, frage ich.

Als Antwort ertönt nur ein amüsiertes Lachen. Dann beginnt sie wieder ohne Punkt und Komma zu reden, was anscheinend in der Familie liegt. Sie erzählt, dass Dylan kaum lange genug geblieben ist, um unter die Dusche zu springen und etwas zu essen. Die Hunde hat sie mit größerer Begeisterung begrüßt als ihre Familie.

Klingt ganz nach Dylan.

»Ehrlich, dieses Mädchen muss im vorigen Leben ein Zugvogel gewesen sein. Ich hatte nicht mal Zeit, richtig Hallo zu sagen, da war sie schon aus ihrem Brautjungfernkleid geschlüpft – in dem sie übrigens hinreißend aussah –, hat sich in ihre Schrottmühle von Auto geworfen und ist verschwunden.«

Ich streiche mit dem Finger am Kopfteil des Bettes entlang und starre aus dem Fenster. Hinter den Dächern geht die Sonne unter und mein Blick sucht den westlichen Horizont. Ich erkundige mich, ob Dylan schon in Kalifornien angekommen ist. Daraufhin ertönt ein weiteres glucksendes Lachen.

»Tja, da können wir beide nur raten. Als Letztes hat sie sich gemeldet, als sie ein paar Tage bei einem Vetter in Boise untergeschlüpft ist. Sie wollte sich Reisegeld als Helferin im Nationalpark verdienen und eine Feuerschutzschneise bauen. Frag mich nicht, wie sie immer an solche Jobs kommt.«

Ich kämpfe gegen eine Eifersuchtsfantasie an, in der Dylan ihre Freizeit mit muskulösen Park-Rangern verbringt.

Wir sprechen noch ein bisschen von unseren Erlebnissen im Sommer und dann will Dylans Mom jedes Detail über meine Uni wissen. Meine eigene Mutter hat mich längst nicht so gelöchert. Ich frage, wann Dylan mit ihrem Job in Shasta City anfangen will. Sie kann ja nicht ewig planlos herumreisen. Oder vielleicht gefällt mir der Gedanke einfach nicht, dass sie frei wie ein Vogel in der Gegend herumschwirrt. Gut möglich, dass ich mir aus reiner Selbstsucht wünsche, Dylan wäre irgendwo fest angebunden. Dann wüsste ich immer, wo ich sie finden kann.

»Ich glaube, sie wollte sich bis nächste Woche damit Zeit

lassen«, sagt Dylans Mom. »Ihre Tante hat ihr ein Heidengeld bezahlt, nur damit sie den ganzen Sommer am Pool herumsitzt und ein paar Fotos schießt.«

»Dylan hat ihr auch bei ein paar Renovierarbeiten geholfen«, verteidige ich Dylan.

»Na, davon höre ich zum ersten Mal. Ich weiß nur, dass Tante Dan sie bezahlt hat, um das ›Haus zu hüten‹, in einem Himmelbett zu schlafen und die Putzfrau zu unterhalten. Zweitausend Dollar für nichts. Wie soll Dylan da lernen, vernünftig mit Geld umzugehen? Mit Charme allein kommt man im Leben nicht weit. Man muss auch bereit sein, hart zu arbeiten.«

Zweitausend Dollar sind wirklich ein ziemlich großzügiges Taschengeld. Dylan hat nie erwähnt, welche Summe ihre Tante ihr zugesteckt hat.

»Damit dürfte sie eine Weile auskommen«, sage ich.

Ich kann das Kopfschütteln am anderen Ende regelrecht hören. »Das sollte man denken, aber Dylan hat das meiste davon an das Tierheim hier um die Ecke verschenkt. Geld fließt ihr einfach durch die Finger.« Sie bittet mich, einen Moment dranzubleiben, verschwindet in die Küche und kommt mit der Nachricht zurück, dass ihr Essen anbrennt und sie auflegen muss. Aber sie hat sich sehr gefreut, mit mir zu reden.

»Du kannst jederzeit wieder anrufen«, sagt sie.

Ich gerate in Panik.

»Nein, Moment«, sage ich. »Können Sie Dylan meine Nummer geben, wenn sie sich das nächste Mal meldet?« Ihre Mom hat nichts dagegen und ich diktiere ihr meine Handy- und meine Festnetznummer. Um sicherzugehen, dass kein Zahlendreher dabei ist, liest sie alles noch einmal vor.

»Bitte, sagen Sie ihr, dass ich mich über einen Anruf wirklich freuen würde.«

»Ach Gray, wir würden uns alle freuen, von ihr zu hören. Da bist du wirklich nicht der einzige.«

Als ich auflege, bin ich im siebten Himmel, weil ich einen kurzen Moment Dylans Leben berühren durfte und mich an das Gefühl erinnere, mit ihr auf Wolken zu schweben. Dann lande ich wieder auf dem Boden der Tatsachen, zwischen den Wänden meines Zimmers in New Mexico … Und mein Leben hier ist schön und aufregend. Nur vergesse ich das leicht. Ich muss mich bewusst daran erinnern. Sonst beginne ich mich nämlich zu fragen, ob ich als Dylans Groupie nicht glücklicher wäre. Ich könnte ihr einfach ständig hinterherreisen. Darf man sein Leben nur um eine Person kreisen lassen?

Dylan

Ich sitze auf einem staubigen Parkplatz in Nordkalifornien, irgendwo im Nirgendwo, und fühle mich seltsam zu Hause. Mein Vagabundenleben, dieses schwerelose Treiben von einem Ort zum anderen, gefällt mir. Ich könnte nicht glücklicher sein, denn ich bin frei. Endlich befinde ich mich auf der nächsten Etappe meiner Reise, um neue Plätze und Menschen zu entdecken und die wundersame Leere in meinem Inneren zu füllen, die immer größer wird, je länger ich an einem Ort bleibe. Alles Gewohnte und Bekannte habe ich bis zur Neige ausgekostet und nun will ich mein Leben wie einen leer getrunkenen Becher mit neuen Erfahrungen füllen. Meine Zukunft schillert wie ein flüssiger Regenbogen, der bei jeder Berührung seine Farbe ändert. Ich will meine eigene Welt erschaffen, indem ich alles hinter mir lasse, was ich kenne.

Im Moment hocke ich neben meinem Wagen auf dem Bordstein und trinke Tankstellenkaffee (der nur schmeckt, wenn man auf Reisen ist). Die karge Landschaft passt zu mir. Man hat mir andere Reiseziele empfohlen: San Francisco, Carmel und die Weinberge rund ums Napa Valley. Aber ich will keine aufpolierte Hochglanzatmosphäre. Viel faszinierender finde ich die einsamen

Hochebenen mit ihren verkrüppelten Büschen und Bäumen, die zäh ums Überleben kämpfen. Die Menschen hier wirken ähnlich unverwüstlich. Alle sind es gewohnt, hart anzupacken, um in der harschen Umgebung zurechtzukommen. In der Ferne sieht man den Mount Shasta durch die Wolken stoßen. Er begrüßt mich in meiner neuen Heimat wie ein riesiges, von der Natur aufgestelltes Willkommensschild. Der Gipfel ragt 4200 Meter in den Himmel und man sagt, er sei ›bleich wie der Wintermond und einsamer als Gott‹. Er wirkt seltsam fremd an diesem Ort, steht ganz allein und hat den Kopf in den Wolken. Da haben wir beide etwas gemeinsam.

Gestern bin ich an einem Ort vorbeigekommen, der ›Unkraut‹ heißt, und habe mich mit einem Mann unterhalten, dessen Lebenswerk eine Bierbrauerei ist. Er hat gesagt, man bekommt nur einmal die Chance, die Welt zu umrunden, und ich sollte das Beste daraus machen. Und genau das habe ich mir vorgenommen. Egal, wen ich treffe und wohin es mich verschlägt, ich bin jeden Morgen beim Aufstehen entschlossen, alles zu genießen. Wenn man stets das Bestmögliche aus dem Tag herausholt, kann man nie enttäuscht werden.

Heute war ich in Eureka, einer alten Goldgräberstadt an der Grenze zu Oregon, und habe eine Frau kennengelernt, der die einzige Bäckerei hier gehört. Der Ort liegt verborgen zwischen steilen Berghängen, die in der Sonne metallisch glitzern und den Leuten vorgaukeln, in der Felsentiefe seien Schätze verborgen. Hier scheint die Zeit stehen geblieben zu sein. Der Eisenwarenladen dient gleichzeitig als Bar und Cowboys sitzen mittags an der hufeisenförmigen Theke, wo sie neben Regalen mit Angelködern ihren Kaffee trinken.

Direkt neben dem Eisenwarenladen befindet sich die Bäckerei. Sie hat die besten Zimtschnecken, die ich in meinem ganzen Leben gegessen habe, überzogen mit einer Zuckerkruste, die mir regelrecht über die Zunge tanzte. Als ich die Besitzerin namens Lila fragte, was für eine geheime Zutat sie hineinbäckt, sagte sie: Fröhlichkeit. Jedes Essen schmeckt besser, wenn man Glück hineinmixt, erklärte sie mir. Alles im Leben braucht eine Prise Zufriedenheit, um richtig zu gelingen, sei es nun die Arbeit oder die Partnerschaft. Wenn man keine Freude daran hat, was man tut oder mit wem man es tut, dann schmeckt es am Ende niemandem.

Also habe ich mir vorgenommen, dass mein Leben rundum appetitlich werden soll. Ich will bei jedem Bissen dafür sorgen, dass er unvergesslich bleibt. Schon seltsam, dass man von wildfremden Leuten oft genau das Richtige im richtigen Moment gesagt bekommt. Worte können so hilfreich sein. Gerade wenn man die Energie verliert und ins Zweifeln gerät, geben sie einem neuen Schwung.

Die Reise schenkt mir wirklich viel, aber ich kann trotzdem nicht ganz vergessen, was sie mir genommen hat. Eine Erinnerung verfolgt mich hartnäckig.

Keine Stunde vergeht, ohne dass ich an Gray denke.

Woran erkennt man, dass man jemanden liebt? Ich glaube, wenn ganz gewöhnliche Momente durch die Person zu etwas Besonderem werden. Wenn es sich wie das größte Abenteuer der Welt anfühlt, zusammen gar nichts zu tun. Gray dachte, er würde mir nicht genügen. Was ich damals nicht zugeben konnte – was ich selbst erst später erkannte habe – ist die Tatsache, dass es genau umgekehrt war. Gray war zu viel für mich. Wahre Liebe kann zu einer Falle werden. Man fesselt sich an den Partner und dazu bin ich noch nicht bereit.

Deshalb musste ich möglichst viel Abstand zwischen uns legen.

Ich starre auf den Horizont und stelle mir vor, wie es wohl wäre, zwei Leben haben zu können, die parallel verlaufen. Ich könnte mich aufspalten und mein Alter Ego würde sich für eine sichere, geordnete Laufbahn entscheiden, so wie die Gesellschaft es am liebsten sieht: mit Uniabschluss, Heirat, Kindern, Karriere, Golden Retriever und zweistöckigem Haus in einem schläfrigen Vorort. Manchmal wünsche ich mir diese Einfachheit, aber wahrscheinlich trägt jeder von uns einen unruhigen Geist in sich. Wir träumen davon, in was wir uns verwandeln könnten, wenn wir die Freiheit hätten, unsere Begabungen und Potenziale zu entdecken. Doch dazu müssten wir gegen die Normen verstoßen und Risiken eingehen. Deshalb halten die meisten Menschen ihre Wünsche und Fantasien möglichst weit auf Abstand. Sie reden von ihren Träumen wie von einem hohen Berg, den sie niemals erklettern können, und begnügen sich mit einem Leben im Tal. Dort ist alles viel bequemer, man kommt schneller und problemloser voran und muss nicht mit überraschenden Lawinen rechnen. Einen Preis allerdings muss man bezahlen: Man verzichtet auf den Blick vom Gipfel.

Im Moment fühle ich mich, als würde ich außer Kontrolle zwischen diesen beiden Lebensmöglichkeiten hin und her schlingern. Aber ich habe mich nun einmal für mein abenteuerlustiges Selbst entschieden und bin entschlossen, meine Entscheidung nicht zu bereuen. Der schlimmste Fehler, den man machen kann, ist, sein Leben ständig zu hinterfragen. Hätte ich doch bloß … was wäre gewesen, wenn … Lieber scheitere ich an der Verfolgung meiner Träume und falle dabei auf die Nase, als mit etwas Erfolg zu haben, das ich nur als zweite Wahl betrachte.

Ich stehe auf und hole mein Heft, in dem ich immer meine Gedanken notiere. Als Ziel für diese Woche habe ich eingetragen: Lass Gray endlich los! Stirnrunzelnd blicke ich auf die Worte. Bisher habe ich alle meine Vorsätze pünktlich erfüllen können, aber dieser dürfte meine Erfolgsrate über den Haufen werfen. Denn was ich mir vorgenommen habe, ist unmöglich.

Wieso kann ich Gray nicht aus meinem Kopf verbannen?

Bestimmt hat er jede Menge Ablenkungen. Der Umzug, die Uni, Baseball, Sport-Groupies … Der letzte Gedanke ärgert mich, aber ich versuche ihn nicht übertrieben ernst zu nehmen. Menschen sind so einmalig wie Fingerabdrücke, und ganz gleich, wen er trifft, niemand wird sein wie ich. Man kann Freunde austauschen und ersetzen, aber die gleiche Chemie entsteht kein zweites Mal. Selbst wenn man sich nach neuen Leuten umschaut, die man attraktiv findet, die man anschwärmen kann, die den gleichen Humor und die gleichen Hobbys haben – trotzdem kann man nicht dafür sorgen, dass es funktioniert. Wie oft geschieht es schon, dass jemand wirklich versteht, wie man tickt? Wie oft kommen sich zwei Menschen so nah, dass sie halb gedachte Sätze vervollständigen können und das Gefühl haben, als würden sie dieselben Zellen teilen und seien auf molekularer Ebene verbunden?

Im Grunde hoffe ich, dass er unseren Sommer schnell vergisst. Das wäre für uns beide das Beste. Und ich hoffe, dass mir irgendwann dasselbe gelingt.

Erstes Loslassen

Zwei Monate später

Gray

Ich versuche, nicht an Dylan zu denken. Sonst bekommt mein Gehirn jedes Mal spastische Anfälle vor Wut. Bin ich wirklich so leicht zu vergessen? War unser gemeinsamer Sommer für Dylan nur ein flüchtiges Abenteuer? Hat sie alles säuberlich in ihrem Büchlein notiert und mich als romantische Episode in ihrem Lebensroman abgehakt? Oder ist das jetzt total übertrieben und ich benehme mich wie ein liebeskrankes Girlie? Ich dachte, die Sache zwischen uns sei ernst. Schließlich mache ich nicht jedem Mädchen einen Heiratsantrag. Und sie hat es nicht mal nötig, mich anzurufen? Ist es zu viel verlangt, dass sie zwei Minuten ihrer mit Spontanität gefüllten Tage opfert, um mit mir zu reden und zu sagen, dass sie mich vermisst? Dieser Gedanke schmerzt am meisten. Denn Dylan vermisst mich offensichtlich überhaupt nicht, während ich jeden Tag an sie denke.

Die Nächte sind am schwierigsten. Ich habe wieder angefangen, mir Schlaftabletten einzuwerfen. Sie helfen, mich zu betäuben und die grellen Flutlichter in meinem Kopf abzuschalten.

Das größte Problem sind meine widerstreitenden Gefühle. Unter der ganzen Wut und Frustration (die übrigens enorm beim Werfen harter Bälle hilft) bin ich immer noch verliebt. Am liebsten würde ich Dylan hassen, aber dann schaue ich mich auf dem Campus um und weiß, dass ich dieses Leben nur ihr verdanke. Ohne Dylan wäre ich nicht hier und ich wäre nicht derselbe Mensch. Wie soll ich auf jemanden wütend sein, dem ich so viel schulde?

Ich sehne mich wie verrückt danach, ihre Stimme zu hören. Ich vermisse ihre absurden Ideen und würde am liebsten in ihr Gehirn kriechen, um sie ständig bei mir zu haben. Ich will sie spüren, schmecken, festhalten und nie mehr fortlassen. An meiner Wut festzuhalten ist ziemlich schwer, wenn ich ihr eigentlich nur vorwerfen kann, dass sie nicht eingesperrt werden will.

***

Miles und ich kommen vom Lobo Field, wo wir gerade ein paar Stunden beim Training verbracht haben. Sein Schwung mit dem Schläger ist perfekt wie aus dem Lehrbuch, und er opfert einen Teil seiner Freizeit, um ihn mir beizubringen. Auf der Batter-Position hat mein Timing noch nie ganz gestimmt und nach einem Jahr Auszeit bin ich nicht gerade besser geworden. Ich frage, ob wir das Training morgen fortsetzen können.

»Klar«, sagt er, »aber wenn ich dir schon meine Tricks verrate, will ich dafür einen Rat haben.«

Die Sonne fällt uns ins Gesicht und ich drehe meine Baseballkappe mit dem Schirm nach hinten, damit sie mir in die Augen scheinen kann. Zwei Studentinnen kommen an uns vorbei, grüßen Miles und lächeln mich an. Ich nicke ihnen zu. Das eine Mädchen folgt mir mit Blicken, übersieht einen Riss im Pflaster und stolpert. Ich höre die beiden in unterdrücktes Kichern ausbrechen, dann sprinten sie davon.

»Was willst du denn wissen?«, frage ich Miles. Als Verteidiger fängt er absolut jeden Ball und noch dazu ist er der beste Batter im Team. Soweit ich erkennen kann, braucht er höchstens Hilfe beim Aussuchen des besten Profiteams, das ihn unter Vertrag nehmen soll.

»Ich will wissen, wie du die ganzen Mädchen um den Finger wickelst«, sagt er, als hätte ich mir diese Frage auch selbst denken können.

»Was?« Ich starre ihn an.

»Hey Mann, du ziehst die Bienen an wie Honig. Wie machst du das?«

Verwirrt ziehe ich die Augenbrauen zusammen. Miles ist ein supernetter Kerl und ich habe schon öfter Mädchen sagen hören, wie süß er aussieht. Er hat rote Haare, braune Augen und mehr Sommersprossen, als eigentlich auf seine Haut passen. Man sieht ihn nie ohne sein typisches schiefes Grinsen. Er kennt jeden auf dem Campus beim Namen. Alle lieben ihn. Wenn ich mit ihm rumhänge, gelte ich automatisch als cool. Und er hält mich für einen … was? Einen heißen Typen, dem die Mädchen zufliegen?

»Miles, wovon redest du eigentlich?«

»Tja, keine Ahnung, aber die Mädels fragen ständig nach dir. Langsam bekomme ich Komplexe.« Er zwitschert mit übertrieben hoher Stimme: »Kannst du mir was über Gray sagen? Er ist so geheimnisvoll. Er ist so total anders als die übrigen Jungen. Er ist so tiefsinnig. Stimmt es wirklich, dass er Gitarre spielt?«

Ich schüttele nur grinsend den Kopf.

»Glaub mir, jedes Mädel am Campus will dir an die Wäsche«, sagt Miles. »Das ist echt frustrierend. Bisher habe ich immer gedacht, mein Sportlerbody genügt, und dann kommst du, und Muskeln reichen plötzlich nicht mehr. Finde ich sehr unfair.«

»Du hast mehr zu bieten als Muskeln«, sage ich. »Baseball ist nicht alles.« Er blinzelt überrascht, als sei ihm dieser Gedanke noch nie gekommen.

»Jetzt mal ehrlich«, sagt er, »hast du nicht bemerkt, wie alle Studentinnen in deiner Nähe ausflippen? Sie benehmen sich, als hättest du irgendwelche Jedi-Sex-Kräfte, mit denen du ihre Gedanken kontrollierst.«

Ich lache, nenne ihn einen Fall für die Klapsmühle und sage, dass ich einfach nicht an einem Date interessiert bin. Vielleicht glauben die Mädchen deshalb, ich würde absichtlich so tun, als sei ich schwer zu kriegen.

»Okay, und was ist mit Amber McCaphrey?«, fragt er und spricht ihren Namen aus, als würde er mindestens von Megan Fox reden.

Ich schaue ihn verständnislos an. »Was soll schon mit ihr sein? Sie ist nur eine Freundin.«

»Mensch, Gray, jeder Typ auf dem Campus fantasiert davon, sie mit Handschellen ans Bett zu fesseln, und sie ist völlig besessen von dir. Amber McCaphrey … Wusstest du, dass sie nebenbei als Bademodenmodel arbeitet?«

Ich muss lächeln. Amber ist also ein Model. Kein Wunder, dass sie kaum an etwas anderes denkt als ihr Aussehen. Anscheinend fördert reichhaltiges Essen nicht nur die Fettbildung, sondern auch das Denken – deshalb halten Models so wenig von beidem. Zumindest galt das für sämtliche Mädchen dieser Sorte, die ich auf der Highschool kannte.

»Nein, wusste ich nicht«, sage ich.

Bei meinem gleichgültigen Tonfall fällt ihm die Kinnlade herunter.

»Du bist nicht mal beeindruckt, oder?«, fragt Miles.

Ich schaue ihn an. »Sollte ich das sein?«

»Mann, sie ist die schärfste Sexbombe, die ich jemals im echten Leben gesehen habe.«

Plötzlich erscheint ein schockierter Ausdruck auf seinem Gesicht und er bleibt abrupt stehen. Ich drehe mich um und warte auf ihn.

»Oh, shit. Jetzt wird mir klar, was dein Geheimnis ist.«

Ich lächele ihn an. »Ach ja?«

»Und ob.« Wir setzen uns wieder in Bewegung und er schüttelt ungläubig den Kopf. »Ihr Aussehen lässt dich wirklich kalt, oder? So etwas berührt dich nicht mal. Mit wie vielen Models warst du schon zusammen?«

Ich zucke mit den Schultern. »Ich bin halt in Phoenix aufgewachsen«, erkläre ich.

»Ja und?«

»Wo kommst du denn her?«

Er sagt, von einer kleinen Farm in Mississippi.

»Genau«, erkläre ich, »du bist einfach nur eingeschüchtert von diesem ganzen Glamourkram. In Phoenix sind alle Mädchen sexy, bilden sich eine Menge darauf ein und laufen das ganze Jahr halbnackt herum. Nach einer Weile wird man immun dagegen.«

»Nie im Leben«, sagt er und betrachtet mich so neidisch, als hätte ich meine achtzehn Lebensjahre in einer Live-Verfilmung von *Girls Gone Wild* verbracht.

»Ich meine das total ernst«, sage ich. »Wenn ich mal einem Mädchen begegne, das nicht nur an Kleidung und Image denkt, bin ich erleichtert. Als Freundin möchte ich eine haben, die echt ist und sich nicht um diesen oberflächlichen Kram schert. Ich will mit ihr darüber lachen können. Verstehst du, was ich meine?«

Er schüttelt den Kopf. »Ich habe noch viel zu lernen«, stöhnt er.

»Soll ich dir ein Geheimnis verraten?«

Er nickt ungefähr siebzehn Mal hintereinander.

»Ich weiß weniger, als du denkst. Aber eines habe ich gelernt: Wenn es dich richtig erwischt, dann bei einem Mädchen, das eigentlich gar nicht dein Typ ist. Genau darin liegt nämlich das Problem. Vielleicht bemerkst du sie am Anfang nicht einmal. Und vermutlich taucht sie ausgerechnet dann auf, wenn du überhaupt kein Interesse hast. Du musst erst einmal Antennen dafür entwickeln, aber dann erkennst du sie sofort, weil sie sich total von allen anderen abhebt. Kann sogar sein, dass du sie ein bisschen erschreckend findest. Trotzdem hast du ein Riesenglück, dein Traummädchen zu finden, also sei bloß nicht so blöd, sie dir durch die Finger rutschen zu lassen.«

Er schweigt einen Moment und denkt angestrengt darüber nach.

»Du bist mein Held«, sagt er dann. »Bring mir alles bei, was du weißt.«

Ich lache und sage, klar doch. Wenn er mir dafür bei meiner Schlagtechnik hilft.

Erstes Erinnern

Gray

Meine WG beschließt, eine Party zu feiern. Das ist kein großer Aufwand. Wir bestellen ein Fass Bier, Bubba und Todd rufen ihre Freundinnen an, und drei Stunden später ist das Haus voll bis zum Dach. Natürlich taucht Amber auf und weicht nicht von meiner Seite. Ich habe einen flüchtigen Moment der Freiheit, als sie auf Toilette geht, aber da werde ich von ihrer Freundin und Teamkameradin Melissa in eine Ecke gedrängt. Vom Volleyball hat sie einen beeindruckenden Bizeps, der mich ein bisschen einschüchtert. Aber davon lasse ich mir nichts anmerken, sondern richte mich zu meinen immerhin 185 cm auf und schaue ihr in die Augen.

»Hör auf, mit ihren Gefühlen zu spielen«, lallt sie und schwankt verdächtig. Anscheinend hat sie schon einiges getankt, aber ihr Blick ist immer noch tödlich. »Niemand tut meiner Amber weh. Sieh dich vor, oder du bekommt es mit mir zu tun«, droht sie im besten Gangsta-Stil, als müsse ich damit rechnen, dass mir eines Nachts in einer dunklen Gasse das Frauenvolleyballteam mit Schlagringen auflauert.

Ich bleibe ruhig und fange ihren flackernden Blick auf. Wie mir zugetragen wurde, hat das Volleyballteam mich vor ein paar Wochen zum ›Jungen mit den magischsten Augen‹ gewählt, also versuche ich diese Geheimwaffe einzusetzen.

»Ich spiele nicht mit ihren Gefühlen«, sage ich. »Wir sind nur Freunde, und das weiß sie auch. Freunde«, wiederhole ich mit Betonung. »Soll ich ein Wörterbuch holen und dir die Definition vorlesen, damit es keine weiteren Missverständnisse gibt?« Mit einem Grinsen versuche ich, das Gespräch zu entschärfen, aber sie starrt mich immer noch finster an.

Ich habe nicht vor, mich von irgendwelchen Zicken auf dem Kriegspfad aus der Ruhe bringen zu lassen. So viel habe ich durch Amandas Tod immerhin gelernt. Wenn man einmal eine richtige Tragödie erlebt hat, lassen einen die ganzen aufgebauschten Alltagsdramen ziemlich kalt. Ich höre interessiert zu, wenn meine WG-Kumpel sich über den unerledigten Abwasch und die Dreckwäsche streiten oder ausflippen, weil jemand ihre Milch getrunken hat. Ich lasse Todd den ganzen Tag jammern, wenn er beim Training einmal nicht in Topform war. Ich schaue Bubba zu, wie er sich dauerstresst, weil er kein Geld hat, um seine Freundin in ein teures Restaurant einzuladen. So viel von dem täglichen Kleinkram ist mir einfach schnuppe. Damit will ich nicht behaupten, dass ich über allem stehe – ich habe bloß keine Lust, mich unnötig zu ärgern. Weil ich weiß, wie viel echte Probleme das Leben zu bieten hat.

Leider wird mir allmählich klar, dass meine entspannte Haltung einen unerwünschten Nebeneffekt hat. Alle Mädchen sind ganz wild darauf, hinter mein Geheimnis zu kommen. Aber das ist wirklich keine Absicht.

Melissa rülpst hinter vorgehaltener Hand. »Krieg dich wieder ein, Gray. Du bist nicht so toll, wie du denkst. Deinen ganzen Mist von wegen ›Ich bin nur ein Softie, schau in meine süßen blauen Augen‹ habe ich total durchschaut.«

Ich muss lächeln und schiebe meine Baseballkappe höher auf die Stirn. »Ach ja? Wie bin ich denn wirklich?«

»Du bist ein berechnendes Arschloch, das die Frauen reihenweise flachlegt«, behauptet sie. Ich nicke und sage, stimmt absolut, ich hätte mich selbst nicht besser beschreiben können. Aber diese Reaktion macht sie nur noch wütender.

»Du weißt genau, dass Amber in dich verschossen ist«, knurrt sie und piekt mir ihren Finger in die Brust. Das tut tatsächlich weh, aber ich beherrsche mich und zucke nicht zusammen. »Also hör auf, mit ihr rumzuflirten!«

»Ich habe sie noch nie berührt. Und ich habe sie kein einziges Mal nach einem Date gefragt. Flirten ist für mich was anderes.«

»Aber sie ist verschossen in dich!«, wiederholt Melissa mit ihrer betrunkenen Jaulstimme, die mir wirklich auf die Nerven geht. Wieso müssen Mädchen immer gerade dann anfangen, hochsensible Gespräche zu führen, wenn sie vor Promille kaum noch reden können? Nach meiner Erfahrung verwandelt Alkohol die meisten Jungs in sexbesessene Idioten und die meisten Mädchen in hysterische Irre, aber trotzdem marschieren sie ausgerechnet in die nächstbeste Campusparty, um dort nach der wahren Liebe zu suchen. Und dann wundern sie sich, warum ihre Beziehungen nicht halten.

Ich schaue Melissa stirnrunzelnd an. Anscheinend wird gerade meine Nettigkeit dazu führen, dass ich einen fiesen Ruf bekomme. Alle werden mich für einen skrupellosen Playboy halten, bloß weil ich keinen Sex mit Amber McCaphrey haben wollte. Und wenn ich doch mit ihr ins Bett steige, bin ich erst recht ein skrupelloser Playboy, weil ich sie benutzt und weggeworfen habe. Am Ende werde ich auf jeden Fall als Verlierer dastehen.

Jemand tippt mir auf die Schulter und als ich mich umdrehe, ist Amber wieder zur Stelle und startet Phase Zwei ihres Eroberungsplans. Frisch aufgehübscht steht sie vor mir, mit einem roten Plastikbecher in der einen Hand und ihrem Handy in der anderen. Sie wirft sich den Pferdeschwanz über die Schulter.

»Na, worüber redet ihr gerade?«, fragt sie mit unschuldigen blauen Augen, obwohl klar ist, dass mein Gespräch mit Melissa ein Teil ihrer Strategie war. Ich weiß, wie Mädchen ticken. Wahrscheinlich haben sie und ihre Busenfreundin am Bierfass gestanden und zusammen ausgeheckt, wie sie mich in die Knie zwingen können.

Ich beschließe, es mit Ehrlichkeit zu versuchen und Amber abzuschießen. Schließlich will ich kein Mistkerl sein, indem ich nett bin.

»Amber ...«

Da werde ich von Miles unterbrochen.

»Gray, hier ist ein Anruf für dich«, brüllt er über die Musik hinweg.

Amber zerrt an meinem Arm. »Wir müssen reden«, fordert sie, »und zwar sofort.«

Ich seufze und wende mich Miles zu. »Wer ist dran?«

Er zuckt mit den Schultern. »Keine Ahnung, 'ne Frauenstimme.«

Ich hatte ganz vergessen, dass wir überhaupt einen Festnetzanschluss haben. Eigentlich wollten wir nur einen günstigen Kabelvertrag und da war Telefon eben mit drin. Bestimmt ist es meine Mutter.

»Sag ihr, dass ich zurückrufe.« Ich blicke wieder auf Amber, die gerade damit beschäftigt ist, ihren Zeigefinger auf meinem Ärmel kreiseln zu lassen.

Am besten sollte ich ihr ganz klar sagen, dass ich sie nicht mag. Vielleicht könnte ich sie sogar nett finden, wenn sie weniger krampfhaft versuchen würde, mich zu beeindrucken. Ständig spielt sie mir etwas vor. Warum kann sie nicht einfach sein, wie sie wirklich ist? Stattdessen starrt sie mich mit liebeskranken Augen an, aber damit erreicht sie nur, dass ich Dylan noch mehr vermisse. Diesen typischen Mädchenblick hätte sie nie aufgesetzt. Fast jeder Satz, den Amber sagt, beginnt mit »Ich«. Ein größerer Gegensatz zu Dylan lässt sich kaum denken. Je mehr Mädchen ich kennenlerne, desto klarer wird mir, dass ich in Phoenix ein echtes Juwel entdeckt habe.

Außerdem hat Amber sich noch eine Reihe anderer Minuspunkte eingehandelt. Ich will ja nicht kleinlich sein, aber sie weigert sich, PacMan zu spielen, weil das eine sinnlose Beschäftigung ist. Sinnlos? PacMan ist wie eine Metapher für das menschliche Dasein. Außerdem kann sie Bob Dylan nicht leiden. Sie findet seine Stimme nasal und weinerlich. Hat sie nie auf seine genialen Texte geachtet? Bob Dylan ist ein Halbgott, eine religiöse Offenbarung.

Einmal habe ich absichtlich Amandas Namen ins Gespräch einfließen lassen, um zu sehen, wie Amber reagiert. Sie ist vor Peinlichkeit fast unter den Tisch gekrochen, als hätte ich einen Riesenpickel auf ihrer Stirn entdeckt oder gefragt, wie viel Kalorien sie denn heute schon gefuttert hat. Das war der Moment, in dem ich endgültig den Respekt vor ihr verloren habe.

Ich will damit nicht behaupten, dass ich besser bin als Amber. Wirklich nicht. Aber ich weiß, dass es dort draußen ein Mädchen gibt, das besser für *mich* ist.

Ich lege ihr vorsichtig die Hand auf den Arm. »Jetzt hör mir mal zu …«

»Gray!«

Mit einem Seufzer drehe ich mich wieder zu Miles um.

»Was?«

Er arbeitet sich durch die Menge zu mir vor, wirft mir seinen Arm um die Schulter und hält mir das schnurlose Telefon entgegen. Anscheinend ist er ziemlich besoffen, denn er stützt sich auf mich und brüllt in voller Lautstärke, obwohl er nur zehn Zentimeter von meinem Ohr entfernt ist.

»Hey Mann, die redet total irres Zeug! Ich habe gefragt, wer sie ist, und sie wollte, dass ich ihren Namen rate. Als ich die Antwort nicht wusste, hat sie irgendwas über Nixen und Nymphen erzählt. Echt freakig, sag ich dir.«

»Hä?« Das klingt nicht nach meiner Mom. Dann plötzlich geht mir ein Licht auf. Ich reiße Miles den Hörer aus der Hand und mein Herz schlägt wie verrückt. Als ich noch einen Blick auf Amber werfe, ist sie kurz vorm Explodieren.

»Wir reden gleich, okay?«, sage ich. »Gib mir nur ein paar Minuten.«

»Du bist so ein Arschloch«, kreischt sie und schlägt nach mir, aber ich habe mich schon halb abgewandt und weiche ihrem Gefuchtel aus. Mit dem Hörer in der Hand renne ich die Treppe hoch. Bei dem Gedanken, wen ich endlich in der Leitung habe, schießt mein Adrenalinspiegel in unbekannte Höhen. Ich erreiche mein Zimmer, schließe die Tür fest hinter mir und gehe hinaus auf die Feuertreppe. Kühle Herbstluft hüllt mich ein. Ein leichter Nebel wabert zwischen den Häusern hindurch und erinnert an Weihrauchschwaden. Ich drücke den Hörer ans Ohr.

»Hallo?«, sage ich. Sie ist es tatsächlich.

Dylan

Ich höre seine Stimme, mein Puls beschleunigt sich, und alle Erinnerungen sind plötzlich wieder da. Vielleicht hätte ich doch nicht anrufen sollen. Wenn man der Versuchung nachgibt, die Vergangenheit wiederzubeleben, muss man immer befürchten, dass sie sich auch in die Zukunft einmischt.

»Hi«, sage ich.

»Dylan?«, fragt er, obwohl er weiß, dass ich es bin. Ich habe den Verdacht, dass er nur meinen Namen aussprechen will.

»Du solltest deinen armen WG-Kumpel über mich aufklären. Ich habe ihn wohl ein bisschen erschreckt.«

»So reagiert er immer auf Frauen.«

»Ich störe dich bei einer Party, oder?«, frage ich.

»Du störst mich bei gar nichts«, erwidert er und kommt gleich auf den Punkt. »Warum hast du nicht früher angerufen?«

Ich erstarre. Ganz so schnell hatte ich diese Frage nicht erwartet. Überhaupt kein Small Talk?

»Ich dachte, wir könnten vielleicht erst das Eis brechen, indem wir über das Wetter in unseren Ecken von Amerika reden«, sage ich. »Oder vielleicht über Roller Derby als nächste olympische Disziplin?«

Auf der anderen Seite der Leitung höre ich ein genervtes Schnauben. Okay, anscheinend nicht.

»Ich halte nichts von Small Talk«, sagt er und ich nicke zustimmend. Damit hat er völlig recht. Das ist eine der Eigenschaften, die ich an Gray so mag. Wenn man sich erst einmal durch die Eisschicht gebohrt hat, ist er ein stilles Wasser mit ungeahnten Tiefen.

»War das alles für dich nur ein Flirt?«, fragt er.

»Du kommst wirklich gleich zur Sache.«

»Für mich war es mehr als ein Flirt. Dieser ganze Sommer … Ich habe das total ernst gemeint. Aber ich habe auch keine Lust, das Warten unnötig in die Länge zu ziehen. Also, was geht in deinem Kopf vor?«

Ich kann die Anspannung in seiner Stimme hören, eine Mischung aus Ärger, Schmerz und sehr viel Frustration. Mir ist klar, dass er wieder Schlafprobleme hat und ich habe ein schlechtes Gewissen. Ich komme mir vor, als hätte ich ihm ein paar notdürftige Schwimmzüge beigebracht, nur um ihn dann untergehen zu lassen.

»Ich weiß«, antworte ich, obwohl ich selbst nicht sicher bin, was ich damit sagen will. Ich kann mich kaum noch erinnern, wie ich das Gespräch geplant hatte oder warum ich überhaupt angerufen habe. Alles vermischt sich zu einem wirren Durcheinander. Inzwischen ist so viel Zeit verstrichen. Ich hatte mir eingebildet, der Anruf würde leicht werden. Wir könnten uns gegenseitig die Highlights unseres Lebens erzählen, ohne allzu sehr in die Tiefe zu gehen … Ich hatte vergessen, dass Gray nicht der Typ für einfache Gespräche ist. Aber wie soll ich das Chaos in meinem Kopf in Worte fassen, wenn ich es selbst kaum durchschaue? Meine Gedanken wirbeln in hundert verschiedene Richtungen und mein Gehirn erinnert an ein Flipchart beim Gruppen-Brainstorming. Es ist so voller Stichworte, dass sie schon über das Papier hinausschießen.

»Dylan?«, fragt Gray.

»Tut mir leid«, sage ich, »aber ich habe ehrlich geglaubt, dass es besser ist, wenn ich dir Zeit lasse. Deshalb habe ich nicht angerufen. Ich wollte, dass du die Chance hast, dich richtig einzuleben.«

Natürlich versteht Gray, worauf ich hinauswill.

»Du meinst, du wolltest mir Zeit geben, dich zu vergessen? Hältst du mich wirklich für so oberflächlich? Nach allem, was zwischen uns gewesen ist, werde ich mich wohl kaum an die erstbeste Studentin ranschmeißen, nur weil du nicht anrufst.«

»Ich weiß«, höre ich mich selbst zaghaft sagen. So kenne ich mich gar nicht. Ich sinke tiefer auf meinem Stuhl zusammen.

»Vielleicht war es wirklich keine gute Idee, gleich mit diesem Thema anzufangen«, stellt er fest. »Small Talk hat seine Vorteile.« Ich nicke stumm und meine Augen werden feucht. Eigentlich will ich alles über ihn wissen. Wie er seine Tage verbringt. Wo er wohnt und wo er schläft. Welche Freunde er hat. Aber meine Gefühle rauben mir die Stimme.

»Also, wie soll es jetzt weitergehen?«, fragt er.

»Ich habe keine Ahnung, ehrlich«, sage ich.

Eine Weile höre ich nur seinen Atem und stelle mir vor, sein Gesicht vor mir zu sehen. Und seine Augen. Kaum zu fassen, wie sehr ich seine Augen vermisse.

»Okay, dann sage ich dir, was passiert«, sagt er und übernimmt das Kommando, solange er die Gelegenheit hat. »Wir beide werden uns wiedersehen, weil die Sache zwischen uns nämlich nicht vorbei ist.« Er erklärt, dass er zu Weihnachten drei Wochen Ferien hat und nach Kalifornien kommen wird, um für diese Zeit bei mir zu wohnen.

»Das wird nicht funktionieren«, sage ich. Weil ich nämlich bei den Besitzern des Cafés untergekommen bin, in dem ich meinen Job habe. Sie haben mir angeboten, bei ihnen über dem Laden einzuziehen. Dafür muss ich am Wochenende auf ihre beiden kleinen Kinder aufpassen. »Ich schlafe in einem der Kinderzimmer, weil es nichts kostet und ich pleite bin«, erkläre ich Gray.

»Okay«, sagt er. »Dann übernachte ich eben im Auto.«

»Gray, der Ort liegt in den Bergen, hier gibt es Minustemperaturen und du hast nicht mal warme Kleidung«, widerspreche ich ganz logisch. Was für mich sehr untypisch ist.

»Seit wann bist du so logisch?«, fragt er auch gleich. »Außerdem brauche ich überhaupt keine Kleidung. Du kannst mit mir in den Schlafsack krabbeln und mich warmhalten.« Ich seufze tief, weil er sich nicht abschrecken lässt. »Oder du kommst nach Phoenix und wohnst über Weihnachten wieder bei deiner Tante«, schlägt er als Nächstes vor. Ich knabbere an meiner Unterlippe. Daran hatte ich auch schon gedacht, aber es würde nur zu neuen Problemen führen.

»Und danach?«, frage ich.

»Wie meinst du das?«

Ich will wissen, wie es nach Weihnachten weitergehen soll, und er sagt, darüber können wir uns den Kopf zerbrechen, wenn es so weit ist.

»Fernbeziehungen halten doch nie«, sage ich.

In der Leitung herrscht Schweigen. Mein Magen zieht sich zusammen. Wir wissen beide, dass jetzt nur noch eine Möglichkeit übrig bleibt.

»Soll das heißen, wir machen Schluss?«, fragt er. Meine Finger krampfen sich um den Hörer. Ich finde es schrecklich, ihn in diesem Moment nicht sehen zu können. Mir war vorher nicht bewusst, dass dieses Gespräch unser letztes sein würde. Ich dachte, ich hätte ihn angerufen, um Hallo zu sagen, aber anscheinend war der Zweck, mich zu verabschieden.

»Ist es vorbei?«, fragt er.

»Ich hasse solche Gespräche am Telefon. Das fühlt sich einfach nicht richtig an«, sage ich und meine Stimme beginnt zu zittern.

»Tja, dein Pech.«

Die Tränen brennen mir wie Säure in den Augen.

Ich erkläre Gray, dass ich genau aus diesem Grund nicht anrufen wollte. Eigentlich hatte ich gehofft, er sei durch alles Mögliche abgelenkt – Unikurse, neue Freunde, Sporttraining – und würde kaum merken, dass er mich immer mehr vergisst.

»So läuft das bei mir nicht, Dylan. Ich bin nicht der Typ, der sich einfach denkt: Aus den Augen, aus dem Sinn.«

Inzwischen laufen mir die Tränen in Strömen übers Gesicht. Ich weiß doch, wie Gray tickt. Wie ist es mir gelungen, das zu vergessen? Im Gegensatz zu mir bindet er sich an Menschen. Genau deshalb lässt er kaum jemanden an sich heran.

»Liebst du mich?«, fragt er.

»Ja, und das wird sich auch nie ändern«, sage ich ohne zu zögern. Aber Gray weiß, dass ich alles und jeden liebe, also ist meine Antwort kein großer Trost.

»Hör damit auf«, bestimmt er.

»Wie soll ich das machen? Der Abstand ändert nichts an meinen Gefühlen. Ich werde dich immer lieben.«

»Okay, dann gib zu, dass du mich wiedersehen willst.«

Ich sage, dass man ein Happy End nicht erzwingen kann. Wenn wir wirklich füreinander bestimmt sind, wird es irgendwann ganz von selbst passieren. Daran müssen wir einfach glauben. Ich schließe die Augen und kann nur hoffen, dass er mich nicht für verrückt hält.

»Du bist verrückt!«, schreit er. »Wie soll das denn funktionieren?«

Ich sage, wir müssen darauf vertrauen, dass uns das Schicksal wieder zusammenführt, wenn das Timing stimmt. Seelenverwandte treffen sich immer mehrmals.

»Na toll, und was machen wir in der Zwischenzeit?«, fragt er.

»Wir lassen einander los«, sage ich, »und leben unser Leben.«

Gray brüllt mich an, dass man Menschen, die man liebt, nicht einfach aufgibt. Vielleicht müsste ich erst jemanden verlieren, um das zu begreifen. »Du lebst in einer Traumwelt«, sagt er. »Ruf mich an, wenn du bereit bist, aufzuwachen.«

Er legt auf und ich halte den Hörer in der schlaffen Hand. Kraftlos sacke ich im Stuhl zusammen. In meiner Brust ist eine kalte Leere und ich fühle mich völlig zerschlagen.

Ich brauche dringend etwas, das ich zerschlagen kann.

Also stürme ich in mein Zimmer und bin kurz davor, den Rahmen mit dem bescheuerten Gedicht von der Wand zu reißen und über die Balkonbrüstung zu werfen. Dann fällt mir stattdessen der Zettel mit Dylans Kontaktdaten ins Auge. Ich knülle ihn zusammen, ohne noch einmal hinzuschauen, denn ich traue meinem Gehirn zu, sich aus reiner Verzweiflung die Nummern und die Adresse zu merken. Dabei will ich am liebsten vergessen, dass es Dylan überhaupt gibt. Ich zerreiße den Zettel, marschiere zu dem winzigen Bad, das an mein Zimmer grenzt, und spüle die Fetzen hinunter. Dann werfe ich den Klodeckel zu und lasse mich darauf fallen, weil meine Beine zu zittrig sind, um mich zu tragen.

Was zur Hölle denkt sie sich eigentlich? Welcher normale Mensch glaubt an die Magie des Schicksals, die Liebende wieder zusammenführt? Sie stellt sich das Leben wirklich wie einen Roman vor. Ist ihr nicht klar, dass man sich für sein Glück anstrengen muss? Liebe fällt einem nicht in den Schoß wie in einem beschissenen Märchen. Man muss daran arbeiten. Aber falls Dylan irgendwann genug Verstand entwickelt, um das zu kapieren, wird es zu spät sein. Dann bin ich nämlich nicht mehr da.

Ich reiße mir die Baseballmütze vom Kopf, schmeiße sie auf den Boden, wühle durch meine Haare und trete gegen die Wand. Ich bin stinksauer über jede sinnlose Stunde, die ich Dylan nachgetrauert habe. Wie viel Energie habe ich darauf verschwendet, sie zu vermissen? Und besonders ärgert mich der Gedanke, dass ich mir die ganze Zeit eingebildet habe, ihr würde es ähnlich gehen … dass ihr die Trennung genauso schwerfällt wie mir. Ich höre jemanden an meine Zimmertür hämmern und weiß genau, wer dort steht.

Also bringe ich mich unter Kontrolle und öffne die Tür für eine schmollende, wütende Amber mit unverändert liebeskrankem Blick. Sie hat immer noch den roten Becher in der Hand und wartet offensichtlich darauf, hereingebeten zu werden. Ich trete zur Seite und sie schlängelt sich möglichst eng an mir vorbei, sodass ihr Busen sich an meinem Arm reibt und ihre Hüfte mein Bein streift. Dann stellt sie den Becher auf meinem Nachttisch ab, dreht sich um und starrt mich an. Ich schließe die Tür, die hinter mir hörbar zuklickt. Mein Atem geht schnell und unregelmäßig und ich versuche mich zu beherrschen. Amber fixiert mich im Dämmerlicht des Raums, der nur von einer Straßenlaterne erhellt wird.

»Du bist echt ein Arschloch«, sagt sie, aber es klingt merkwürdig flirtend.

Ich frage, warum.

»Weil du es toll findest, wenn ich dir nachrenne«, sagt sie. »Dabei weiß ich genau, dass du mich willst.« Ich kann sie nur anstarren. Das wird mir jetzt echt zu viel. Gleich bekomme ich Schreikrämpfe. Ich gehe auf sie zu, aber bevor ich etwas tun oder sagen kann, greift sie nach mir. Sie zieht mein Gesicht zu sich heran, sodass unsere Münder sich berühren.

Ich versteife mich automatisch, aber dann schließe ich die Augen und neige mich zu ihr. Ich will ihre Lippen auf meinen schmecken und meine Gedanken betäuben. Mein Kuss ist wütend und hart. Vielleicht kann er den Schmerz auslöschen. Ich nehme ihr Gesicht zwischen die Hände und presse meinen Mund auf ihren, als wollte ich daran ersticken. Sie schmeckt nach Bier und Zigaretten und ihr Duft erinnert an eine ganze Parfümerie. Amber hält meine Wut für Leidenschaft, rammt mir die Zunge in den Hals und kratzt mit den Fingernägeln meinen Rücken herunter. Ich komme mir vor wie in einer Seifenoper. Jede Bewegung wirkt angestrengt und künstlich. Sie stellt komplizierte Dinge mit ihrer Zunge und ihren Händen an, dabei stöhnt sie wie kurz vorm Orgasmus, aber nichts davon ist echt.

Mit einem Ruck stößt sie mich aufs Bett.

Sie wirft mir ein verführerisches Lächeln zu, das mich völlig kalt lässt, löst ihren Pferdeschwanz und schüttelt sich die rückenlange

Mähne ins Gesicht. Währenddessen liege ich rücklings auf dem Bett und komme mir vor, als hätte ich gerade eine außerkörperliche Erfahrung – mein Geist scheint unter der Zimmerdecke zu schweben, ich schaue auf mich herunter und frage mich, was ich hier eigentlich tue. Ein bildschönes Mädchen führt vor meinem Bett einen Balztanz auf und die Szene kommt mir so intim vor wie eine TV-Reklame.

Ich will Amber nicht benutzen. Das geht einfach nicht. Es wäre nicht fair. Ich bin nicht auf der Suche nach einer neuen Freundin, um die Leere in meinem Herzen, meiner Seele und meinem Bett auszufüllen. Wenn man das Glück hat, bereits zu wissen, wen man will, kann man sich sämtliche bescheuerten Castings sparen, denn niemand wird je gut genug sein.

Sie windet sich verführerisch aus ihrem Top und wirft es mir zu. Es landet auf meinem Bauch, wo es liegen bleibt. Ich rühre mich nicht, sondern betrachte sie nur.

Kaum zu glauben, dass sie einen Striptease für mich aufführt.

Der Holzboden vibriert von den Bässen in der unteren Etage und Rapmusik dröhnt bis zu uns herauf. Amber schwingt ihre Hüften und lehnt sich vor, sodass ich einen guten Blick auf ihre Brüste in dem schwarzen Spitzen-BH bekomme. Sie lässt sich langsam einen Träger von der Schulter rutschen und wartet darauf, dass ich grinse oder in Ohnmacht falle oder mich auf sie stürze, weil ich so sagenhaft angeturnt bin.

Aber ihr Striptease hat den gegenteiligen Effekt. Ich fühle mich schmutzig, als würde ich Dylan betrügen. Verdammt. Ich kann einfach nicht. Also stehe ich auf und drücke ihr das Top in die Hand. Meine Finger zittern.

»Amber«, sage ich, »es tut mir wirklich leid, aber wir sollten jetzt aufhören.«

Ihre schwingenden Hüften erstarren und sie schaut mich ungläubig an.

»Was?«

Ich versuche keine Erklärung, halte ihr nur das Top entgegen und versuche, entschuldigend zu gucken.

»Bist du schwul?«, fragt sie. Ich schüttele den Kopf, wundere mich aber nicht, dass sie auf diese Idee kommt. Normalerweise müsste ich inzwischen einen bombastischen Ständer haben.

»Der Telefonanruf«, sage ich. »Das Mädchen, das mich sprechen wollte …« Ich verstumme, denn ich habe keine Ahnung, wie ich meine Gefühle und mein Verhältnis zu Dylan beschreiben soll.

Sie presst die Lippen zusammen. »Na toll, sie ist deine Freundin.«

Ich schüttele den Kopf. »Nein«, sage ich. Dylan ist nichts dergleichen. »Aber ich liebe sie immer noch. Tut mir leid.« Amber starrt mich einen Moment an, dann schnaubt sie wütend, reißt mir das Top aus der Hand und zerrt es sich über den Kopf. Sie stürmt aus dem Zimmer und wirft mir die Tür vor der Nase zu, bevor ich noch etwas sagen kann. Ich beiße die Zähne zusammen, dann stampfe ich die Treppe hinunter. Überall auf den Stufen sitzen Paare und knutschen. Bubba hält anerkennend den Daumen in die Höhe, als er mich gleich hinter Amber kommen sieht, aber ich ignoriere ihn. Unsanft bahne ich mir einen Weg durch die tanzende Menge in unserem Wohnzimmer und marschiere nach draußen in die kühle Nachtluft.

Ich komme mir vor wie ein Loser, ein Mistkerl und ein Freak und vor allem bin ich immer noch hoffnungslos verliebt in ein Mädchen, das bald nur noch eine Erinnerung sein wird. Draußen regnet es und es dauert nicht lange, bis ich mich mehrere Blöcke weiter mit tropfnassen Haaren wiederfinde und mir das Wasser aus den Augen wischen muss. Die Straße ist menschenleer. Ich lache selbstironisch und komme mir vor, als sei Led Zeppelins Song *Fool in the Rain* extra für diesen Moment geschrieben worden. Nur kann ich nicht behaupten, dass der Regen mich ruhiger stimmt oder die Erinnerungen fortwäscht. Also laufe ich einfach weiter, angetrieben von meiner Wut und verfolgt von meinen Zweifeln.

Erste Kompromisse

Dezember

Gray

Wir haben zwei Tage vor Weihnachten, ich bin wieder in Phoenix, und draußen sind fast dreißig Grad. Ich habe sämtliche Fenster in meinem Zimmer aufgerissen, denn wenigstens herrscht eine anständige Brise. Ich liege nur mit einer kurzen Sporthose bekleidet auf dem Bett, höre eine CD von Cold War Kids und trommele mit dem Fuß den Rhythmus dazu. Ich mag den rockigen Sound, aber lieber wäre mir, jetzt einfach einschlafen zu können. Das gelingt mir schon seit Wochen nicht mehr ohne Tabletten.

Vielleicht sind die Cold War Kids doch ein bisschen zu hart. Ich suche nach etwas Beruhigendem und entscheide mich für die Eagles. Danach versuche ich es mit den Counting Crows.

Und dann höre ich plötzlich ein Klopfen an meiner Fensterscheibe. Ich richte mich im Bett auf und mein Puls setzt einen Schlag aus, als hätten die klopfenden Finger mein Herz aus dem Rhythmus gebracht. Vielleicht habe ich mir das Geräusch nur eingebildet, weil ich es so gerne hören will, aber ich stehe trotzdem auf, streife ein Paar Sandalen über und gehe nach draußen. Als ich sie sehe, bleibe ich ungläubig stehen.

Dylan befindet sich leibhaftig in meinem Hinterhof. Ich blinzele, falls ich doch träume, allerdings wirkt sie dafür erstaunlich real. Sie hat sich überhaupt nicht verändert, trägt immer noch ihre Schlabberjeans und hat die Haare zu einem zerzausten Pferdeschwanz zurückgebunden. Ihr T-Shirt sieht uralt aus, ein Werbeslogan für eine regionale Softball-Mannschaft ist daraufgedruckt.

»Du hast die Kellertür nicht aufgelassen«, beschwert sie sich, als hätte ich ihre nächtliche Ankunft erwarten sollen.

Ich streiche mir durch die Haare und versuche, einen vernünftigen Satz herauszubringen. »Was machst du hier?«, frage ich schließlich.

»Ich will dir was zu Weihnachten schenken«, sagt sie.

Da erst bemerke ich die große Plastiktüte in ihrer Hand. Ich frage, was darin ist, und sie flüstert mit Verschwörerstimme: »Dinge«. Also frage ich, was für Dinge.

»Ich weiß nicht, ob du die Idee magst. Vielleicht findest du sie blödsinnig.«

Ich stütze die Hände in die Hüften. »Dylan, wir hätten nicht mal den ersten Tag zusammen durchgehalten, wenn ich deine Ideen blödsinnig finden würde.«

»Da hast du recht«, gibt sie zu.

Dann erklärt sie, dass sie die ganze Zeit, in der wir getrennt waren, Erinnerungen an mich gesammelt hat. Eine Sache pro Tag. Die Plastiktüte ist voller Briefe, die sie geschrieben hat, seltsam geformter Steine, Fotos und Postkarten. Außerdem hat sie ein neues Hobby, nämlich Leute nach ihren Lieblingszitaten zu fragen. Ein großer Teil der Sammlung besteht aus hingekritzelten Sprüchen und Lebensmottos, bei denen sie an mich denken musste.

»Am Ende hatte ich fast hundert solcher Dinge. So viele Tage waren es nämlich, seit wir uns das letzte Mal gesehen haben.«

Ich starre auf die Tüte und sage, wie beeindruckt ich bin, dass sie mit einem einzigen Geschenksack ausgekommen ist.

»Ich habe noch vier weitere im Auto. Fröhliche Weihnachten!«

Eigentlich sollte mich bei Dylan nichts mehr überraschen. Trotzdem schafft sie es immer wieder.

»Vielen Dank«, sage ich, »vielleicht bin ich nächste Weihnachten mit Auspacken fertig.«

Ich frage sie, ob Gürkchen tatsächlich den ganzen Weg hierher geschafft hat, und ihre Mundwinkel sinken nach unten.

»Gürkchen ist vor ein paar Wochen in die ewigen Jagdgründe gegangen«, sagt sie. Ich fühle tatsächlich einen Anflug von Trauer. Schließlich war die alte Klapperkiste der Ort, an dem ich mich verliebt habe. Dylan erzählt, dass sie jetzt einen grünen Mini fährt, den sie Big Blue genannt hat. Ich frage gar nicht erst, wie sie auf diesen Namen gekommen ist. Sie sagt, dass der Mini eigentlich ganz okay ist, aber im früheren Leben wahrscheinlich Eisshowtänzer war, weil er mit Begeisterung an gelben Ampeln und Stoppschildern vorbeischlittert, selbst wenn Dylan lieber anhalten möchte.

»Er ist ein kleiner Angeber«, stellt sie fest und ich grinse. Plötzlich fühlt es sich an, als sei überhaupt keine Zeit vergangen. Höchstens Minuten oder vielleicht Sekunden. Wir schweigen beide einen Moment, dann frage ich, wie ihr Kalifornien gefällt. Ich hoffe, dass sie es ganz schrecklich findet und sofort nach New Mexico ziehen will, weil sie ohne mich todunglücklich ist. Aber ich glaube, in Wirklichkeit ist Dylan gar nicht fähig, unglücklich zu sein.

»Ich mag alle Orte, an die ich komme«, sagt sie. »Jeder Platz der Welt hat etwas zu bieten.«

Das klingt mir dann doch zu optimistisch.

»Also wenn du nach Sibirien ziehen müsstest, würdest du dich dann auch freuen?«

»Klar«, sagt sie. »Ich wollte immer schon Hundeschlitten fahren. In Sibirien würde ich mir eine Blockhütte bauen, mein Essen selbst jagen, die Felle meiner Beute als Kleidung benutzen und aus den Knochen und Zähnen exotischen Schmuck herstellen, den ich verkaufe, um zu leben.«

Ich schüttele den Kopf und seufze, denn so lächerlich die Idee auch klingt, Dylan würde wahrscheinlich damit durchkommen.

»Wie geht es deinen Eltern?«, fragt sie. Wie immer denkt sie gleich wieder an andere Leute und vergisst sich selbst.

Ich erzähle, dass die beiden heute eine dreistündige Radtour unternommen haben. Meine Mutter ist einem Literaturkreis beigetreten und mein Vater hat wieder mit Golf angefangen. Ihnen geht es besser. Nicht umwerfend toll, aber die Veränderung ist spürbar. Gestern Abend haben Mom und ich zusammen Trivial Pursuit gespielt, was ich eigentlich hasse. Aber Mom ist ganz verrückt danach, und für mich war es ein monumentaler Durchbruch, sie später als neun Uhr ins Bett gehen zu sehen.

Dylans Blick tanzt an mir auf und ab, während ich rede, bis ich irritiert frage, was es denn zu sehen gibt. Sie antwortet, dass ich mehr Muskeln habe und mein Bauch viel flacher ist. Ich streiche mir über mein Sixpack und sage, das will ich auch hoffen, schließlich mache ich täglich zweihundert Liegestütze.

Sie starrt auf meinen Bauch und dann wieder hoch zu meinem Gesicht.

»Du bist total braun«, stellt sie fest.

»Und du bist total blass«, sage ich, obwohl ihre Haut eher cremig weich aussieht und ich kaum die Finger von ihr lassen kann.

»Hast du dich in einen dieser Typen verwandelt, die vor dem Spiegel ihren Bizeps trainieren?«, fragt sie.

»Dazu habe ich schon immer gehört«, entgegne ich und sie grinst.

»Als Nächstes lässt du dich piercen und trägst Ohrstecker mit Minidiamanten wie diese coolen Spitzensportler im Fernsehen.«

»Nee, erst wenn ich den Werbevertrag für Coca Cola bekomme«, sage ich.

»Falls das nicht klappt, könnten wir dir einen Job als Stringtanga-Model besorgen.«

Ich schüttele den Kopf. »Tangas sehen aus, als würde man sich Zahnseide durch den Hintern ziehen.«

Dylan findet meine Einstellung schade. Sie hätte mich gerne in Leopardenmuster gesehen.

Ich verspreche, dass ich darüber nachdenken werde, auch wenn ich mich zu fett für eine Modelkarriere fühle und erst weiter an meinem Idealgewicht feilen muss.

Dann stehen wir einfach nur da und schweigen. Dylan hält noch immer ihre Plastiktüte in der Hand. Sie legt den Kopf in den Nacken und betrachtet den Mond, der rund und voll am Himmel steht. Nach einer Weile fragt sie, ob ich das Mondgesicht eher für einen Mann oder eine Frau halte. Als ich nicht antworte, erklärt sie mir ihre Theorie, dass es sich um das Portrait eines legendären Außerirdischen namens Vorth handelt, der vor sechs Millionen Jahren die Galaxis vereinigt hat.

Ich übergehe ihre Quasselattacke und frage, ob sie gerade unter einem Anfall von Trennungsangst leidet.

»Vielleicht ein bisschen«, gibt sie zu. Also erkläre ich ihr, dass es in unserer modernen Zeit eine Reihe fantastischer neuer Kommunikationsformen gibt wie das Telefon und das Internet, mit denen sich dieses Problem vereinfachen lässt.

»Jetzt bist du fies und sarkastisch«, stellt sie fest.

»Ich habe länger nicht geschlafen.« Sie nickt, weil sie mein kompliziertes Verhältnis zum geregelten Schlaf-Wach-Rhythmus kennt.

»Hast du an Amanda denken müssen?«, fragt sie und ich lasse sie wissen, dass mir vor allem ein anderes Mädchen durch den Kopf geschwirrt ist. Dann hebe ich eine Augenbraue und warte auf ihre Reaktion. Ich will endlich auf den Punkt kommen. Warum ist sie hier?

Sie stellt die Plastiktüte ab und verschränkt die Hände in einer fast betenden Geste, aber ich glaube, sie ist einfach nur nervös.

Ich mache Dylan nervös? Den Tag sollte ich mir rot im Kalender anstreichen.

»Tut mir leid, dass ich auf Abstand gegangen bin«, sagt sie. »Ich dachte, dass es für mich leichter sein würde, aber ich habe mich geirrt. Dann dachte ich, dass es für dich leichter sein würde, nur hat unser kleines Telefonat wohl bewiesen, dass ich damit genauso falsch lag.« Sie unterbricht sich und blickt mir ernst in die Augen. »Bei dem Anruf hatte ich nicht vor, mit dir Schluss zu machen. Ich möchte dich wirklich nicht verlieren, Gray.«

Ich schaue sie an und denke, dass ich sehr viel Grund hätte, immer noch wütend zu sein. Aber wie soll ich das hinkriegen, wenn Dylan direkt vor mir steht? An meinem Ärger festzuhalten, wäre reine Zeitverschwendung. Mir kommt es viel einleuchtender vor, Dylan zu küssen. Und immerhin ist sie gekommen und gibt sich Mühe. Das reicht mir als Entschuldigung.

»Ich hätte nicht einfach auflegen sollen«, sage ich.

»Eigentlich wollte ich es nur vermeiden, dir wehzutun. Weil ich den Gedanken nicht ertragen konnte. Aber dann habe ich es vermasselt und genau das getan«, sagt sie.

Ich trete einen Schritt näher.

»Wenn du einverstanden bist, würde ich gerne einen zweiten Versuch starten«, sagt sie, »und mich anstrengen, dass es funktioniert. Ich habe mir vorgenommen, am Ende meines Lebens nichts zu bereuen. Und ich würde es sehr bedauern, wenn ich dich nicht bei mir hätte.«

Ich schaue ihr in die Augen und muss lächeln. Mein Herz klopft so wild, als wolle es mich dazu bringen, den letzten Schritt vorwärts zu tun.

»Na ja, und du hast mich schließlich für die Weihnachtsferien eingeladen. Steht das Angebot noch?«

Ich nicke langsam. »Weißt du, ich habe dich auch vermisst«, sage ich. »Jeden einzelnen Tag. Ich habe bloß keine Souvenirs gesammelt, um es zu beweisen.«

»Mmh«, sagt sie und kratzt sich am Kinn, während sie nachdenkt. Dann meint sie, dass Wort »vermissen« sei viel zu ungenau und würde nicht einmal annähernd das Gefühl beschreiben.

»Vielleicht wäre ›begehren‹ besser, oder auch ›sehnen‹, obwohl ich den Ausdruck eigentlich nicht mag, weil er nach Kitschfilm klingt«, sagt sie und haucht: »Ich habe mich nach dir geseeehnt …«

Ich höre ihren wirren Gedankengängen zu, die ich echt vermisst habe. Dylan ist wie ein Kaleidoskop. Sie verändert sich ständig, ist immer am Rotieren, und man weiß nie, wie das Ergebnis aussieht. Ich könnte jetzt ausführlich von Liebe reden und versuchen, die ganzen Gefühle in Worte zu fassen, die durch meinen Kopf schwappen, aber stattdessen ziehe ich Dylan an mich und küsse sie, wie ich es mir die letzten drei Monate in meinen Träumen ausgemalt habe.

Ich zeige ihr, dass Worte manchmal überflüssig sind.

Sie küsst zurück. Zuerst fühlt es sich noch tastend und vorsichtig an, dann werden wir beide mitgerissen. Dylan schlingt mir die Arme um den Hals, ich drücke sie so fest an mich, dass ich ihr Herz im gleichen Turbotempo schlagen fühle wie meines, und alles andere verschwindet im Hintergrund.

Ich weiß, dass ich nicht kontrollieren kann, was in meinem Leben geschieht. Ich muss einfach hinnehmen, dass Menschen hineinschneien und wieder verschwinden, ähnlich wie ich mich damit abfinde, dass die Zeit verfließt und sich nicht zurückdrehen lässt.

Und ich kann nicht mit Sicherheit sagen, wohin es mich in Zukunft verschlagen wird.

Aber immerhin weiß ich, wen ich liebe. Und ich fange an zu glauben, dass ich mehr Sicherheit im Leben gar nicht brauche.

In meinem Buch werden eine Menge Songs erwähnt, und beim Schreiben habe ich Playlists zusammengestellt, die mir geholfen haben, meine Hauptpersonen besser kennenzulernen. Weil das so viel Spaß gemacht hat, habe ich mir auch gleich die Titel der Mix-CDs überlegt. Weiter unten findet ihr die Musik, die Gray für Dylan ausgesucht hat – mit dem Wort *Liebe* in jedem Song.

Gray:

1. My Lie – The White Buffalo
2. This Is Such A Pity – Weezer
3. Mysterious Ways – U2
4. To Be Young – Ryan Adams
5. Joy Ride – The Killers
6. Nearly Beloved – The Wallflowers
7. I Want You – Bob Dylan
8. Rock and Roll – Eric Hutchinson
9. Just Like Heaven – The Cure
10. July, July – The Decemberists
11. Never Had Nobody Like You – M. Ward
12. Whatever You Like – T. I.
13. Tear It Off – Method Man and Redman
14. Fool In The Rain – Led Zeppelin
15. Hang Me Up To Dry – Cold War Kids
16. Elevation – U2

Dylan:

1. Kodachrome – Paul Simon
2. Optimistic Thoughts – Blues Traveler
3. I Don't Know Why – Alison Krauss

4. When You Feel It – Brett Dennen
5. Five Years Time – Noah and the Whale
6. Sweetest Thing – U2
7. All Summer Long – Phoebe Kreutz
8. Rain King – Counting Flowers
9. Rudie Can't Fail – The Clash
10. The Underdog – Spoon
11. If You Want To Sing Out, Sing Out – Cat Stevens
12. I Hear The Bells – Mike Doughty
13. The Littelest Birds – The Be Good Tanyas
14. Say Hey – Michael Franti
15. Live Your Life – T. I.
16. True Or False – Bishop Allen

Love-Mix für Dylan:

PacMan-Hintergrundmusik, Level 4

1. California – Joey Ryan
2. Fresh Feeling – The Eels
3. Lover – Devendra Banhart
4. Don't Be Shy – Cat Stevens
5. The Book Of Love – The Magnetic Fields
6. Yellow – Coldplay
7. Let's Get It On – Jack Black
8. Romeo And Juliet – The Killers
9. It's Love – Chris Knox
10. Crazy Love – Adam Sandler
11. I'll Keep It With Mine – Bob Dylan
12. Burning Love – Elvis Presley
13. Hawkmoon 269 – U2
14. Hallelujah – Jeff Buckley
15. Peaceful Easy Feeling – The Eagles

Danksagung

Als Erstes möchte ich Helen Breitweiser danken, die nicht nur meine Agentin und liebste Kritikerin ist, sondern auch oft genug als Therapeutin herhalten musste. Ich danke Julia Richardson, meiner Lektorin, die aus dem Roman das absolut Beste herausgeholt hat. Vielen Dank an meinen Verlag Houghton Mifflin Harcourt, der an mein Buch geglaubt und es auf den Markt gebracht hat. Auch dir vielen Dank, liebe Ryan, weil du mich mit deiner Begeisterung für Bob Dylan angesteckt hast, auch wenn bestimmt niemand ein so großer Fan sein kann wie du. Danke, Oma Gail, dass du mich immer darin bestärkt hast, die wilde, abenteuerlustige Dylan in mir auszuleben. Mom und Dad, eure Liebe und Unterstützung hat mir viel bedeutet. Ich danke dem Städtchen Sedona für … nun ja, dafür dass es überhaupt existiert. Vielen Dank an alle meine hilfsbereiten, humorvollen, Freunde wie Jill Weidenbaum, Karin Morris, Becky Bechtell, Marcia Doran und Val Peck. Ihr habt mich inspiriert und die besten Momente meines Lebens mit mir geteilt. Ich danke Mark Thompson, meinem Gitarrenlehrer. Meiner Schwester danke ich besonders für ihre Tipps zu meinen drei wichtigsten Hobbys: Bücher, Filme und Musik. Vielen Dank an Kelley Croco, die meine vielen Manuskriptversionen korrigiert hat. Ein dickes Dankeschön geht an die Wisconsin Woodchucks. Ihr habt mich zu einem begeisterten Baseball-Fan gemacht und mir eine Menge denkwürdiger Sommerabende beschert. Und wie immer danke ich Adam, weil er einfach nie aufhört, so absolut wundervoll zu sein.

Wie dieses Buch entstanden ist

Der Roman begann eigentlich als eine Übung in Kreativem Schreiben. Die Herausforderung für mich war, eine Liebesgeschichte aus männlicher Perspektive zu erzählen. Eigentlich hatte ich nur ein paar Kapitel geplant, aber schließlich wurde ein ganzes Buch daraus. Ich hatte mich in meine Charaktere verliebt und wollte selbst wissen, wie die Geschichte ausgeht.

Ich habe ein paar Monate in Phoenix gelebt und dort Kurse am Mesa Community College belegt, Wanderwege ausprobiert, Gitarre spielen gelernt, mit meiner alten Spiegelreflexkamera fotografiert und in mein Notizbuch gekritzelt. Nichts ist magischer als ein Sonnenuntergang über der Wüste und ich konnte es kaum erwarten, diesen Moment in meinem Roman einzufangen.

Obwohl mich Arizona mit seiner bizarren Landschaft fasziniert hat, war ich in Phoenix nie glücklich. Ich habe kaum Freunde gefunden. Aus der Sicht von Gray zu schreiben, ist mir leichtgefallen, denn auf gewisse Weise kam mir die Welt genauso frustrierend vor. In Phoenix ging mir alles auf die Nerven: die Leute, der übertriebene Glitzerchic, die ständige Hitze. Aber gleichzeitig war ich auch Dylan, habe alles in mich aufgesogen und versucht, keinen Augenblick meines Lebens zu verschwenden. Ich habe tatsächlich vier Jahre lang ein Vagabundenleben geführt und die Welt für mich entdeckt. Phoenix war nur einer der vielen zufälligen Stopps auf dem Weg. Wie Dylan war ich auf der Suche nach einem Gray, der meine verrückten Abenteuer mit mir teilt. Und wie Gray war ich auf der Suche nach einer Dylan, die mich aus meiner drohenden Depression zerrt, durchschüttelt und wieder zum Lachen bringt.

Zum zweiten Kernthema des Buches (Amandas plötzlichem Tod und Grays Problemen, damit fertig zu werden) hat mich eine Bekanntschaft inspiriert, die ich in Oregon gemacht habe. Als ich meine erstaunliche neue Freundin kennenlernte, war gerade ihr Bruder gestorben, zu dem sie eine sehr enge Beziehung gehabt hatte. Sie versuchte, ihr Leben wieder in den Griff zu bekommen. Ihre Methode war, so viel wie möglich über ihn zu sprechen. Sie trauerte, indem sie Geschichten über ihren Bruder erzählte. Bald hatte ich das Gefühl, ihn tatsächlich zu kennen, obwohl ich leider nie das Glück hatte, ihm zu begegnen. Wir haben ähnlich wie Gray und Dylan seinen Todestag zusammen gefeiert, sein Bild um den Hals getragen, Fotos angeschaut und seine Lieblingsmusik gehört.

Viele der Geschichten, die ich hier niedergeschrieben habe, schulde ich den Orten, in die es mich verschlagen hat, und den beeindruckenden, fantastischen Menschen, die ich unterwegs traf. Eine ganze Reihe Szenen in meinem Roman basieren auf echten Begebenheiten. Ich bin mit einer Freundin den Mulholland Drive entlanggerannt, während Autos haarscharf an uns vorbeirasten. Dabei haben wir Songs von Bob Dylan geschmettert, bis wir am Hollywood Boulevard in Sicherheit waren. (Übrigens bin ich über die Straße auch schon mit dem Auto gefahren und kann nur jedem empfehlen, sich dafür zu entscheiden.) Ich habe die Umgebung von Sedona durchwandert, die für mich zu den schönsten Orten der Welt gehört, und dort viele Stunden mit Meditation zugebracht.

Und falls ihr vorhabt, richtig gute Kaktusbilder zu knipsen, solltet ihr euch den Picacho Peak State Park in der Nähe von Phoenix anschauen. Die Saguaros sind absolut einen Fototrip.

Dieser Roman ist halb Traumwelt, halb Realität. Echte Erlebnisse vermischen sich mit Szenen, die ich gerne erlebt hätte. Deshalb bin ich wohl so begeistert vom Schreiben – weil ich meine Träume für eine Weile in Wirklichkeit verwandeln kann.